第四辑

中国生肖诗歌大典

Zhongguo shengxiao shige dadian

主编 杨吉成

卷七·午马卷 卷八·未羊卷

午马卷
未羊卷

四川出版集团
巴蜀书社

图书在版编目(CIP)数据

《中国生肖诗歌大典》/杨吉成主编. —成都:巴蜀书社,2013.6

ISBN 978-7-5531-0230-6

Ⅰ.①中… Ⅱ.①杨… Ⅲ.①古典诗歌–鉴赏–中国
Ⅳ.①I207.2

中国版本图书馆 CIP 数据核字(2013)第 069512 号

《中国生肖诗歌大典》(精装、全六册)
  主编 杨吉成

策划编辑	施 维
责任编辑	陈 红 童际鹏 张照华 张红义 张 亮 肖 静 王群栗
出 版	四川出版集团巴蜀书社 成都市槐树街2号 邮编 610031 总编室电话:(028)86259397
网 址	www.bsbook.com
发 行	巴蜀书社 发行科电话:(028)86259422 86259423
经 销	新华书店
印 刷	四川省南方印务有限公司
照 排	成都勤慧彩色制版印务有限公司
版 次	2013年6月第1版
印 次	2013年6月第1次印刷
成品尺寸	170mm×240mm
印 张	77.5
字 数	1540千
书 号	ISBN 978-7-5531-0230-6
定 价	300.00元(精装、全六册)

本书若出现印装质量问题,请与印刷厂联系

《中国生肖诗歌大典》第四辑
目 录

午马卷目录

天马行空话生肖 /2

古代涉马诗

国风·周南·卷耳 /14
国风·周南·汉广 /15
国风·邶风·击鼓 /16
国风·鄘风·干旄 /16
国风·鄘风·载驰 /17
国风·郑风·叔于田 /18
国风·郑风·大叔于田 /18
国风·郑风·清人 /19
国风·秦风·驷驖 /20
国风·陈风·株林 /20
小雅·鹿鸣之什·四牡 /21
小雅·鹿鸣之什·皇皇者华 /21
小雅·鸿雁之什·白驹 /22
小雅·甫田之什·鸳鸯 /23

黄泽谣 /23
石鼓诗之三 /24
离骚（摘录） 战国·楚·屈原 /26
九歌·湘夫人（摘录）
　　　　　　　战国·楚·屈原 /27
九歌·东君（摘录）
　　　　　　　战国·楚·屈原 /27
九歌·国殇（摘录）
　　　　　　　战国·楚·屈原 /28
九章·思美人（摘录）
　　　　　　　战国·楚·屈原 /29
九章·惜往日（摘录）
　　　　　　　战国·楚·屈原 /29
九辩（摘录） 战国·楚·宋玉 /30
招魂（摘录） 战国·楚·宋玉 /31
蒲梢天马歌 汉·刘彻 /31
汉乐府·天马 /32
汉乐府·君马黄 /33

龟虽寿（摘录）	三国·魏·曹操 / 34	
赠秀才入军十八首（其九）	三国·魏·嵇康 / 34	
马赞	晋·郭璞 / 35	
驹𩦙赞	晋·郭璞 / 36	
君马篇	南朝·宋·何承天 / 36	
白马篇	南朝·梁·王僧孺 / 38	
赋得边马有归心诗	南朝·陈·沈炯 / 39	
后园看骑马	南朝·梁·萧绎 / 40	
紫骝马	南朝·陈·张正见 / 40	
秦穆公马赞	北朝·周·庾信 / 41	
紫骝马	南朝·陈·陈暄 / 42	
紫骝马	南朝·陈·李爽 / 42	
紫骝马	南朝·陈·祖孙登 / 43	
咏饮马应诏诗	唐·杨师道 / 44	
咏马	唐·杨师道 / 44	
咏饮	唐·李世民 / 45	
紫骝马	唐·沈佺期 / 46	
骢马	唐·万楚 / 47	
送刘评事充朔方判官赋得征马嘶	唐·高适 / 47	
紫骝马	唐·李白 / 48	
房兵曹胡马	唐·杜甫 / 49	
病马	唐·杜甫 / 50	
天马词（二首）	唐·张仲素 / 50	
马诗二十三首（选五）	唐·李贺 / 51	
骐骥长鸣	唐·章孝标 / 53	

咏马	唐·韩琮 / 54	
浴马	唐·喻凫 / 55	
代书寄马	唐·韦庄 / 55	
紫骝马	唐·秦韬玉 / 56	
韩幹马十四匹	宋·苏轼 / 57	
的卢跃檀溪	宋·苏轼 / 58	
咏伯时虎脊天马图	宋·黄庭坚 / 59	
瘦马图	南宋·龚开 / 60	
散马图	元·袁桷 / 60	
题振辔马	元·丁立 / 61	
画马	元·范梈 / 61	
题滚尘骝图	元·虞集 / 62	
画马	元·虞集 / 63	
桃花马	元·马祖常 / 63	
立仗马	元·张宪 / 64	
奚官牵马图	明·王祎 / 65	
赤兔马	明·罗贯中 / 65	
观内厩马	明·曾棨 / 66	
胡马图	明·祝允明 / 67	
题唐叔美饮马图	明·张凤翼 / 68	
秋马	清·黄辂 / 68	
瘦马	清·金农 / 69	
紫骝马	清·周在浚 / 70	
养马图	清·袁枚 / 70	
老马	清·官尔劝 / 71	
塞马	清·文斡初 / 72	
征马嘶	清·刘寿暄 / 72	
一洗万古凡马空	清·汪鸣銮 / 73	
马踏春泥半是花	清·罗永符 / 74	

古代涉马词曲

谪仙怨	唐·康骈 / 75
渔家傲	宋·庞籍 / 77
清平乐·平原放马	宋·张炎 / 78
天仙子	宋·随车娘子 / 79
鹧鸪天	宋·陈妙常 / 80
浣溪沙·题丁兵备丈画马	清·王鹏运 / 81
（般涉调）耍孩儿·借马	元·马致远 / 82
【双调】新水令·代马诉冤	元·刘时中 / 83

古代涉马赋

愍骥赋	三国·魏·应玚 / 86
赭白马赋（并序）	南朝·宋·颜延之 / 88
相马赋	唐·武少仪 / 98
虎文龙马赋（并序）	元·郝经 / 100
马说	唐·韩愈 / 111

未羊卷目录

探本寻源问吉羊 / 114

古代涉羊诗

国风·召南·羔羊	/ 126
国风·王风·君子于役	/ 127
国风·豳风·七月（摘录）	/ 127
小雅·鹿鸣之什·伐木	/ 128
小雅·鸿雁之什·无羊	/ 129
小雅·谷风之什·楚茨（摘录）	/ 130
小雅·甫田之什·甫田	/ 131
小雅·鱼藻之什·苕之华	/ 132
大雅·生民之什·生民（摘录）	/ 132
大雅·生民之什·行苇	/ 134
周颂·闵予小子之什·丝衣	/ 135
天问（摘录）	战国·楚·屈原 / 135
敕勒歌	北朝民歌 / 136
羊赞	晋·郭璞 / 137
同辛簿简仰酬思玄上人林泉四首之二	唐·骆宾王 / 138
羊	唐·李峤 / 139
忝官二十年尽在内职，及为郡尝积恋，因赋诗焉	唐·张九龄 / 140
杂曲歌辞·行路难三首之三	唐·顾况 / 142
云中道上作	唐·施肩吾 / 143
小游仙	唐·曹唐 / 144

003

八分羊	五代·史凤 / 144
羚羊赞（并序）	宋·宋祁 / 145
逢羊	宋·梅尧臣 / 146
江邻几寄羊把·去岁冯翊造者	
	宋·梅尧臣 / 147
戏答张秘监馈羊	宋·黄庭坚 / 148
五仙谣	宋·郭祥正 / 148
题四羊图	宋·王阮 / 149
牧羊歌	宋·陆游 / 150
绵羊	宋·岳珂 / 151
咏羊	宋·文天祥 / 152
李陵台	元·马祖常 / 153
秋羊	元·许有壬 / 153
黄羊	元·许有壬 / 154
题苏武牧羊图	元·杨维桢 / 155
扇尾羊	元·员炎 / 156
牧羊儿土鼓	明·朱元璋 / 157
次韵王敏文待制燕京杂咏	
	明·僧来复 / 158
赵王孙墨羊图	明·偶桓 / 159
恭题灵羊图（并序）	
	明·谢承举 / 159
泰西画人物田舍一幅自蜀携来十余年矣重加装潢以诗志之	
	清·杨垕 / 160
同顾备九彭晋函姚姬传朱竹君陈伯思仲思游三藐庵看菊花归于伯思处小饮	
	清·贾虞龙 / 161
高士裘（并序）	清·李宪噩 / 162
偕秋原刺史游香岩寺晚宿李官桥	
	清·黎承忠 / 163
用俞甥调卿韵纪在朝时除夕元旦故事亦西京岁华之例也	
	清·翁同龢 / 163

古代涉羊词曲

番禺调笑·羊仙	宋·洪适 / 165
水调歌头·题斗南楼和刘朔斋韵	
	宋·李公昴 / 167
水调歌头·送王景文	
	宋·李处全 / 168
朝中措·崇福寺道中归寄佑之弟	
	宋·辛弃疾 / 169
归朝欢·题晋臣敷文积翠岩	
	宋·辛弃疾 / 169
山坡羊	元·陈草庵 / 170
【般涉调】哨遍·羊诉冤	
	元·曾瑞 / 171
陶学士醉写风光好	
	元·戴善甫 / 173
雁门关存孝打虎	元·无名氏 / 174
崔府君断冤家债主	
	元·郑廷玉 / 177

古代涉羊赋

| 大尾羊赋（并序） | 元·耶律铸 / 180 |
| 神羊赋 | 元·杨维桢 / 182 |

编后记 / 190

中国生肖诗歌大典

第四辑（卷七）

午马卷

袁建章　范佑鸾　主编

天马行空话生肖

威凌八极马腾空

在十二生肖的属相中，马是人类最熟悉的动物，稍有身份的古人，一天也离不开它。古代的马，相当于今天的电动车、摩托车，乃至小轿车。而且，马在中华民族的文化中地位极高，具有一系列的象征和寓意。先民夜晚观察星空，给全部星座都命了名，其中房宿就有"天驷"之称，意味着空中存在着一匹神马。

《周易·说卦》还把乾卦作为马的象征，那是一种识途的老马；而象征雷声的震卦，则说成是嘶叫的良马。乾卦的象征，除马以外，又代表着君王、父亲、大人、君子、祖考、金玉、威严、健康等等，可见马的地位与那些高尚的事物能够相提并论。古文献《周礼》还将八尺以上的马称之为"龙"，只有六尺的才叫做马，可见马在古人心目中地位之高。《山海经》里夏启的马，还会跳舞，"大乐之野，夏后启于此舞九代马"。海外有个白民之国，那里的神马名叫"乘黄"，骑上去寿命可达两千岁，简直神奇得过了头。

上古时代还有龙马负图出河，从而启发伏羲氏画出八卦的传说。《周易·系辞》："天生神物，圣人则之。"又说"河出图，洛出书，圣人则之"，就指这件事。汉代孔安国解释说："河图者，伏羲氏王天下，龙马出河，遂则其文以画八卦。"相传伏羲画卦，需要参照自然界里的各种纹理，而那匹龙马，背上的毛生成一个个漩涡，俨然是一幅幅整齐的图案，于是他便把那些图案描绘下来，成为一张画，因为马是从黄河里奔出来的，所以称为"河图"。经过后人研究，原来实际上是一种数学模型，白圈代表奇数，黑点代表偶数，构成一个上南下北、左东右西的环形。数字1与6居于北方，表示"天一生水，地六成之"；2与7居于南方，表示"地二生火，天七成之"；3与8居于东方，表示"天三生木，地八成之"；4与9居于西方，表示"地四生金，天九成之"；5与10居于中央，表示"天五生土，地十成之"。这样，阴阳五行的宇宙框架就全部包容在龙马背上的河图里了，那是中国人最早的数理和哲理的基础。

从此，留下了"龙马精神"，那是华夏儿女自古以来所崇尚的民族精神。特征就是自强不息，奋斗不止，进取向上。我们祖先们认为，龙马是一种仁马，它是黄河的精灵、炎黄的化身。它身高八尺五寸，长长的颈项，显得伟岸无比；两肋生有翼翅，翼缘有一圈彩色的鬣毛。引颈长啸，会发出动听的声音。其形象神采骏逸，其身姿潇洒昂扬。在祖先们的眼中，龙马是纯阳的物种，是刚健、明亮、热烈、高昂、升腾、饱满、昌盛、发达的代名词。

马往往作为国人语言中的某种样板。对于有才能、有作为的人，古人常常以"千里马"来比拟。千里马是日行千里的骏马，是马中的珍品。

更清楚无误地以马喻示人才的事迹，是著名的"千金买骨"典故。故事出自《战国策》，说的是战国时期，各国的君王竞相争夺招揽人才，以求邦国的稳固长久。燕昭王也不例外，准备以谦恭虚心的姿态和优渥丰厚的报酬来招聘优秀人才。燕国有个叫郭隗的臣子，就向昭王讲了一则关于千里马的寓言：从前有个君王想花千金求一匹千里马，三年过去了，一直未能如愿。门人便主动请战，表示可以买到千里良马。国君派他去，三个月内就找到千里马的下落，但是等他要买马时，那马已经死了。门人拿出五百金买下了马的骨头，就回来交差。国君生气地说："我要的是活马，你怎么花五百金的价钱去买回一堆枯骨？"门人答道："是啊，今天我替大王花五百金买下千里马的骨头，那一匹活生生的千里马就不知多么昂贵了。天下人由此知道大王这样看重千里马，还愁别的千里马不纷至沓来吗？"果然，不到一年，买到好几匹千里马。郭隗讲到这里，话题猛然一转说：今天，大王要是真心求贤招才，那就先重用我郭隗吧。连我这样不怎么杰出的人才都受到了重视，那些比我强的真正贤才，再远也会自动来的！故事很有启迪意义。

如果有人才得不到重用，人们也往往拿马来作譬喻。《战国策》里有个汗

明去见春申君，对他讲述了一个生动的故事。话说有匹年老的骏马，拉着笨重的盐车上太行山，累得浑身白汗交流，汤汁似的流了一地。当走到一处陡坡时，背负辕木的老马虽拼命挣扎，但始终没能把盐车拉上去。这时正好伯乐路过这里，看到这种景象，连忙将马卸下车来，抱着马颈子大声痛哭，还把身上的麻布衣服解下，披在马的背上。老马于是俯首而喷，仰头而鸣，声音洪亮，直上天庭，表示高兴地遇到了知己了。

正因为马象征着人才，所以善相马的人又被喻为善识才、善举才的荐家，如先秦时期赵国的王良、秦国的伯乐、九方皋等都是相马的专家，他们的名字往往象征着推荐人才的桥梁。

人才被埋没或缺乏表现的沉闷局面，就被叫做"万马齐喑"。清朝著名文人龚自珍有一首诗就说："九州生气恃风雷，万马齐喑究可哀；我劝天公重抖擞，不拘一格降人才。"很希望伯乐之类更多一点。

与午匹配入生肖

马，在十二生肖中与午匹配，排列第七。

关于十二属相与十二地支的匹配，传说很多。至于马与午的匹配，归纳起来，有下列三说：

一是阴阳卦象说。此说缘自《周易·说卦》中明确提出的"乾为马"。什么是"乾"？易传解释说："夫乾，天下之至健也"，"乾者健也，阳之性也"，"上下皆乾，则阳之纯而健之至也。"乾卦象辞也强调"天行健"，表示刚健、强而有力之意，这正是马的特征。既然马称为至阳之物，又被《易经》列配为乾；而在十二地支中，至阳之时为"午"，日之正午为纯阳之时。至阳之物配至阳之时，因此马与午匹配，乃是必然之事。

二是子午崇尚说。此说表达了人们对马的尊崇。在十二时辰中，中国人很看重午时。那时太阳当顶，日正中天，是最为刚阳雄健的时候；而马，在中国人的心目中，是刚阳雄健的象征。汉代伏波将军马援说："行天莫如龙，行地莫如马。马者，甲兵之本，国之大用"，这番话道出了当时人们对马的依赖。所以人们将最好的赞誉都赋予了马，"千里马"，是人中才俊的代称；"天马行空"是才思横溢的形容；"马首是瞻"是引领群英的仪范；"马革裹尸"是献身浴血的豪情。马的形象如太阳行经中天，光华四射。故先民将一日最佳的时段与马匹配。

　　三是见义勇为说。此说纯属民间文化。说的是天上的玉皇大帝要选出12种动物作为生肖，于是就让所有的动物在大年初一这天来报到，先来报到的12种动物就列入十二生肖了。可是日行千里的马，怎么会位列第七呢？这得从前往报名的神风说起。

　　神风是马的名字。为了能争取当生肖之首，神风一阵风似的朝仙宫跑去。突然，它听见了几声凄凉的哭声，便放慢了脚步，想探个究竟。出现在眼前的是一个荒凉的村庄：田地荒芜，处处可见死尸，许多人在哭泣着。神风走进了村庄，它向一位老奶奶打听："老奶奶，这儿怎么会变成这样啊？""唉，你不知道啊"，老奶奶悲伤极了，说："我们这儿闹瘟疫，死了好多人！""那就没有药可以治瘟疫吗？""有倒是有，可是……唉，这药难找得很。""什么药，您告诉我，我去弄！"神风这时已满心都是救人，其他的事都忘得一干二净了。"那好吧，从这儿出发往东走20里，有一座宝芝山。山上有一个宝芝泉，泉水可医百病，但泉边有一只催眠猫，上山取水时催眠猫会给你催眠，你可千万不能睡，睡了便会被那只猫害死。我们这儿好几个青年去采药都一去不复返。""我知道了，我现在就去！"神风向老奶奶要了一个空葫芦挂在脖子上，就一阵风似的奔向了宝芝山。

　　神风来到了宝芝山，它小心地向山上走去，突然它闻到了一股花香味，马上开始犯困。"不好！"它意识到催眠猫来了。神风使劲地摇头，使劲地跑跳，力图使自己不睡着。"喵"，催眠猫出现了，它伸出利爪，对神风虎视眈眈。"不好，得先下手为强！"神风闪电一般地飞到催眠猫面前，后脚用力一蹬，催眠猫撞在了树上，昏了过去。神风跑到宝芝泉边，用葫芦装满了泉水，欣喜万分地朝山下奔去。"啊！"突然神风惨叫一声，瘫坐在地上。原来催眠猫醒来了，它趁神风不注意，狠狠地咬了神风的后腿一口。催眠猫的牙齿里有毒液啊！催眠猫正欲再向神风扑来，神风急中生智，用嘴衔起一块石头，向催眠猫丢去。"喵！"石头打中了催眠猫的眼睛，催眠猫捂着眼睛满地滚。"我要借此机会逃走，可是我的腿……"神风好担心，"有了，我可以用泉水治伤嘛！"神风挪到了宝芝泉边把后腿伸进了泉水中，奇迹发生了，神风顿时充满了活力。它站起来，风一样地朝小村庄奔去。

到了村庄里，神风把泉水交给了老奶奶，老奶奶把神水掺进了井水中，神风驮着水，挨家挨户送，人们喝了井水，纷纷病愈。他们想感谢神风，可是神风却不见了，它飞快地跑到了天宫，遗憾的是只能排在生肖第七位了。不过神风还是挺高兴的，它想，今天我干了一件值得干的事！

自然，神话是当不得真的。就是这当不得真的神话，马的形象也是无比高尚。

与人生活最相关

马在现实生活中，主要作为役使家畜，用于骑乘、拉车和载重，以及在战争和劳作中运用。马在历史上起到非常重要的作用。直到工业革命蒸汽机出现以前，它一直是主要的拉车动力，以至于后来衡量机器的能力时，要以"马力"来作单位。

在中国古代封建家族中，马匹的多少，是地位高低、权力大小的象征。周代的制度，天子拥有兵车万乘，诸侯国只能拥有兵车千乘，小国只能拥有兵车百乘。一乘即一战车，以四马为驾，再配军士若干；故天子称为"万乘之君"。

同样，不同身份的人物出门，拉车的马数也有不同的规定，拉车的马数愈多，坐车的人愈尊贵。皇帝出巡，其车驾多用六马；卿相坐车，只能用四马；所谓"驷马难追"的话源，就出自这里；如果地位低的人用六马拉车，则有僭越之罪。

在上古的战争中，马的重要作用是拉战车。直到战国时期赵武灵王学习"胡服骑射"，引进北方少数民族的骑乘之法，才开始出现骑兵。罗马帝国也是后期从中亚游牧民族处学习到骑乘技术。马鞍也是游牧民族发明的，后来经过不断的改进，成为今天的样子；马镫是中国人在唐朝后期发明的，一开始只是一个，为便于上马，后来发展为一边一个，被波斯人称为"中国鞋"，后来传到欧洲。在冷兵器时代，骑兵的多少与强弱，是决定战争胜负的重要因素。直到20世纪末，由于各种作战机车和直升机的出现和普及，骑兵才开始退出战争舞台。目前骑乘竞技多用于体育比赛。不过在国外，有的大城市巡警也还用马。

随着马的使用功能淡化，20世纪后半期，许多国家培育出各种小马，作为宠物来饲养。现在经过人工培育，马的种类分外繁多，从高达2米到只有0.56米（只有一条大狗那么大）的马，都能见到。

由于马的重要作用，华夏民族自古就有祭祀马神的民间风俗。春祭马祖，夏祭先牧，秋祭马社，冬祭马步。马祖是天驷，是马在天上的星宿；先牧是最初教人牧马的神灵；马社是马厩中的土地神；而马步则是让马避灾除害的神灵。汉族农家信仰马王爷，于农历六月二十三日祭祀，祭品为全羊一只。

蒙古族有马奶节和赛马节的传统节日，在每年农历八月末举行，为期一天。这天，牧民们穿上节日盛装，分别骑着马，带着马奶酒，赶到指定地点，然后准备节日食品。当太阳升起时便开始赛马，参赛的马匹多为两岁小马。比赛结束后，人们分别入席，在马头琴的伴奏下，纵情歌唱，开怀畅饮，一直到夜色降临，人们才带着余兴纷纷散去。

佤族过春节时，要给马吃糯米饭，并观察马在厩中的姿态以占吉凶，以马头朝东方为幸运年，朝向西方是不吉利的兆头。

在湖北，传说新娘出嫁时，本家历代亡灵都会跟随前往，途中可能会撞着各种煞神附身，会给男家带来不利。所以，迎亲的那一天，男方会请方士一人，在门外设一香案，祭告天地和车马神，并杀鸡以驱鬼魅。祭毕，抓米撒在新娘的彩轿上，表示打掉了煞神；新郎也同时向花轿四周行礼，礼毕方可入内。

在东北地区，汉族、满族都有踏马机的婚俗，新娘下车后，足踏马机，脚不沾地，以避邪祟之扰。贵州苗族有"背马刀提亲"的婚俗。青年男女相爱，经男女双方家中议婚三次之后，就要背马刀前往正式提亲——反正都离不开马。

追根溯源寻马踪

马，在动物学上属哺乳纲，奇蹄目，马科。草食役用家畜。耳小直立，面长；额、颈上缘鬃（qí）甲及尾有长毛；四肢强健，第三趾最发达，趾端为蹄，其余各趾退化。毛色复杂，有骝、栗、青、黑、黄、赤、白等色。性温驯而敏捷。多在春夏发情，3～4岁开始配种，妊娠期11个月，每胎产驹一头。

寿命约30年。

马广布于世界各国。我国主要产地为东北、西北、华北及西南各地。

早在3500多年前，马就被人类驯化。早在父系氏族公社时期，中国人开始驯化和使用来自中亚、迁于北方草原的马，古籍中就有"相土作乘马"的记载。

马的先祖，是化石上的"始祖马"，出现于5600万年前的北美洲，时值始新世。始祖马的个头只有狗那么大，弓着背，四肢长着多个趾头（前三后四）。由始祖马分化出了林林总总的众多支系，有的支系越来越大，越来越擅长奔跑；也有的支系向着小型化发展。到中新世的时候，以三趾马为代表的马类动物成了十分繁盛的动物群，也成为地层古生物中常见的化石动物，这往往作为断定地质年代的重要依据。

由于马的化石非常丰富，所以马的进化过程也被研究得非常详细。现代马的最直接祖先，是出现于1200万年前晚中新世的"恐马"，而现代马则在400万年前的上新世出现。一直是马和马类动物起源和演化中心。西方人说，马从北美洲起源，通过冰川时期形成的白令陆桥，扩散到欧亚大陆，最后进入非洲；马也通过中美地峡，向南美洲扩散。大约在两万年前，马在南北美洲彻底灭绝，原因现在仍是个谜，有人认为跟印第安人过度捕猎有关。直到公元16世纪，西班牙人再一次把马带回了美洲，人们感觉像见到了久别重逢的"老朋友"。

现代野生马已经灭绝。现存的普氏野马，并不是家马的祖先。马的进化历程，充满了艰难险阻。马科动物曾经是如此繁盛，前后进化出几十个属，到最后却只有一个属六七种残存至今。奇蹄动物在现代普遍呈衰落的趋势。

古代名马知多少

正如英雄豪杰名垂青史一样，一些宝马良驹在中国历史上也留下它们光辉的名字。古代的名马，大都有些响亮的名字。如《穆天子传》里叙述的周穆王"八骏之乘"，主车所驾的四匹，叫做华骝、绿耳、赤骥、白义，有著名的驾驶员造父为御；次车所驾的四匹，叫做渠黄、逾轮、盗骊、山子，都是些赫赫有名的快足。晋代王嘉《拾遗记》上称之为"八龙之骏"，名字也特别雅致，称为"绝地、翻羽、奔宵、越影、逾晖、超光、腾雾、挟翼"，它们的功能书上有生动的描述：八骏"一名绝地，足不践土；二名翻羽，行越飞禽；

三名奔宵，野行万里；四名越影，逐日而行；五名逾辉，毛色炳耀；六名超光，一形十影；七名腾雾，乘云而奔；八名挟翼，身有肉翅。"从这些话里不难看出，它们奔跑起来，如飞如电，几乎可以超过声速、光速。

周穆王可说是古代最爱马的人，他依靠骏马居然游遍西亚。《水经注》叙述湖水出于桃林塞那里的夸父山，其中多有野马。相马专家造父就在那里弄到2匹百里挑一的良马，名叫骅骝、绿耳。听说周穆王爱骏马，便把它们献给周穆王，让它们驾车去见西王母。

《穆天子传》说：穆王天子到了雷首，犬戎请天子在雷首之阿喝酒，献出良马46匹，周穆王笑得合不拢嘴。

周穆王究竟还有多少名马？谁都说不清。扬雄《河东赋》里提到的"翠龙"，据说也是穆王天子所乘的马。

骅骝马是古代著名的好马。《左传》说：春秋时的唐成公就有两匹骅骝马。有一匹马色特别纯白，犹如霜纨。

秦始皇也有7匹名马，《古今注》说：一名追风，二名白兔，三名蹑景，四名追电，五名飞翩，六曰铜爵，七名晨凫。从这些名字就能知道，它们一定跑得飞快。

楚霸王项羽骑的马名叫"骓"，《史记》说：项羽经常骑它日行千里。后来兵败退至乌江，项羽对迎接他的亭长说："我骑此马已经五年，可说所向无敌，现在真不忍杀它，就赠给你吧！"这就是后人所称的乌骓马

《西京杂记》记载：汉文帝从代地带回良马9匹，都是天下的骏足，号称"九逸"。它们分别名叫浮云、赤电、绝群、逸群、紫燕骝、禄螭骢、龙子、麟驹、绝尘。只有一个名叫来宣的人能够驾驭。

西汉的大将张骞，汉武帝元狩年间得到一匹乌孙国的好马，便命名为"天马"。后来又得到大宛的汗血马，比那匹马还要壮实，于是把乌孙马更名为"西极马"，宛马才叫做"天马"。大宛国王蝉封听说汉人爱这种马，就答应每年供应天马二匹。孟康是个博学的人，他对人讲过天马的来历：据说大宛国有座高山，天马就生活在山上，弄不下来，人们就想出一个主意，把一些五色母马赶到山下，任天马下山来交配，这样就生出不少马驹，全都有汗血的特征，称为"天马子"。所以大宛贡献来的天马，并不是直接来自山上，基本上是些二手货。

不过天马只是个外号。《神异经》说：大宛的良马，鬣长至膝，尾垂于地，名叫"蒲梢"。《汉书·冯奉世转》：宣帝时冯奉世至大宛，得到的名马，名叫"象龙"。孟康说：大宛马的名字还有"龙文"和"鱼目"。可见马也像人一样，各有各的名字。

《洞冥记》说：东方朔出游吉云之地，得到神马高九尺，股有旋毛，如日月之状。如月者夜里发光，如日者昼间发光，毛色也随四时而变。相传西王母把这些马放牧在芝田，以食芝田之草。东王公往清津去时，骑着它返回，绕太阳转了三圈，然后进入汉关，东王公在马上只打了个瞌睡，不知不觉就到家了，于是给马取名为"步景"。

东汉光武帝骑的马，名叫"大骊"。吕布的骏马名叫赤兔，那时人们常常把"人中有吕布，马中有赤兔"的谚语挂在嘴边。曹操骑的马名叫"绝影"，又有一匹白马名叫白鹤，后来给曹洪去骑。那时民间就有了一条新的谚语："凭空虚跃，曹家白鹤。"

刘备骑的马名叫"的卢"，特点是"颡上有白毛"，民间传说这种马妨害主人，但刘备并不相信。后来刘备避樊城之难，过檀溪时，对的卢说："今日事急，不可不努力！"马领会刘备之意，一跃三丈，居然跳过了河，创造出跨栏奇迹。晋代庾亮所乘的马也是的卢，殷浩以为不利于主，劝他卖掉。庾亮说："岂有对己不利，移之于人的道理？"终于不肯出卖。

前面叙述的名马，多见于文字记载，留下图形的几乎没有，唯独陕西礼泉唐太宗李世民陵墓那里的"昭陵六骏"存其英姿。石刻图画位于昭陵北面祭坛的东西两侧，那是6块青石浮雕，每块石刻宽约2米，高约1.7米。

六骏，是李世民在唐朝建立前先后骑过的战马，分别名为"拳毛䯄""什伐赤""白蹄乌""特勒骠"、"青骓""飒露紫"。为了纪念这6匹战马，李世民令工艺家阎立德和画家阎立本兄弟，用浮雕方式描绘战马，列置陵前。那些战马造型优美，雕刻线条流畅，刀工精细圆润，是古代石刻中的艺术珍品。六骏中的"飒露紫""拳毛䯄"，1914年被窃贼打碎装箱，盗运到美国，现藏于宾夕法尼亚大学博物馆。其余四骏，也曾被打碎装箱，但在盗运时被海关截获，如今陈列在西安碑林博物馆。这组石刻分别表现了唐太宗在重大战役中所乘战马的英姿，是难得的良马实物形象资料。

马姓名人一大群

马姓为中华民族常见的姓氏之一。除了汉族以外，少数民族中也有不少姓马的。马姓是回族的大姓之一，云南一带的回族，几乎大都姓马。

在历史上曾经出过许多马姓的名人，在宋代以前就有一大堆，许多人大家还耳熟能详。例如：

马融：东汉右扶风茂陵人，是马氏家族一位学问渊博的人，他是经学家，对古代经典训诂研究非常之深，学生有千余人。他讲课时有女子奏乐，很有气派。一生注解群经，又兼注《老子》和《淮南子》。

马援：东汉扶风茂陵人，建武十七年（41）被任为伏波将军，后历任太守，发展了相马法。年六十余仍征战沙场。他曾经对宾客说："丈夫立志，穷当益坚，老当益壮。"又说男儿要死在边野，以马革裹尸还葬。

马武：南阳湖阳（今河南省唐河南）人，东汉名将，新莽末年参加绿林起义军，后归刘秀，被封为扬虚侯。

马腾：汉末右扶风茂陵人，初为凉州刺史司马，曾与韩遂割据凉州，后被曹操所杀。

马超：是马腾之子，三国名将，出身于凉州豪强家族。建安十六年（211）曹操西征关陇，他据潼关拒守，中离间计与韩遂相互猜疑，率羌胡退出关中，转战陇上，杀凉州刺史，自称征西将军，督凉州军事。不久，原刺史故吏杨阜起兵，杀其妻子，他奔往汉中依张鲁，终不得志。建安十九年归刘备，助备击破刘璋于成都。诸葛亮称他是文武全才，勇猛过人。蜀汉章武元年（221），官至骠骑将军，领凉州牧。

马良：东汉末年文士，襄阳宜城人。他才气高超，文章动人。他们五兄弟中他最高才，人们说："马氏五常，白眉最良。"

马谡：字幼常，马良幼弟。初从刘备取益州，官至越巂太守。深得诸葛亮器重，而刘备临终时说：马谡言过其实，不可大用。诸葛亮不以为然，以马谡为参军。蜀汉建兴六年（228）出军祁山，担任先锋，违反法度，结果在街亭为魏将张郃所败，士卒离散。诸葛亮进退无据，引军还汉中，第一次北伐失败。于是下马谡于狱中，按律处死。

马钧：扶风人，三国魏时机械制造家，因改革绫机而闻名，曾制造翻车、指南车等，其所用机械原理比国外早七八百年。

马周：博州茌平人，唐代大臣，被唐太宗赏识，任监察御史，主张少兴徭赋，反对实行世封制，成为当时有名的政治家。

马殷：许州鄢陵人，五代时楚国的建立者，在位二十七年。

马远：祖籍河中，南宋时著名画家。擅画山水。初师李唐，能独辟蹊径，自成一家。多作一角、半边之景，构图别具一格，有"马一角"之称。

马钰：宋代进士。传说大定年间他遇重阳子授以道术，与妻孙氏同时出家，先后仙去，被赐号丹阳顺化真人。

上面那些名人中，马援和马谡不但姓马，而且属马，生肖与姓氏重叠，也算是一个巧事了。

诗人笔下咏马多

由于古人认为马与国家兴盛关系密切，古代诗歌中咏马或涉及马的内容非常丰富，为十二生肖中的冠军。

以《诗经》为例，305篇中有31篇写了马，占十分之一。如《齐风·载驱》有"四骊济济"的诗句；《小雅·四牡》有"四牡"的诗句；而《小雅·白驹》共四段，每段以"皎皎白驹"（洁白的马）起兴。然而，这些诗篇主要是写人的活动和感情，主角是人而不是马。

《楚辞》有19篇写到马，可见马在古人的生活中具有多么重要的作用。

汉武帝派李广利出征大宛，夺得汗血马归来，此马特性优良，气质卓越，奔驰迅速，号称天马、神马，于是有了专门咏这种马的诗篇。汉武帝刘彻本人就写作过《蒲梢天马歌》；《汉乐府》里的《天马》，更赋予天马以神奇色彩。曹操的"老骥伏枥，志在千里；烈士暮年，壮心不已"，表达了雄心未泯的壮志豪情。《饮马长城窟行》是汉乐府瑟调曲，蔡邕之作是"青青河畔草，绵绵思远道"，言征戍之客至长城饮马，而其妇在家思念之甚；陈琳之作是"饮马长城窟，水寒伤马骨"，极言役夫苦长城之役，与妻相互哀伤、体贴。曹植的《白马篇》，是他自创的乐府新题。

王美春检查过《全唐诗》，其中诗题含"马"的共有642项；以"诗句内字词"栏查询，与之匹配的共有4790项。仅李白诗题中含"马"的，就有31项，如《紫骝马》《天马歌》等；杜甫题中含"马"的就有39项，如《瘦马行》《白马》《房兵曹胡马》等；白居易诗题中含"马"的有35项，如《马上吟》等。李贺诗题中含"马"的，共有27项，其以《马诗》为题的就有23首。

如果将咏马的诗篇分类，便有下列几种：

1. 写天马、良马、名马、胡马者，多写马之神奇、矫健、迅猛及马的功绩。

2. 写王侯、将军、英雄豪杰的坐骑，有时兼写马主人之赫赫战功。

3. 写骑马、饲马、饮马、浴马、滚尘马、马嘶等动作，通过这些短镜头，表现马的性格特征。

4. 写老马、瘦马、病马、拉盐车之马等，往往生忆昔之情。

5. 写皇宫之马，立仗马，主要表现饰物豪华，生活优裕，但深受束缚，渴望回归故土，过自由自在的生活。

6. 写借马、卖马，表现马主人和马的亲密感情及不得不借（或卖）的矛盾心理。

7. 题画马诗，这类诗也不少。马因画家的画笔而登艺术殿堂，画因诗人之吟笔而入诗篇。

自古以来咏马诗非常丰富，这里是无法说完的。

元曲里也有一些咏马的优秀篇章。马致远的套曲《借马》，幽默风趣，表现了劳动者和马的亲密关系；刘时中的套曲《代马诉冤》，借马喻人，控诉了摧残人才的诸多不平。还有杨舜臣的套曲《慢马》，王元鼎的《折桂令·桃花马》也写得精彩。

此外，历代文人作赋，亦有写马佳篇。如南朝宋颜延之有《赭白马赋》，写赭白马的英姿与功绩，更以良马比君子，雄志倜傥，精于权奇，既刚且淑，为皇家服务，方能建功业，荫世代，得善终。唐代武少仪作《相马赋》，写徐先生相马，不相色，不相力，而以德取才，致使骐骥出群于驽骀，故人才之选拔亦同此理，这对于今天选用人才也有借鉴意义。

细看今朝，万里神州，已换新天。让我们抚今追昔，诵读咏马的诗歌曲赋，继续发扬龙马精神，迎来万马奔腾的大好明天。

古代涉马诗

国风·周南·卷耳

采采卷耳①，不盈顷筐。嗟我怀人，寘彼周行②。

陟③彼崔嵬，我马虺隤④。我姑酌彼金罍⑤，维⑥以不永怀。

陟彼高冈，我马玄黄⑦。我姑酌彼兕觥⑧，维以不永伤。

陟彼砠矣⑨，我马瘏矣⑩，我仆痡矣⑪，云何吁矣！

注释

①采采：茂盛貌。卷耳：植物名，即苍耳，嫩苗可吃。②周行：大路。③陟（zhì）：上升，登上。④虺隤（huī tuí）：足跛难走状。⑤姑：姑且。酌：斟酒。金罍（léi）：饰有雷纹的青铜盛酒器。⑥维：发语词，无实义。⑦玄黄：指马因疲劳过度而产生的病态。⑧兕觥（sì gōng）：兕为独角野牛；觥为饮酒器，用野牛角来制作。⑨砠（jū）：盖着泥土的石山。⑩瘏（tú）：马病不能走。⑪痡（pū）：人病不能行走。

解说

《周南》是《诗经·国风》中的一个类别，总计有西周民歌11篇。所采集的诗篇，因在周王城的南面，故称"周南"。因南又是方位词，周代又习惯将南方江汉流域的一些小国统称为南土、南国。

《卷耳》是诗篇的具体名称，取第一句中的主词。诗中的卷耳，又名苍耳，是菊科一年生草本植物。果实呈枣核形，上有钩刺，名苍耳子，可做药用。其嫩苗可食，常常是人们采摘的对象。

此诗分为四章。第一章以采摘卷耳起兴，写采摘卷耳的女子怀念离家的亲人，设想他远行途中种种困苦的感叹，以寄离思。以下三章讲驾马登山的艰苦，马成为重要角色；诗中描写马的疲惫，实际是象征人的痛苦。

国风·周南·汉广

南有乔木，不可休思。汉有游女①，不可求思②。

汉之广矣，不可泳思。江之永矣，不可方思③。

翘翘错薪，言刈其楚④。之子于归，言秣其马⑤。

汉之广矣，不可泳思。江之永矣，不可方思。

翘翘错薪，言刈其蒌⑥。之子于归⑦。言秣其驹⑧。

汉之广矣，不可泳思。江之永矣，不可方思。

注释

①游女：出游的姑娘。女子出游，是汉魏以前长江、汉水一带的风俗。②思：助语词，无实义。③永：长。方：扎筏渡河。④翘翘：树枝挺拔。错：杂乱。薪：柴。言：虚词，无实义。刈（yì）：砍割。楚：荆条，丛生的树木。⑤秣：喂马。⑥蒌（lóu）：蒌蒿，草类植物，可作饲料。⑦之子：那个女子。于归：出嫁。⑧驹：小马。

解说

此诗也是《周南》的一篇。全篇分为三章。第一章以乔木起兴，谈到游女的难求，就像宽而长的江汉之难渡。第二、三章内容相同，前段以砍柴起兴，谈到那位女子已准备出嫁了，正在喂她的小马。后段仍然用第一章的末四句，造成一唱三叹的效果。

国风·邶风·击鼓

击鼓其镗①,踊跃用兵。土国城漕②,我独南行。
从孙子仲③,平陈与宋。不我以归④,忧心有忡。
爰居爰处⑤?爰丧其马⑥?于以求之?于林之下。
死生契阔,与子成说⑦。执子之手,与子偕老。
于嗟阔兮⑧,不我活兮。于嗟洵兮⑨,不我信兮⑩。

注释

①其:助词。镗:象声词,鼓声。②土:筑土。国:国都。城:修城墙。漕:地名,在今河南境内。③孙子仲:卫国的军事统帅。④不我以:倒装句,即不让我。⑤爰:疑问代词,怎么?⑥丧:丢失。⑦契阔:劳苦;或分别。子:指妻子。成说:有约。⑧于嗟:感叹词,哎呀。阔:遥遥远隔。⑨洵:久远。⑩信:信用,守约。

解说

《邶风》是卫国的诗篇。此诗分五章,主要描写歌者的困苦遭遇和思乡之情。前两章歌者描述自己的从军历程,后两章刻画对妻子的想念。马出现在中间第三章,开始时把马弄丢了,万分焦急地到处寻找,结果在树林下面终于找到,算是全篇的一段插曲。

国风·鄘风·干旄

孑孑干旄①,在浚之郊②。素丝纰之③,良马四之④。彼姝者子,何以畀之⑤?

孑孑干旟⑥,在浚之都。素丝组之⑦,良马五之。彼姝者子,何以予之?

孑孑干旌⑧,在浚之城。素丝祝之⑨,良马六之。彼姝者子,何以告之?

注释

①孑孑（jié）：高高竖起貌。干：旗杆。旄：旗杆上拴的牦牛尾，为仪仗饰物，也是婚礼中的赠品。②浚（jùn）：卫国邑名。③纰（pí）：镶边。④四之：四匹马拉车。⑤畀（bì）：给予。⑥旟（yú）：古时绘有鸟隼的旗。⑦组：给旗子编织丝带。⑧旌：用五色羽毛装饰的旗子。⑨祝：同组，给旗子编织丝带。

解说

《鄘风》也是卫国的诗篇。此诗分三章，文字结构相同。描写浚邑马车装饰的华丽，想到该送女友什么东西。一说该篇为赞美卫文公群臣乐于招纳贤士之作。诗中的马，从四匹依次叠加到六匹，象征情绪上的升级。

国风·鄘风·载驰

载驰载驱，归唁卫侯①。驱马悠悠，言至于漕②。大夫跋涉③，我心则忧。

既不我嘉④，不能旋反⑤。视尔不臧⑥，我思不远。

既不我嘉，不能旋济⑦？视尔不臧，我思不閟⑧。

陟彼阿丘⑨，言采其蝱⑩。女子善怀，亦各有行。许人尤之⑪，众稚且狂。

我行其野，芃芃其麦⑫。控于大邦⑬，谁因谁极⑭！

大夫君子，无我有尤⑮。百尔所思，不如我所之⑯。

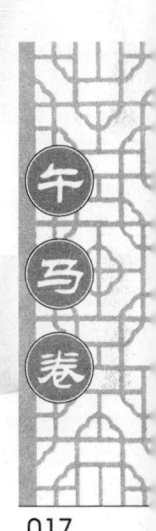

注释

①载：语助词。唁：吊慰。卫侯：卫国国君。作者为卫国国君之妹，嫁许穆公，称许穆夫人。②漕：卫国邑名。③大夫：指来卫国劝说许穆夫人回去的许国大夫。④不我嘉：即不顺从我。嘉为赞同之意。⑤旋反：回返。⑥视：比。尔：你们。臧：善。⑦济：渡河。⑧不閟（bì）：不闭塞，即行得通。⑨陟（zhì）：登上。阿丘：稍高的山丘。⑩采：采摘。蝱（méng）：贝母，

为中草药，有除郁闷功效。⑪尤：指责，非难。⑫芃芃（péng）：茂盛貌。⑬控：控告。大邦：大国。⑭：依靠。极：求救。⑮无我有尤：即不要怪我，有是助语。⑯之：往，到。

解　说

此诗是卫国的诗篇，作者为卫君之妹，她嫁至许国，为许穆公夫人，故称许穆夫人。诗的前段叙述夫人驾着马，匆匆忙忙回国悼念其兄。后段以采贝母起兴，埋怨许国人因她归国而责怪，反映出十分矛盾的心理。诗中的马，一会奔跑，一会徐行，描写得既活灵活现，又衬托情绪。

国风·郑风·叔于田

叔于田①，巷无居人。岂无居人？不如叔也。洵美且仁②。

叔于狩③，巷无饮酒。岂无饮酒？不如叔也。洵美且好。

叔适野，巷无服马。岂无服马④？不如叔也。洵美且武。

注　释

①叔：老三。一说女子对夫弟的称呼。田：同畋，打猎。②洵（xún）：确实。仁：仁厚。③狩（shòu）：打猎。④服马：驾驭马。

解　说

《郑风》是郑国的诗篇。此诗属民歌体，借一个女子之口，描述所爱慕的人出猎时英武的气概。诗分三章，内容相同，文字稍异，是民歌的标准形式。第三段提到"服马"，在当时，顺服烈马是健壮男子令人折服的举动。

国风·郑风·大叔于田

叔于田，乘乘马①。执辔如组②，两骖如舞③。叔在薮④，火烈具举。袒裼暴虎⑤，献于公所。将叔勿狃⑥，戒其伤女。

叔于田，乘乘黄⑦。两服上襄⑧，两骖雁行。叔在薮，火烈具扬。叔善射忌⑨，又良御忌。抑磬控忌，抑纵送忌。

叔于田，乘乘鸨⑩。两服齐首，两骖如手。叔在薮，火烈具阜。叔马慢忌，叔发罕忌，抑释掤忌⑪，抑鬯弓忌⑫。

注释

①乘乘：第一个"乘"为动词，坐；第二个"乘"为名词，指四匹马拉的车。②如组：如同织布般条理分明，有节不乱。③骖（cān）：车辕外侧两旁的马。如舞：像舞蹈一样优美有节奏。④薮（sǒu）：草木茂盛的沼泽，禽兽汇聚之所。⑤袒裼（tǎn xī）：脱去上衣。暴虎：徒手搏击老虎。⑥将：请、求。狃（niǔ）：习以为常，漫不经心。女：即汝，你。⑦黄：指四匹马皆是黄色。⑧服：车辕中的马。上：前面。襄：驾车。⑨忌：语气词。⑩鸨（bǎo）：毛色黑白相杂的马。⑪掤（bīng）：箭筒的盖子。⑫鬯（chàng）：通韔，弓箭袋。这里作动词用，为装弓入袋。

解说

此诗描写一个称"叔"的武士，驾着马车出猎时的活动。赞美他善射、善猎、善御和善骑的英姿。诗分三章，各章结构相似，都是先说叔的驾车技术，再说放火驱赶野兽，最后说他个人表现；但三章各有侧重，第一章说叔徒手搏虎；第二章夸奖他驾马和射箭技术都很超群；第三章则描写叔感到疲劳，动作慢了下来；层次十分清楚，给人一种真情实感。

国风·郑风·清人

清人在彭①，驷介旁旁②。二矛重英③，河④上乎翱翔。

清人在消，驷介麃麃⑤。二矛重乔⑥，河上乎逍遥。

清人在轴，驷介陶陶⑦。左旋右抽，中军作好。

注释

①清：郑国的邑名。连同下文的彭、消、轴，皆是郑国地名。②驷：四马战车。介：铠甲。旁旁：矫健雄壮貌。③重英：矛上重叠装饰的红缨。④河：黄河。⑤麃麃（biāo）：威武貌。⑥乔：矛上的金属托柄，刻有图案，装有红

缨。⑦陶陶：奔驰貌。

解说

　　此诗描述清邑人驾驭四马战车的技术。诗分三章，各章结构相似，分别叙述清人在三个地方同样的杰出表现。

国风·秦风·驷驖

　　驷驖孔阜①，六辔在手②。公之媚子③，从公于狩。

　　奉时辰牡④，辰牡孔硕。公曰左之，舍拔则获。

　　游于北园，四马既闲。輶车鸾镳⑤，载猃歇骄⑥。

注释

　　①驖（tiě）：赤黑色马。孔：甚。阜：肥壮。②六辔：一车四马，每马二辔，服马内二辔系车辕，驾者只操六辔李驾驭。③公：指秦公，秦国国君。媚子：所爱的儿子。④奉：负责猎场的官。辰牡：应时的兽类。⑤輶（yóu）车：轻车。鸾镳（biāo）：系马衔口的缰带。⑥猃（xiǎn）：长嘴猎狗。

解说

　　此诗为秦国诗篇，总写贵族游猎盛况。分三章。第一章讲秦君的宠子驾驭黑如铁色的马匹战车；第二章讲奉命驾车打猎的情况；第三章讲归来时游园小憩。马在诗中表现也有三个层次，开始勇猛，中间灵活，最后悠闲。

国风·陈风·株林

　　胡为乎株林①？从夏南②。匪适株林③，从夏南。

　　驾我乘马④，说于株野。乘我乘驹，朝食于株。

注释

　　①株林：株邑的城郊。胡：为什么。②从：寻找。夏南：陈国大夫夏御叔娶夏姬，生子称夏子南。③匪：同彼，那些人。适：去，往。④乘马：车马。

古时四马拉一车，称为一乘。

解说

此诗为陈国的讽刺诗。讥讽夏姬与陈国国君及大夫孔宁、仪行父私通，三人常坐车前往，名为找夏子南，实找夏姬。后来陈国君被夏子南杀死；孔、仪二人出逃国外。诗分二章，前章模仿三人口气，喊着去寻找夏南；后章则说，实际上他们是想去吃野食。这一段马成为重要配角。

小雅·鹿鸣之什·四牡

四牡騑騑①，周道倭迟②。岂不怀归？王事靡盬③，我心伤悲。
四牡騑騑，啴啴骆马④。岂不怀归？王事靡盬，不遑启处⑤。
翩翩者鵻⑥，载飞载下，集于苞栩⑦。王事靡盬，不遑将⑧父。
翩翩者鵻，载飞载止，集于苞杞。王事靡盬，不遑将母。
驾彼四骆，载骤骎骎⑨。岂不怀归？是用作歌，将母来谂⑩。

注释

①牡：公马。四牡是四匹公马。騑騑：马疾驰貌。②周道：大路。倭迟：同逶迤，道路弯曲漫长。③靡：无。盬（gǔ）：止息。④啴啴（tān）：喘息状。骆马：有黑鬃的白马。⑤遑：暇，顾。启处：安居休息。⑥鵻（zhuī）：鸟名，斑鸠或野鸡。⑦苞：茂密的草木。栩：橡树。⑧将：赡养。⑨载：语助词。骤：奔驰。骎骎（qīn）：奔驰状。⑩谂（shěn）：思念，想念。

解说

《小雅》是《诗经》的一部分，共74篇。它与《国风》明显的不同，并非来自民歌采集。此诗诗题"四牡"，就是四匹公马。诗分五章，从各个侧面叙述作者在外尽力王事，而有强烈的怀归之情。马在诗中屡屡出现，是作者无法离开的伴侣。

小雅·鹿鸣之什·皇皇者华

皇皇者华①，于彼原隰②。駪駪征夫③，每怀靡及。

我马维驹④，六辔如濡⑤。载驰载驱，周爰咨诹⑥。
我马维骐⑦，六辔如丝。载驰载驱，周爰咨谋。
我马维骆，六辔沃若⑧。载驰载驱，周爰咨度。
我马维骃⑨，六辔既均⑩。载驰载驱，周爰咨询。

注释

①皇皇：即煌煌，明亮貌。华：即花。②原隰：原野低湿之地。③駪駪（shēn）：众多疾行貌。④维：助语词，无实义。驹：马高六尺为驹。按：二章驹、濡、驱、诹古韵在侯部。别本驹亦作骄。⑤濡：鲜泽貌。⑥周：忠信之义。爰：于。咨：访问，听取。诹（zōu）：聚议。⑦骐：青黑色的马。⑧沃若：光泽貌，形容缰辔华贵。⑨骃（yīn）：马毛黑白相间。⑩均：调和。

解说

此篇为派遣使臣访求贤达之诗。诗分五章，除第一章总述使者出外的匆忙外，其余四章各述所用的一种马，以衬托出行的辛苦。

小雅·鸿雁之什·白驹

皎皎白驹，食我场苗。絷之维之①，以永今朝。所谓伊人，于焉逍遥？

皎皎白驹，食我场藿②。絷之维之，以永今夕。所谓伊人，于焉嘉客？

皎皎白驹，贲然来思③。尔公尔侯，逸豫无期④？慎尔优游⑤，勉尔遁思⑥。

皎皎白驹，在彼空谷。生刍一束⑦，其人如玉。毋金玉尔音⑧，而有遐心⑨。

注释

①絷：拴。维：系住马缰绳。②藿：豆苗，豆叶。③贲：通"奔"，马快跑状。④逸豫：安乐。无期：没有归期。⑤优游：逍遥。⑥勉：通免，劝止之

辞。⑦生刍：喂马用的生草。⑧毋：不要。金玉尔音：把你的话当金玉。⑨遐心：疏远之心。

解说

此诗四章，皆以白驹开头进行比兴，衬托所思念的伊人，想象她也像小马那样天真纯洁。

小雅·甫田之什·鸳鸯

鸳鸯于飞，毕之罗之①。君子万年，福禄宜之。
鸳鸯在梁，戢其左翼②。君子万年，宜其遐福③。
乘马在厩，摧之秣之④。君子万年，福禄艾之⑤。
乘马在厩，秣之摧之。君子万年，福禄绥之⑥。

注释

①毕：长柄的小网。罗：网。②戢（jí）：收敛。③遐福：永福。④摧：犹莝（cuò），铡碎的草。秣：以草喂马。⑤艾：养。⑥绥：安。

解说

此诗四章，前二章以鸳鸯起兴，后二章则以厩马起兴。主题是歌颂君子取物有道，自奉有节，祝好人一生平安。

黄泽谣

黄之池，其马歕沙①，皇人威仪②。黄之泽，其马歕玉，皇人受穀③。

注释

①歕（pēn）：古同"喷"，喷沙：马奔跑卷起尘沙，呼气时沙如吹出。②皇人：帝王亲族。皇者大也，也可释作大人。大人者帝王也，《易·乾》九五："飞龙在天，利见大人。"此皇人当指周穆王。威仪：庄重严肃的举止仪

态。《书·顾命》："思夫人自乱于威仪。"孔传："有威可畏，有仪可象。"③
縠：此处指福禄，《尔雅·释言》："縠，禄也。"今縠简作谷，但无禄义。

解 说

此为古谣，录自逯（lù）钦立所编《先秦汉魏南北朝诗》。《穆天子传》卷五曰："天子东游于黄泽，使宫乐谣云。"穆天子指周穆王。

所谓谣，即无伴奏之徒歌。《尔雅·释乐》："徒歌谓之谣。"《诗·魏风》："我歌且谣。"《传》："曲合乐曰歌，徒歌曰谣。"《韩诗》曰："有章曲曰歌，无章曲曰谣。"戴侗曰："歌必有度曲节，谣则但摇曳咏诵之，儿童皆能为，故有童谣也。"

周穆王是大游历家，其事见于《穆天子传》，《穆天子传》载于晋太康二年出土之《汲冢竹书》中，为西周早期神话故事。由于《穆天子传》成书时间不可确定，但其出自汲冢，不晚于战国，故将其排在《诗经》后，《楚辞》前。

古人语言简洁，修饰之词不多，以达意为尚。此歌谣仅六句。前三句说穆王疾驰而至黄池，卷起阵阵尘沙，如马喷气吹出，显示出皇人，即穆王之堂堂威仪。后三句是说穆王已经在黄泽，即黄池边歇下来，尘沙落定，马喷出之气遇冷空气凝成白雾，宛如喷玉，预示皇人受不尽之福禄。

（何焱林补充）

石鼓诗之三

帅彼銮车①，忽速填如②。秀弓孔硕③，彤矢镞镞④。四马其写⑤，六辔沃若⑥。徒骈孔庶⑦，廓骑宣博⑧。酋车载行⑨，如徒如章⑩。原隰阴阳⑪。趍趍六马⑫，射之镞镞⑬，有貊有虎⑭，兽鹿如兕⑮，怡尔多贤⑯；迺禽奉雄⑰，我兔允异⑱。

注 释

①銮车：帝王车驾，此当指周宣王及其从者车驾。②忽速：迅速。《太平广记》卷三三五引唐戴孚《广异记·李叔霁》："此行忽速，不可复待。"填

如：填塞，充满。《孔子家语·困誓》："自望其广，则皋如也；视其高，则填如也；察其从，则隔如也：此其所以息也已。"王肃注："填，塞实貌。"句意为已达速度之极限。③秀弓：有纹饰之良弓，如彤弓之属。孔硕：坚硬而硕大。④彤矢：朱漆箭。古代天子用以赐有功诸侯大臣。《书·文侯之命》："彤弓一，彤矢百。"此指周王及诸公自用之箭。鍭鍭：鍭通镞，锐利而众多貌。⑤写：通泻，疾速。《周礼·地官》："稻人掌稼下地，以浍写水。"意谓四马疾驰，如水激泻。⑥六辔：辔：缰绳。古一车四马，马各二辔，其两边骖马之内辔系于轼前，谓之軜(nà)，御者只执六辔。《诗·秦风·小戎》："四牡孔阜，六辔在手。"孔颖达疏："四马八辔，而经传皆言六辔，明有二辔当系之。"沃若：驯顺貌。即四马六辔之操控皆从人意。⑦徒：徒步者。骈：义本并二马，此指队列。孔庶：众，庞大。⑧廓骑：周遭之骑从。宣博：宣有大义，如宣室，博亦有大义，宣博：即众多，骑从如云。⑨酋车：同声假借为輶，輶为轻便小车。猎不当祭，故以輶车，即轻车为是。⑩徒：徒辇：人挽之辇。章：韦昭释为旌旗。如有和、与之义，即輶车与徒辇及举旌旗者也在行伍之中。⑪原隰(xí)：平原与低地。《国语·周语上》："犹其原隰之有衍沃也。"韦昭注："广平曰原，下湿曰隰。"阴阳：下湿为阴，干燥为阳。⑫趋趋(qū)：众多貌。六马：亦言马多。《书·五子之歌》："予临兆民，懔乎若朽索之驭六马。"何按：汉以前。天子与大夫皆驾四马，汉天子始驾六马之车。石鼓文成于周宣王之世，故六马非一乘之马。⑬句言射中很多。⑭貙(chū)：兽名，似狸而大。《尔雅·释兽》："貙獌似狸。"《注》："今貙虎也。大如狗，文如狸。"⑮如：和、与；兕：雌犀牛，亦泛指兕牛。⑯怡：怡悦，亦借作贻，赠、赐。⑰迣：同"陈"。《正字通》："《石鼓》：'迣禽奉雉'又'乘马既迣'。并与陈同。"⑱允：诚、信。此句为周宣王所说之话，意为我猎得之兔很特别吧！其所猎或白兔耶？则王之猎在瑞不在杀。

解 说

此诗录自逯钦立《先秦魏晋南北朝诗》。为《石鼓诗》或称《石鼓文》。东周初秦国在十块鼓形石上，用籀文分刻十首四言韵文，唐初在天兴（今陕西省宝鸡市）三畤原出土。杜甫、韩愈等都有诗篇歌咏，欧阳询、虞世南、褚遂良都极推重其书法。现在一石上之字已磨灭，其余九石也有残缺。藏北京

午马卷

故宫博物院。唐韩愈《石鼓歌》："张生手持石鼓文，劝我试作石鼓歌。"后世亦称其为"猎碣"。明杨慎以为："石鼓诗，周宣王猎碣也，于诗体属小雅。"又云："慎按此诗，其体雅也。"韩愈《石鼓歌》亦有"宣王奋起挥天戈"句，亦作周宣事。也有以为记述秦国国君游猎者。注者取韩、杨之说，以为此诗记周宣王行猎事。

诗写宣王帅领公卿行猎，状其骑从众多，声势浩大，猎获丰厚，并写猎者之情态。对于西周帝王出猎之情景，不啻一幅珍贵的写生图画。

(何焱林补充)

离骚（摘录） 战国·楚·屈原

不抚壮而弃秽兮，何不改乎此度①。乘骐骥以驰骋兮，来吾道夫先路②！

步余马于兰皋兮，驰椒丘且焉止息③。进不入以离尤兮④，退将复修吾初服。

饮余马于咸池兮，总余辔乎扶桑⑤。折若木以拂日兮⑥，聊逍遥以相羊⑦。

朝吾将济于白水兮，登阆风而绁马⑧。忽反顾以流涕兮，哀高丘之无女。

注 释

①抚壮：爱抚年轻的阶段。弃秽：抛弃丑恶。度：规矩，制度。②骐骥(qí jì)：千里马。先路：引路。③兰皋：生长兰草的水岸。椒丘：生长芸香科植物的土丘。④离：惹上。尤：过错。⑤咸池：古人认为的日入之地。《离骚》王逸注："咸池，日浴处也"。辔：驾驭牲口的嚼子和缰绳。扶桑：古人认为的日出之地。《说文》"桑，神木，日所出也。"⑥若木：生于西极荒远之地的神木，是太阳所入之处。《淮南子》言此树呈赤色，叶青花赤，光辉照地。⑦相羊：徘徊；盘桓。⑧阆风：山名，相传在昆仑山之上。绁(xiè)：

捆绑。

解说

作者屈原（约前339~前278）是战国时期楚国诗人和政治家，是楚辞的创立者，曾被推举为世界文化名人而受到广泛纪念。屈原作品突破了《诗经》以四字句为主的格局，每句五、六、七、八、九字不等，句法参差错落，灵活多变；句尾多用"兮"字，以协调音节，造成起伏回宕、一唱三叹的韵致。

《离骚》是楚国诗人屈原的代表作。全篇共372句，2400余字。前半部分叙述作者的身世、修养和抱负，追忆辅佐楚怀王时的种种遭遇。后半部分抒发自己遭谗被害的苦闷，斥责楚王昏庸、群小猖獗，抨击黑暗现实，表达不与邪恶势力同流合污的斗争精神，坚持至死不渝的爱国热情。此处摘录涉及马的4个段落，分别描述驰马、步马、饮马、栓马，为实现美政理想、上下求索、眷恋故土的爱国情怀。

九歌·湘夫人（摘录） 战国·楚·屈原

朝驰余马兮江皋，夕济兮西澨①。闻佳人兮召予，将腾驾兮偕逝。

注释

①江皋：江河岸边。澨（shì）：水边；堤岸。

解说

《九歌》是楚辞中篇名，原为传说中的远古迎神歌曲，经屈原加工为11篇，其中《湘君》和《湘夫人》《大司命》和《少司命》原是一首歌词，故原歌实际上是9首。《湘夫人》全篇以湘水男神湘君思念女神湘夫人的语调，描绘一种祈之不来、盼之不见的惆怅心情。

九歌·东君（摘录） 战国·楚·屈原

暾将出兮东方①，照吾槛兮扶桑②。抚余马兮安驱，夜皎皎兮既明。

注释

①暾（tūn）：刚升起的太阳。②扶桑：传说中太阳在上面运行的神树。

解说

东君是古代神话传说中的日神。因日出东方，故称东君。《东君》作为《九歌》中的一篇，是中国文学史上第一支太阳礼赞曲，赞颂了太阳神普照万物、惩除邪恶、保佑众生的美好品质，体现了人们对太阳神的无限感激和赞颂之情。作为祭祀太阳神的乐歌。通篇以祭者和神灵两种口吻交替歌唱，既表现了日神战胜邪恶、为民除害的英雄气概和留恋故居的温柔情怀，又描绘了初民对太阳神的崇敬和对光明的无限渴望。这里写日神前进不止、循行不息，令人油然而生崇敬之情。

九歌·国殇（摘录） 战国·楚·屈原

旌蔽日兮敌若云，矢交坠兮士争先。凌余阵兮躐余行①，左骖殪兮右刃伤②。霾两轮兮絷四马③，援玉枹兮击鸣鼓④。天时怼兮威灵怒⑤，严杀尽兮弃原野。

注释

①凌：冲入。躐（liè）：践踏。②殪（yì）：杀死。③絷（zhí）：系绊马足。④玉枹（fú）：鼓槌的美称。⑤怼（duì）：怨恨。

解说

国殇，指为国事而死的人。从歌词看，应是指在秦楚战争中牺牲的楚军将士。楚国从怀王后期即与秦国频繁交战，但均以失败告终。《国殇》作为《九歌》中的一篇。诗歌原是从两军激战的惨烈场面开始描绘，依次刻画了楚国战士的英雄气概和壮烈精神，对雪洗国耻寄予厚望，抒发了作者的爱国热情。马在诗中也具有不畏牺牲的无比勇气。

九章·思美人（摘录） 战国·楚·屈原

勒骐骥而更驾兮，造父为我操之①。迁逡次而勿驱兮②，聊假日以须时③。

注释

①造父：人名，为伯益的第九世孙，是西周善御马者。传说他在桃林一带得到八匹骏马，调教好后献给周穆王。②迁逡（qūn）：行不进貌。次：迟疑。③假日：借用这段时光。

解说

《九章》是楚辞的篇章之一，共分9篇，汉代王逸认为是屈原移居江南所作。这一篇《思美人》，所谓"美人"，按王逸所说"言己忧思，念怀王也"即指怀王。反映了作者思念其君而不能达，但又不愿变心从俗的心情。所录诗中以千里马遇到造父为喻，本来是珠联璧合的好事，但却迟疑而不能进，等待了许多时日，在此作者表达了一种郁闷不舒的感情。

九章·惜往日（摘录） 战国·楚·屈原

乘骐骥而驰骋兮，无辔衔而自载①。乘氾泭以下流兮②，无舟楫而自备。

注释

①辔衔：马嚼。②氾泭（fàn fú）：小筏子。

解说

《惜往日》是楚辞《九章》的一篇，有人认为是屈原的绝命词。全篇概述了诗人一生的政治遭遇，自己的理想不能实现。所录诗句表现出作者的绝望心情，任马自行，任舟自流。

九辩（摘录） 战国·楚·宋玉

却骐骥而不乘兮，策驽骀而取路①。当世岂无骐骥兮，诚莫之能善御。见执辔者非其人兮，故驹跳而远去。

谓骐骥兮安归②？谓凤皇兮安栖？变古易俗兮世衰，今之相者兮举肥③。骐骥伏匿而不见兮，凤皇高飞而不下。鸟兽犹知怀德兮，何云贤士之不处？骥不骤进而求服兮，凤亦不贪馁而妄食。君弃远而不察兮，虽原忠其焉得？

乘骐骥之浏浏兮④，驭安用夫强策⑤？谅城郭之不足恃兮，虽重介之何益？

莽洋洋而无极兮，忽翱翔之焉薄⑥？国有骥而不知乘兮，焉皇皇而更索？

注 释

①驽骀（nú tái）：劣马。②安：疑问词，怎么；哪里。③相者：相马的专家。举肥：推荐肥壮者。④浏浏：顺行无阻貌。⑤驭：驾马。强策：硬性鞭打。⑥焉：疑问词，怎么；哪里。薄：接近。

解 说

作者宋玉为战国晚期楚鄢郢（今湖北宜城）人，是屈原弟子，楚辞大家。其美貌名传千古。楚顷襄王和考烈王时曾任大夫。在他的作品中，物象描绘趋于细腻工致，抒情与写景自然贴切，在楚辞与汉赋之间，起着承前启后的作用。

《九辩》是宋玉的代表作。是继《离骚》之后又一首自叙性感情深挚的长篇抒情诗，共有250多句，基本内容为表达贫士失职而志不平的感慨。所录诗句以良马和劣马对比，反映出楚国衰败的社会现实，表现了诗人忧国、忠君的高尚节操，从中可以看出宋玉的个人忧思和当时的社会状况，具有很强的时代感和民族性。

招魂（摘录） 战国·楚·宋玉

青骊结驷兮齐千乘①，悬火延起兮玄颜烝②；步及骤处兮诱骋先③，抑骛若通兮引车右还④。

注释

①结驷：马匹组合。齐：聚集。千乘：众多的车马。一套马与车组合，谓之一乘；国君最多拥有一千乘。②悬火：火把。玄颜：指苍天。烝（zhēng）：火气上升。③骤：疾速。诱骋：引导马跑。④抑：停止。骛（wù）：急速前进，疾驰。若：顺。

解说

《招魂》是楚辞的一篇，汉王逸《题解》认为《招魂》是宋玉所作，主要为安慰屈原，"欲以复其精神，延其年寿"。所录一段为众多马车夜间集合围猎的盛况。

蒲梢天马歌 汉·刘彻

天马徕兮从西极①，经万里兮归有德。承灵威兮障外国②，涉流沙兮四夷服。

注释

①徕：即来。西极：指当时西域。②障：遮蔽，阻挡。

解说

作者刘彻（前156～前87）即汉武帝，是刘邦的重孙，公元前141年即位，在位54年。在位期间击破匈奴侵扰，遣使出使西域。独尊儒术，首创年号。开拓出汉朝最大版图，功业辉煌。

此歌为骚体诗歌。据《史记》载，当时从大宛国得千里马名为"蒲梢"，号称天马，汉武帝十分高兴，故作此歌。主旨是宣扬大汉王朝之威德。

汉乐府·天马

太一贶①，天马下②。沾赤汗，沫流赭③。
志俶傥④，精权奇⑤。籋浮云⑥，晻上驰⑦。
体容与⑧，迣万里⑨。今安匹？龙为友⑩。
天马徕⑪，从西极⑫。涉流沙，九夷服⑬。
天马徕，出泉水。虎脊两，化若鬼⑭。
天马徕，历无草⑮。经万里，循东道⑯。
天马徕，执徐时⑰。将摇举⑱，谁与朝。
天马徕，开远门。竦予身，逝昆仑⑲。
天马徕，龙之媒⑳。有阊阖，观玉台㉑。

注释

①太一：原为古代形成天地万物之元气；也是天帝居所，引申为天帝。贶（kuàng）：赐予。②天马：夸奖千里马来自天上。③沾：浸湿。沫：口涎。赭（zhě）：红褐色。④俶傥（tì tǎng）：洒脱不拘。⑤精权奇：精力非常高超奇异。⑥籋：踏。⑦晻（yǎn）：阴暗不明之处。⑧容与：安逸自得貌。⑨迣：形容奔跑迅速，如同消逝一般。⑩安匹：如何能够匹敌。龙为友：天上神龙才能匹配。⑪徕：古来字。⑫西极：西方极远之处，指西域大宛国。⑬九夷：泛指边疆民族。⑭二句指两匹虎脊马与天马争斗而死。⑮无草：不毛之地。⑯东道：通往中原之路。⑰执徐：天干为辰之年。古时以天干地支纪年。⑱摇：上升。举：飞起。⑲竦（sǒng）：引领举足。昆仑：西方神山，相传西王母居此。⑳媒：媒介。㉑阊阖：天门。玉台：传说天帝居住的地方。

解说

据《汉书》所载，汉武帝元鼎四年（前113）秋，闻说好马生于渥洼水中，曾作《天马之歌》来歌颂；太初四年（前101）春，李广利攻破大宛，获得汗血宝马，又作《西极天马之歌》，这些成为创作这一乐府诗的基础。

这篇《天马》是《汉乐府》中著名的三言诗，前后有二首。前一首写当时只听说大宛有天马,还未见到天马;因此诗中主要写天马汗沫皆赤,洒脱不拘,精力高超奇异,神情安逸自得;应该是天帝赐予,以龙为友,云上驰骋,分明有着想象和夸张。

后一首写其时汉军已经获取了良马,这首诗分为六段,每段均以"天马徕"起句。第一段写天马的来历;第二段写天马出自泉水边,虎脊马与之争斗,结果失败;第三段写天马到中原的路途艰辛遥远;第四段写天马得于辰年,志气高远;第五段写天马来时,大开远门,奔驰迅速;第六段言天马为神龙之侪,可以乘之上天。这两首诗描述天马来之不易,极力赞颂其神奇风采和特性气质。气势磅礴,想象丰富。

汉乐府·君马黄

君马黄,臣马苍,二马同逐臣马良,易之有骓蔡有赭①。
美人归以南,驾车驰马,美人伤我心。
佳人以北,驾车驰马,佳人安终极②。

注释

①易:替换。骓(guī):淡黑色的马。蔡(sà):放弃。赭(zhě):红褐色马。②安终极:最终流落何处。

解说

《君马黄》是汉代乐府中鼓吹曲辞"铙歌"的篇名,即以歌辞首句"君马黄"为题,为杂言诗歌,每句字数不等,相当自由。全篇可分三段,都涉及驾马。首段设想君臣二人赛马,中间换马;以下两段转为叙述美人驾车马往南、佳人往北,引起相思之苦。全篇纯用民歌风格,思路跳跃。

此诗前四句写马的颜色不同,孰优孰劣,要通过比试,才能鉴别,从而选择良马。后六句,是叙述爱情生活的忧与喜,美人驾车驰马离我而去。作者曲折含蓄地向君主进谏,选拔人才不能为表面现象迷惑,而要注重品德节操,用人唯贤。

龟虽寿（摘录） 三国·魏·曹操

老骥伏枥①，志在千里；烈士暮年②，壮心不已。

注释

①骥（jì）：千里马。枥（lì）：马槽，引申为马棚。②烈士：指有志于建立功业之人。

解说

作者曹操（155～220），字孟德，小字阿瞒，沛国谯（今安徽亳州）人。三国时代魏国的奠基人和主要缔造者，后为魏王。其子曹丕称帝后，追尊为魏武帝。曹操一生征战，在北方广泛屯田，兴修水利，对当时农业生产的恢复有一定作用。他用人唯才，抑制豪强，使社会经济得到恢复和发展。他擅长写诗，作品气魄雄伟，慷慨悲凉。

《龟虽寿》是一首抒怀言志的四言诗，即以首句为题。此处所录四句，是以老马自喻，也是篇中传唱千古的诗句。表述千里马因衰老而蹲伏在马棚中，但它形衰而志不衰，心中仍渴望驰骋千里。有志于建功立业的英雄志士，更是雄心犹在，壮志不移。诗人笔力劲健，句挟风雷，表达了作者老当益壮的英雄襟怀。

赠秀才入军十八首（其九） 三国·魏·嵇康

良马既闲①，丽服有晖②。左揽繁弱，右接忘归③。
风驰电逝，蹑景追飞④。凌厉中原⑤，顾盼生姿。

注释

①闲：通娴，娴熟。闲，一指马厩，说马经过关养。②丽服：戎装色彩明艳，美丽耀眼。晖：彩光。③繁弱：良弓名。相传是上古时期大羿射日所用。晋张华《壮士篇》："乘我大宛马，抚我繁弱弓。"忘归：利箭名。《昭明文选》卷二十四注作："楚王载繁弱之弓，忘归之矢，以射兕于云梦。"④蹑：追踪。

景：即影，影子。追飞：追赶飞鸟。崔豹《古今注》云："秦始皇有名马曰追风蹑景。"⑤凌厉：勇往直前。

解 说

作者嵇康（224~263），字叔夜，谯国铚县（今安徽宿州境内）人。三国时魏末文学家、思想家与音乐家，竹林七贤之一，精通音律。曾任曹魏中散大夫，世称嵇中散。后因得罪钟会，为其构陷，被司马昭处死。

《赠秀才入军十八首》是嵇康寄赠其兄嵇喜的作品，嵇喜在曹魏时曾举秀才。这一组诗写作时，正值司马集团与曹魏系统进行一次大的较量，司马氏废掉齐王曹芳、曹魏系统之毋丘俭、文钦举兵讨伐司马氏，嵇喜参军以助司马氏，嵇康对此持反对态度，但嵇康是由其兄抚养成人，兄弟之间感情深厚，不好直说。清代陈祚明评此诗"激昂有气，然似嘲之"，表面上是想象其兄在军中的戎马生活，似是赞颂敬佩，其实是委婉地说反话。以良禽择木，良马择主，善意地进行劝说和嘲谑。诗中对良马和骑手的描绘，相当生动鲜明。

马赞 晋·郭璞

马出明精，祖自天驷①。十闲六种②，各有名类。三才五御，驽骏异辔③。

注 释

①明精：传说马为天地精华所化。纬书《春秋考异邮》："地主月，月精为马"；《春秋说题辞》："地精为马"；鱼豢《典略》："神马者，河之精也；代马，阴之精。"天驷：对应于马的星辰，房宿的别名。《周礼·夏官》"春祭马祖"注："马祖，天驷也。"②十闲六种：指天子拥有的众多马匹。闲为马厩。《周礼·夏官》："天子十二闲，六种；邦国六闲，四种；家四闲，二种。""校人，掌主马之政，辨六马之属。"③三才：天、地、人。五御：五种驾车的技巧。《周礼·地官》："保氏掌谏王恶而养国子以道，乃教之六艺：一曰五礼，二曰六乐，三曰五射，四曰五御，五曰六书，六曰九数。"郑玄注"五御"包括："鸣和鸾，逐水曲，过君表，舞交衢，逐禽左"。驽（nú）骏：走不快和善于跑的两种马。辔（pèi）：本意是马嚼子和缰绳；此处泛指驾马

方式。

解说

作者郭璞（276～324），字景纯，河东闻喜县（今属山西）人，东晋训诂学家，又是道学术数大师。赞是一种韵文文体，多为四言。

这一篇马赞，寥寥六句，却集中了古代有关马的重要记述，突出了马在古人心目中的地位，言简意赅，堪称佳构。

（冯广宏补充）

騊駼赞　晋·郭璞

騊駼野骏①，产自北域。交颈相摩，分背翘陆②。虽有孙阳，终不在服③。

注释

①騊駼（táo tú）：良马名，原是古代北方一种青色的野马。《山海经·海外北经》："北海内有兽，状如马，名騊駼。色青。"②翘陆：举足跳跃之状。语出《庄子·马蹄》："龁草饮水，翘足而陆，此马之真性也。"③孙阳：春秋时善于相马的技师，即伯乐。在服：为官家所用。

解说

作者专门为古代一种名马"騊駼"作赞，全文六句。前两句点出产地是在北方；中间两句则形容这种马的动作习性；末两句指出此马不容易驯服，恐怕连伯乐都没有办法。言外之意，具有特殊抱负的人，决不会被功名利禄所惑，其含义相当深长。

（冯广宏补充）

君马篇　南朝·宋·何承天

君马丽且闲①，扬镳腾逸姿②。骏足蹑流景③，高步追轻飞④。冉冉六辔柔，奕奕金华晖。轻霄翼羽盖，长风靡淑旗⑤。愿为范氏驱⑥，雍容步中畿⑦。岂效诡遇子⑧，驰骋趣危机⑨。铅陵策良驷⑩，造父为之悲⑪。不怨吴坂峻⑫，但恨伯乐稀。赦彼岐山盗，实济韩原师⑬。奈何汉魏主，纵情营所私。疲民甘藜藿，厩马患盈肥。人畜贸厥养⑭，苍生将焉归？

注释

①君马：君子之马，指高贵的宝马。丽且闲：漂亮而娴熟。②镳（biāo）：马嚼子，借代马。逸姿：飘逸洒脱的姿态。③蹑：追踪。流景：太阳流动的光影；"景"通"影"。④轻飞：飞得极快的禽鸟。⑤靡：分散，披靡。淑旗：古代绘有蛟龙的旗帜。⑥范氏：战国时赵国贵族，王良曾为其驾马。《孟子·滕文公下》："昔者，赵简子使王良与嬖奚乘，终日而不获一禽。嬖奚反命曰：'天下之贱工也。'或以告王良。良曰：'请复之'。""吾为范氏驰驱，终日不获一；为之诡遇，一朝而获十。"赵岐注：诡遇，非礼射也，则能获十。⑦中畿（jī）：京城内外。《资治通鉴·晋隆和元年》胡三省注："中畿，王畿也。《周礼》九畿，王畿方千里，其外侯、甸、男、采、卫、蛮、夷、镇、蕃，皆以五百里言之。王畿在九畿之中，故曰中畿。"⑧诡遇：以不正当手段达到某种目的。⑨趣：趋近。⑩铅陵：即古代驾马者铅陵卓子，技术差，不顺马性。《太平御览》引《韩非子》："铅陵卓子乘苍龙排文之乘，钩饰在前，错缀在后。马欲进则钩饰禁之，退则缀错贯之。造父见而泣曰：犹人处急世而不知所由也。"良驷：好马。⑪造父：西周时善御马者。⑫吴坂：一处陡坡，指"骥伏盐车"的典故所在地。唐汪遵《吴坂》诗即咏其事："踸踔盐车万里蹄，忽逢良鉴始能嘶。不缘伯乐称奇骨，几与驽骊价一齐。"⑬岐山盗：为秦穆公失马的典故。马为岐山下野民所得，穆公不但不怪罪，反而给他们酒喝。后来在韩原战败，野民舍命救出穆公。⑭藜藿：穷人所食野菜。贸：变换。厥：其。

解说

作者何承天（370~447），南朝宋著名的天文学家、无神论思想家，东海郯（今山东郯城）人。幼年从学者徐广，历官衡阳内史、御史中丞等，世称何衡阳；元嘉年间为著作佐郎。他通览百家经史，知识渊博。精通天文律历，造诣颇深。《君马篇》借马喻人。

此诗为五言古诗,前8句写"君马"之高贵与华美,是诗人自我理想的象征。中8句写良马驭于俗人,不能展其雄姿,表达了诗人的怀才不遇的悲叹和不平。后8句联想"厩有肥马,野有饿殍"的社会现实,大胆批判纵情营私,贻害苍生的统治者。

白马篇 南朝·梁·王僧孺

千里生冀北①,玉鞘黄金勒②。散蹄去无已,摇头意相得③。豪气发西山,雄风擅东国。飞鞚出秦陇,长驱绕岷僰④。承谟若有神,禀算良不惑⑤。浡汨河水黄,参差嶂云黑⑥。安能对儿女,垂帷弄毫墨⑦。兼弱不称雄,后得方为特⑧。此心亦何已,君恩良未塞。不许跨天山,何由报皇德。

注释

①千里:千里马的省称。冀北:冀州北部,自古以多产骏马称于世。②鞘(shāo):鞭梢。勒:马络头。③无已:不止。相得:洋洋自得。两句写白马撒开马蹄奔跑,一往无前,不知疲倦,摇头摆尾的神态。④鞚(kòng):马勒。秦陇:泛指西北边地。岷:即岷山。僰(bó):古代蜀南及滇北少数民族。⑤承谟:奉行策略。禀算:接受谋划。良:非常。⑥浡汨:形容河水急流激荡。嶂:峻岭。⑦毫墨:笔墨。⑧特:杰出。

解说

作者王僧孺(465~522),南朝梁诗人、骈文家,东海郯(今山东郯城)人。出身没落士族家庭,早年贫苦,母亲鬻纱布生活,他为人抄书以养母。南齐后期被举荐出仕,梁初官至御史中丞,后任南康王长史,因被典签汤道愍所谮而弃官。

此诗为五言古诗,以马为喻。前半部分写白马之雄姿灵性,后半部分写驾马之人(喻诗人自己)的壮志豪情,二者融为一体。全诗激昂慷慨,寓意深长,表达了"立功之事,尽力为国,不可念私"(郭茂倩语)这一主旨。

赋得边马有归心诗 南朝·陈·沈炯

穷秋边马肥，向塞甚思归。连镳渡蒲海，束舌下金微①。已却鱼丽陈，将摧鹤翼围②。弥忆长楸道，金鞍背落晖③。

注 释

①连镳（biāo）：骑马同行。镳为马勒。蒲海：即古湖泊蒲类海，即今新疆维吾尔自治区东部的里坤湖。束舌：勒马使不嘶叫。金微：古山名。即今阿尔泰山，在新疆维吾尔自治区北部和蒙古西部，西北延至俄罗斯境内。②鱼丽陈：即"鱼丽阵"，古代将步卒环绕战车进行疏散配置的一种阵法，杀伤力颇强。杜预注《司马法》："车战二十五乘为偏。以车居前，以伍次之，承偏之隙而弥缝阙漏也。五人为伍。此盖鱼丽陈法。"鹤翼围：即古代鹤翼阵法，大将位于阵中，以重兵围护，左右张开如鹤双翅，达到攻守兼备。③弥：长久。长楸（qiū）道：有高大梓树的道路。《九章·哀郢》："望长楸而太息兮，涕淫淫其若霰。"落晖：夕阳西下的光影。

解 说

作者沈炯（503～561），字初明，一作礼明。武康（今浙江德清县）人。仕梁为尚书左户侍郎，出任吴令；后为宋子仙掌书记，转事王僧辩。侯景叛平后，梁元帝任之为从事中郎，给事黄门侍郎，领尚书左丞。荆州陷落时为西魏所虏，但受到尊重，授仪同三司。绍泰二年（556）回，历任司农卿，御史中丞。陈武帝时知通直散骑常侍，陈文帝封为明威将军，遣还乡里。

这首五言诗已相当接近五律，主题虽是吟咏边地马匹，但实际是借马喻人，表达作者思归的情绪。开头两句即直插题意，说明边塞的马非常思乡，即使那里青草茂密，食料充足，也不愿久留了；下面两联描述当初骑马奔赴新疆，参加战阵的情景；末两句是用来时长楸连道、背映夕阳的回忆作为结束语，以寄托不尽之情，充分刻画欲归不得的那种无奈。此诗情景交融，语言华美，堪称佳作。

（冯广宏补充）

后园看骑马 南朝·梁·萧绎

良马出兰池,连翩驱桂枝①。鸣珂随蹋驶②,轻尘逐影移。
香来知骤近,汗敛觉风吹。遥望黄金络,悬识幽并儿③。

注释

①兰池:宫苑名,初建于秦始皇时。据《三秦记》载:始皇时引渭水建成人工湖。连翩:接续不断。驱:排开。②珂(kē):美玉,用作马笼头上的饰品。鸣珂指贵者之马以玉为饰,行则作响。蹋(jú):曲身弯腰。③络:马笼头。悬识:预先认识。幽并儿:幽州并州的健儿。古代燕赵之地,居民以慷慨悲歌、尚气任侠著名。

解说

作者萧绎(508~554),字世诚,自号金楼子,即南北朝时期的梁元帝。他盲一目,聪颖好读书,善五言诗,但性矫饰,多猜忌,平生留下不少学术著作。公元552年在江陵称帝,两年后西魏攻江陵,被俘遇害。

本诗为萧绎所作五言诗,已接近五律,主要描绘在宫廷后园观骑马的情景。良马从兰池出,在桂树林奔跑,骑手曲身弯腰,马头上的玉饰丁当作响,马蹄扬起轻尘,追逐着移动的影子。闻到香气知马骤然驶近,汗水收敛感觉马卷起的微风吹来。看到这样的马,这样的骑手,幽并游侠儿应该是这样的风采。作者高度赞扬了良马的矫健、迅捷、高贵,骑手的娴熟、灵巧、英武。

紫骝马 南朝·陈·张正见

将军入大宛①,善马出从戎②。影绝乾河上③,声流水窟中。
似鹿犹依草,如龙欲向空。须还十万里,试为一追风④。

注释

①大宛:古代西域国名,盛产名马。②从戎:军旅。③绝:断。乾河:即桑乾河,永定河上游,相传每年桑椹成熟时河水干涸,故名。④追风:追上风

的速度。秦始皇有名马七匹,其一即名追风。

解 说

作者张正见(?~约575),字见赜,清河东武城(今河水清河县东北)人。幼好学,有清才。梁元帝立,拜通直散骑侍郎,迁彭泽令。值梁季丧乱,避地于匡俗山。陈武帝受禅,诏为镇东鄱阳王府墨曹行参军,累迁通直散骑侍郎。他善于五言诗,咏紫骝马的诗是他与同僚共同创作的题目,与以下几首组成一组,其诗体已相当于五律。

这首五言诗,开首两句交代良马来历,是从大宛将良马带到部队服役。颔联写马之影和声,与北方边境特定环境联在一起,"绝""流"二字,炼字精妙,"流"用了通感修辞手法。颈联用比喻手法,似鹿如龙,增加了马的形象性,写出马的特性和心态。尾联进一层写马的特性,奔驰发挥特长,为国效力。全篇层层相扣,逐层展开和推进。

秦穆公马赞 北朝·周·庾信

骏马遇盗,秦君不瞋①;先倾美酒,翻畏伤人;邻兵向国,穷寇侵秦。于时大盗,还作功臣。

注 释

①秦君:指春秋五霸之一的秦穆公(?~前621)。嬴姓,名任好。在位39年(前659~前621)。《吕氏春秋·爱士》:"秦穆公车败,失左骖,自往求焉。见野人杀,将食之。穆公笑曰:食骏马肉而不饮酒,余恐其伤性也。遍饮之而去。"《史记·秦本纪》亦记其事,说秦穆公丢失了一匹良马,被乡里人捉来准备杀吃。穆公说:吃良马肉而不喝酒,会伤人的。便拿酒来请他们喝。后来,秦国与晋国发生战争,秦军被晋军包围,穆公受伤,那些人以命相拼,救出穆公。瞋(chēn):怒目而视。

(冯广宏补充)

解 说

庾信(513~581)字子山,小字兰成,南阳新野(今属河南)人。初任抄撰博士，后任梁湘东国常侍。侯景叛乱时，庾信逃往江陵，辅佐梁元帝。后奉命出使西魏，在此期间，梁为西魏所灭，于是留在北方，官至车骑大将军、开府仪同三司；北周代魏后，迁为骠骑大将军、开府仪同三司，被封为侯。

这篇四言赞，用极其简要的语言，全文记述了秦穆公爱护乡民的动人故事，颇具感染力。

紫骝马 南朝·陈·陈暄

天马汗如红①，鸣鞭度九嵏②。饮伤城下冻，嘶依北地风③。
笳寒芳树歇，笛怨柳枝空④。横行意未已，羞住毂车中⑤。

注释

①天马：汉时对西域良马的称呼。《汉书·西域传》："大宛多良马，马汗血，天马也"。②九嵏（zōng）：数峰并峙的山，位于古咸阳之北。③北地：北方寒冷地带。④笳：胡笳。笛：羌笛。皆为边疆乐器。⑤毂（gǔ）：本指车轮中心的圆木，这里指车。

解说

作者陈暄（？～约607），义兴国山（今江苏宜兴）人。陈后主在东宫，引为学士。及即位，迁通直散骑常侍。陪侍游宴，谓为狎客。后主对他亲昵而又轻侮之，将他倒悬于梁，临之以刃，命其作赋，仍限时间；陈暄援笔即成，不以为意。后来他傲慢转甚，后主不能容，编艾为帽加于其首，点火燃烧到头发，数日后，发悸而死。

本诗仍近于咏紫骝马的五律，歌咏一匹不畏边地艰苦，宁愿效命疆场的骏马，表现了积极进取，渴望为国效力的精神和刚烈勇毅的气概。

紫骝马 南朝·陈·李爽

紫燕忽踟蹰，红尘起路隅①。围人移首蓿，骑士逐蘼芜②。
三边追黠虏，一鼓定强胡③。安用珂为玉，自有汗成珠④。

注释

①紫燕:骏马名,相传汉文帝有骏马九匹,紫燕骝为其中之一。踟蹰:停步不前。路隅:路边。②圉(yǔ)人:掌管牧马差事的人。苜蓿、蘼芜:均为可供马食之植物。③三边:指边疆。胡:指匈奴。④珂:美玉制作的马饰。汗成珠:汗血马的汗带红色,拟之为珠。

解说

作者李爽,南朝陈时任中记室,《陈书·文学传》说:陈宣帝太建年间,李爽、张正见、祖孙登等同僚"为文会之友",后来陈暄等人也参加进来,经常在一起游宴赋诗,所咏紫骝马诗应是当时共同创作的题目,其诗体更近于五律。

本诗表现手法独特,着重描绘紫骝马战斗之后的疲乏、饥饿、汗滴成珠,表现它吃苦耐劳,勇敢无畏的精神,而战斗时叱咤风云,左冲右突的场面则没有作描写。这种截取一个横断面来表现所描写的对象,显示出诗歌婉曲别致的风格。有时更具艺术感染力。

紫骝马 南朝·陈·祖孙登

候骑指楼兰,长城迥路难①。嘶从风处断,骨住水中寒。
飞尘暗金勒,落泪洒银鞍。抽鞭上关路,谁念客衣单。

注释

①楼兰:西域古国,亦泛指边关。迥:遥远。

解说

作者祖孙登,南朝陈时曾为记室,为司空侯安都门客。太建初年,与张正见、徐伯阳、李爽、贺彻、阮卓等"为文会之友",游宴赋诗,由徐伯阳编为《文会诗》三卷(已佚),盛传一时。

本诗表现了边地生活的艰难辛苦,寄托征人悲苦之音,表达作者对戍边战士的悲悯与同情。诗中人和马的处境是连在一起的。扬鞭策马奔驰在通往边关的道路上,谁还会想到我这客行他方的戍边者衣着单薄呢?意即谁会怜惜和关心我这样的戍边战士呢？人受苦，马亦受苦。

咏饮马应诏诗　唐·杨师道

清晨控龙马，弄影出花林；蹀躞依春涧，联翩度碧浔①。
苔流染丝络，水洁写雕簪；一御瑶池驾，讵忆长城阴②。

注释

①蹀躞（xiè dié）：小步行走。浔：水边深处。②讵（jù）：岂，怎么。

解说

作者杨师道（？~647），字景猷，弘农华阴（今属陕西）人，隋代宗室。入唐，娶桂阳公主，封安德郡公。贞观中（627~649）拜侍中，参与朝政，迁中书令，后罢为吏部尚书。他善于草隶，工诗。

这首五言诗称为"应诏"，应该是奉唐太宗之命撰写的。全诗描述皇家"龙马"在池边饮水的情景，刻画出非常闲适的状态，文词华丽，但不落俗套。

咏马　唐·杨师道

宝马权奇出未央①，雕鞍照曜紫金装；
春草初生驰上苑，秋风欲动戏长杨。
鸣珂屡度章台侧，细蹀经向濯龙傍②；
徒令汉将连年去，宛城今已献名王③。

注释

①权奇：奇谲非凡，多形容良马善行。语见《天马歌》。未央：汉代初建的未央宫，此处泛指皇宫。②鸣珂（kē）：乘马以玉为饰，行时作响。章台：即章华台，春秋时楚国离宫。蹀（dié）：踏步。濯龙：汉代宫苑名，在今洛阳西南角。《后汉书·桓帝纪》："庚午，祠黄老于濯龙宫。"③汉将：指汉武帝时为马而远征大宛的李广利。宛（yuān）城：指大宛国城。大宛是古代中亚

国名。名王：指唐太宗。

解说

　　这首七言诗仍然以吟咏皇家宝马为主题。全诗都活用汉代汗血马的典故，如未央殿、上林苑、长杨宫、章台、濯龙宫，皆是一连串的汉朝宫苑，宝马就在其中幸福地生活着。末尾两句则引用汉武帝的故事，《史记》载为："大宛有善马，在贰师城，不肯与汉使。天子既好宛马，使壮士车令等，持千金，以请宛王贰师城善马。宛国饶汉物，相与谋曰：'贰师马，宛宝马也。'遂不肯与。汉使怒，妄言，椎金而去。宛贵人怒，遮攻杀汉使，取财物。天子大怒，拜李广利为贰师将军，发属国骑及郡国恶少年数万人以伐宛，期至贰师城取善马。"唐代，根本不用武力，西域就将宝马贡献明王了。这是对唐太宗政绩的充分肯定。

（冯广宏补充）

咏饮马　唐·李世民

　　骏骨饮长泾①，奔流洒络缨②。细纹连喷聚③，乱荇绕蹄萦④。水光鞍上侧，马影溜中横⑤。翻似天池里，腾波龙种生。

注释

　　①骏骨：指骏马。泾（jīng）：河沟。②络缨：马头上丝绳做的穗状饰物。③细纹：马饮水时，水的细波纹，连着喷水而汇聚。④荇（xìng）：水生植物名。⑤溜：小股水流。

解说

　　作者李世民即唐太宗（599～649），陇西成纪（今甘肃静宁西南）人，祖籍赵郡隆庆（今河北邢台市隆尧县），是中国历史上最著名的政治家之一，开创了贞观之治。公元617年，其父李渊在他的支持下于太原起兵反隋，很快占领长安。次年，李渊建立唐朝，立长子李建成为太子。据说太原起兵是李世民的谋略，李渊曾答应事成之后立他为太子，但天下平定后，李世民功名日盛，李渊却犹豫不决，造成李建成设计排挤李世民。在危急时刻，李世民先发制人，抢先一步杀死大哥李建成和四弟李元吉，是为"玄武门之变"。三天后，李世民便被立为皇太子,后来成为唐朝第二位皇帝。他积极听取群臣意见,努力学习,成为罕见的明君。

作者平生爱马,这一首五律,是咏饮马之作。

本诗首联点题,写骏马在小河饮水,络缨垂下,洒在奔流的水中。颔联颈联具体描述饮马的形态和环境,水面细纹连着马口汇聚,杂乱的荇菜远离马蹄萦绕;波光粼粼从侧边照射着马鞍,潺潺中流之水辉映着马影。尾联赞颂此马,真像龙种,在天池里翻腾兴波。这首五律,表现了唐太宗观察马、熟悉马及喜爱马的心情。

紫骝马 唐·沈佺期

青玉紫骝鞍①,骄多影屡盘。
荷君能剪拂②,蹀躞喷桑乾③。
踠足追奔易④,长鸣遇赏难。
摐金一万里⑤,霜露不辞寒。

注释

①紫骝:黑毛黑尾的红马之色。②荷:承担,承受。剪拂:洗涤拂拭。③蹀躞(dié xiè):小步行走貌。桑乾:代指马喷出的气。④踠(wǎn):骡马脚与蹄连接的弯曲处。⑤摐(chuāng)金:以棒敲击金鼓。

解说

作者沈佺期(约656~714或715),字云卿。相州内黄(今属河南)人。唐上元二年(675)进士及第。由协律郎累迁考功员外郎。历任中书舍人,太子少詹事。沈佺期与宋之问齐名,时称"沈宋"。其近体诗格律谨严精密,是律诗体定型的代表人物。

这首五言律诗赞美紫骝马威武神气的气概和奔跑迅疾、负重善行、不辞苦寒的精神。

骢马　唐·万楚

金络青骢白玉鞍①，长鞭紫陌野游盘②。
朝驱东道尘恒灭，暮到河源日未阑③。
汗血每随边地苦④，蹄伤不惮陇阴寒⑤。
君能一饮长城窟，为尽天山行路难⑥。

注释

①骢马：青白色的良马。②紫陌：指京城郊野的道路。游盘：游逸娱乐。③阑：残，尽，晚。④汗血：形容疲劳至极，以至滴血成汗。⑤陇阴：陇山北面。陇山在陕西、甘肃交界处。⑥长城窟：古乐府瑟调曲名，原名《饮马长城窟行》。古辞写征戍之客在长城边饮马，征妇念其勤苦，故作此曲。窟为人群聚集之地。天山：山名，在新疆境内。行路难：亦为乐府杂曲歌辞篇名，主要写世事艰难及离别悲伤。此处为双关语。

解说

作者万楚，为唐开元年间进士。

本诗描写青骢良马金络玉鞍，载着主人在京城郊野游玩。一旦边境有事，则东驰西骋，消除边患，不惮边地艰苦陇阴天寒，不怕疲劳汗血蹄受伤。结尾巧妙地将乐府篇名《饮马长城窟》和《行路难》化用引入诗中，表现了征程的艰苦和胜利的欢欣。

送刘评事充朔方判官赋得征马嘶　唐·高适

征马向边州，萧萧嘶不休。
思深应带别，声断为兼秋①。
歧路风将远，关山月共愁②。
赠君从此去，何日大刀头③。

注 释

①兼秋：两个或两个以上的年头。②歧（qí）路：岔道。③大刀头："还"的隐语。《汉书·李陵传》云：李陵降匈奴后，其故人任立政作为汉使至匈奴，想暗地劝他还汉。有一次，任立政见到李陵，一面说话，一面用手屡次摸自己的刀环。因"环"与"还"音近，暗示要李陵还汉。后来就用"大刀头"作"还"的隐语。

解 说

作者高适（700～765），字达夫、仲武，渤海蓨（今河北省景县）人。少孤贫，爱交游，有游侠之风，并以建功立业自期。安史之乱后，曾任淮南节度使、彭州刺史、蜀州刺史、剑南节度使等职，封渤海县侯。世称"高常侍"。其诗直抒胸臆，不尚雕饰，以七言歌行最富特色，大多写边塞生活。

诗题中"评事"为官名，属大理寺；"朔方"为地名，汉设朔方郡，在今内蒙境内。"判官"亦为官名，是地方长官的僚属。

这一五律赋"征马嘶"以送别，因此既要写马嘶，也要写别情，两相融合。首联写马嘶，刘评事乘征马赴边州上任，马不停发出萧萧的嘶声。颔联写作者的离别之情，与马嘶断续之缘由；颈联联想友人将面临的处境，歧路多，风将远，关山望月，心绪添愁。尾联引用典故，期盼友人早日回归。耳中的马嘶，心中的别绪，前路的凄清，回归的期盼，交融在一起，情真而意切，语俗而旨远。

紫骝马　唐·李白

紫骝行且嘶①，双翻碧玉蹄。
临流不肯渡，似惜锦障泥②。
白雪关山远，黄云海树迷。
挥鞭万里去，安得恋春闺③。

注 释

①紫骝：良马的代表。②锦障泥：为防沾泥，以锦制品包裹马足。③春

闺：指闺中的少妇。

解说

　　作者李白（701～762），字太白，号青莲居士。祖籍陇西成纪（今甘肃省静宁县南），出生于蜀郡绵州昌隆县（今四川江油市青莲乡），一说出生于西域碎叶（今吉尔吉斯斯坦托克马克）；逝世于安徽当涂。存世诗文千余篇，后人尊为诗仙，其诗多以描写山水和抒发情感为主，诗风雄奇豪放。与杜甫并称"李杜"。

　　这一首以咏紫骝马的述志五律，描述此马将随主人远赴边关，飞奔万里。作者感慨：马儿啊，你休要留恋安逸的生活，就像我作为男子汉，怎么能留恋春闺的儿女情长，而不去为国建功立业呢？

房兵曹胡马　唐·杜甫

　　胡马大宛名①，锋棱瘦骨成。
　　竹批双耳峻②，风入四蹄轻。
　　所向无空阔③，真堪托死生④。
　　骁腾有如此⑤，万里可横行。

注释

　　①胡马：泛指西北少数民族地区所产的马。大宛（yuān）：汉代西域国名，在大月氏东北，即今乌兹别克斯坦共和国的费尔干纳盆地。大宛产良马，尤以汗血马（即汉代所谓"天马"）最为著名。②竹批：即竹削，形容马耳如斜削的竹管。古人以双耳尖锐为良马的特征。北魏贾思勰《齐民要术》卷六："（马）耳欲得小而促，状如斩竹筒。"③无："无不"的省语。④托死生：指马可与主人共生死。⑤骁腾：骁勇快捷。

解说

　　作者杜甫（712～770），字子美，自号少陵野老，河南巩县（今巩义市）人。唐肃宗时，官左拾遗；后入蜀，严武推荐其为剑南节度府参谋，加检校工部员外郎，故后世又称杜拾遗、杜工部。一生写诗1500多首，诗艺精湛，忧国忧民，后世尊为诗圣。

诗题中"房兵曹"，不详其名；兵曹为兵曹参军事的省称。这首诗不仅写出了马的神貌，而且写出诗人的远大抱负。

这首五言律诗咏房兵曹之西域名马，堪称千古名篇。首联点题，描绘了一匹神清骨峻的"胡马"，以马瘦来衬托其劲勇。颔联写了马耳如竹削，极有挺拔的力度，表现良马之特征；风入四蹄，别具神韵，似乎马不动而风向蹄间呼啸而入，这是骑者的感受。前4句实写马的外形动态，后四句转用虚写，颈联骏马在空阔地带奔腾而过，逾越一切险阻的能力使人信赖。尾联看似写马，实是写人。从良马驰骋万里，鼓励房兵曹为国建功立业，更是青年杜甫锐于进取，怀有远大志向的写照。

病马　唐·杜甫

乘尔亦已久，天寒关塞深①。
尘中老尽力②，岁晚病伤心。
毛骨岂殊众③，驯良犹至今。
物微意不浅，感动一沉吟。

注释

①深：远。意谓病马曾长久在寒冷的塞外服役。②尘：风尘。③殊众：与一般马没有什么不同。

解说

作者笔下之马，长期在寒冷的边塞服役，奔波劳碌，而今老而有病，但皮毛骨架依旧，驯良品格犹存。身病力微仍思为主人效力，诗人对此无限感动而吟此诗。吟病马，即吟诗人自己，通过对病马的悲悯表现作者忧国之情。

天马词（二首）　唐·张仲素

天马初从渥水来，郊歌曾唱得龙媒①。不知玉塞沙中路②，苜蓿残花几处开③?

蹀躞宛驹齿未齐④,摐金喷玉向风嘶⑤。来时欲尽金河道,猎猎轻风在碧蹄⑥。

注释

①渥水:即渥洼,为党河支流,在今甘肃安西县。《史记·乐书》曰:"又尝得神马渥洼水中。"郊歌:即郊祀歌。汉武帝定郊祀之礼,立乐府。命李延年为协律都尉,作郊祀歌,共十九章,《天马》为其中一章。龙媒:骏马。《汉书·礼乐志·天马歌》:"天马徕,龙之媒"。②玉塞:即玉门关。③苜蓿:(mù xù) 植物名,可作饲料。④蹀躞(dié xiè):马小步疾行貌。宛驹:大宛出产的马驹。齿:马的年龄按牙齿计。⑤摐(chuāng)金:以棒敲击金鼓。喷玉:形容马口喷出白色的热气。⑥金河道:堤岸坚固的河道。猎猎:风声。碧蹄:指天马青色马蹄。

解说

作者张仲素(约769~819)字绘之,河间(今属河北)人。贞元十四年(798)进士,元和年间,任司勋员外郎,又从礼部郎中充任翰林学士,迁中书舍人。擅长乐府诗,善写思妇心情。

此诗为二首七绝。第一首前两句写天马来自渥洼,汉代《郊祀歌·天马》就曾唱此事。后两句是说,在天马的故乡,玉门关,沙中路,有几处正开着苜蓿的残花。这表现了天马对故土的思念,也是诗人丰富的想象。第二首描绘了大宛名驹汗血马(俗称"天马")小步疾行时纵蹄喷玉,向风嘶叫,蹄下猎猎生风的矫健身姿。

马诗二十三首(选五) 唐·李贺

龙脊贴连钱①,银蹄白踏烟。无人织锦韂②,谁为铸金鞭?

此马非凡马,房星本是精③。向前敲瘦骨,犹自带铜声。

大漠沙如雪,燕山月似钩。何当金络脑④,快走踏清秋。

催榜渡江东,神骓泣向风⑤。吾王今解剑,何处逐英雄?

武帝爱神仙,烧金得紫烟⑥。厩中皆肉马,不解上青天!

注释

①龙脊:形容马背。连钱:马背上有花纹的铺垫,纹饰犹如连串的铜钱。南朝宋刘义庆《世说新语·术解》:"王武子善解马性,尝乘一马,著连钱障泥。"②韂(chàn):垫在马鞍下、垂在马腹两侧的布饰,用以遮挡泥土。③房星:即房宿,为东方苍龙第四宿,古称"天驷",取龙为天马和房宿有四颗星之意。古人认为是马的象征。④金络脑:金子做的辔头。⑤催榜:急促招渡。江东:一作"乌江"。神骓:指项羽所乘乌骓马。骓是白毛里杂有黑和暗褐色的马。⑥烧金:指汉武帝让方士烧炼金丹,企图长生不老。

解说

作者李贺(790~816),字长吉。福昌(今河南宜阳)人。自幼细瘦,通眉长爪,体质较弱;但才思敏捷,七岁能诗,又擅长疾书。他曾做过三年奉礼郎,旋即因病辞官。他的诗最大特色,就是想象丰富奇特,语言瑰丽奇峭,时人称为诗鬼,目为"鬼才"。李商隐给他作的《小传》说:"恒从小奚奴,骑巨驴,背一古锦囊,遇有所得,即书投囊中。及暮归,太夫人使婢受囊出之,所见书多,辄曰:'是儿要当呕出心乃已耳!'"

作者爱写古风,这样的《马诗》五绝很少,原作有23首,此处选取5首。第一首形容骏马的矫健,但无人给它配备华丽的设施,影射千里之才,得不到重用。第二首描述骏马是房星下凡,敲他的骨头可以发出铿锵的声音,确实非凡马可比,意思说才子就是才子,非一般碌碌者所能望其项背,这一首可算千古名篇。第三首吟咏北方的名马,十分耐得劳苦,应该给它安上金银饰品,才能够配套,使之舒展其志。第四首吟咏楚霸王兵败乌江,慌不择路地要渡至江东,结果在言语刺激之下,竟然吟唱"时不利兮骓不逝",解剑自杀,试问从此谁来竞逐英雄？同情之意，溢于言表。第五首是讽刺汉武帝炼金丹，作了许多笨事，但他又非常爱马，那些马并非天马，怎么能送他上天呢？语气诙谐，但入木三分。总之，这一组五绝，皆别有风味。

（冯广宏补充）

骐骥长鸣　唐·章孝标

有马骨堪惊，无人眼暂明。力穷吴坂峻①，嘶苦朔风生。
逐逐怀良御②，萧萧顾乐鸣③。瑶池期弄影，天路欲飞声。
皎月谁知种，浮云莫问程。盐车终愿脱④，千里为君行。

注释

①吴坂：陡峻的斜坡。用"骥服盐车"的典故。②逐逐：心情迫切状。良：指古代善于驾马的王良。萧萧：马鸣声。乐：伯乐一样的善识马者。④盐车：运盐的车子。《战国策·楚策四》："夫骥之齿至矣，服盐车而上太行，蹄申膝折，尾湛胕溃，漉汁洒地，白汗交流，中阪迁延，负辕不能上。伯乐遭之，下车攀而哭之，解纻衣以幂之。"这一典故言千里马老，低头负重之苦况，暗喻人之力小任重。

解说

作者章孝标（791~873），字道正，睦州桐庐（今属浙江）人元和十四年（819）进士，太和年间曾任山南道从事、大理寺评事，终秘书省正字。

本诗为五言排律，除首尾外，中间各联皆为对仗。题写骐骥，《庄子·秋水》称"骐骥骅骝，一日而驰千里"，实际上境遇悲惨。骐骥骨瘦如柴，令人吃惊，却无人识得此千里马。它在陡峻的斜坡拉盐车，气力已使完，发出悲苦的嘶鸣声。它迫切怀念良好的御者，它萧萧的鸣叫希望善于相马的伯乐回头看到它。它期望到瑶池"弄影"，到天路"飞声"，可是，皎月也不知它是良种马，浮云也不问它去哪儿。它多么想摆脱这沉重的盐车，奔驰千里，为伯乐服务奔走啊！以马喻人，诗人期待明主的主旨，形象而确切。

咏马 唐·韩琮

曾经伯乐识长鸣，不似龙行不敢行。
金埒未登嘶若是①，盐车犹驾瘦何惊②。
难逢王济知音癖③，欲就燕昭买骏名④。
早晚飞黄引同皂⑤，碧云天上作鸾鸣⑥。

注释

①埒（liè）矮墙。②盐车：用老马拉盐车的典故。据《战国策·楚四》，伯乐见一匹瘦弱的千里马十分艰难地拉着盐车上陡坡，伯乐"下车攀而哭之"。③王济：晋代人，官至侍中，性豪侈，曾买地作为马埒。④燕昭：即燕昭王。《战国策·燕一》，郭隗用买骏马作比喻，劝说燕昭王招揽人才。说古代君王悬赏千金买千里马，三年后，得一死马，用五百金买下马骨；于是不到一年，得到三匹千里马。比喻国君真能礼贤下士，贤士将闻风而至。⑤飞黄：传说中的神马。皂：同"槽"。⑥鸾：神鸟。

解说

作者韩琮，字成封，约唐文宗太和末前后在世。长庆四年（824）进士，仕至湖南观察使。有诗名。

这一七律描绘了马的方方面面，主要歌颂其功。

诗人所咏之马，曾经过伯乐相识，奔走如龙行，可见是真正的千里马。但"金埒未登""盐车犹驾"，只因未遇到王济这样的知音。但它仍渴望遇到燕昭王这样的明主，它早晚可与神马同槽，在碧云天上象神鸟一样飞翔鸣叫。其实，诗人咏马，也是咏自己。表达自己怀才不遇，壮志难酬，渴望得到赏识，施展抱负的心愿。

浴马 唐·喻凫

解控复收鞍,长津动细涟①。
空蹄沉绿玉,润臆没连钱②。
沫漱桥声下,嘶盘柳影边。
常闻禀龙性,固与白波便③。

注释

①津:渡口。涟:波纹。②绿玉:指沉在水中的马蹄。臆:胸部。连钱:指马之毛色有深浅,如连接的钱币一般。晋郭璞注《尔雅》:"色有深浅,斑驳隐粼,今之连钱骢。"③固:本来。便(pián):熟习。

解说

作者喻凫,字坦之,号均羽,常州(今属江苏)人唐开成五年(840)进士,曾任乌程令。

这一首五律首联点题,写马解控收鞍,到长津洗浴,搅动细涟;颔联写浴马的身体,蹄如绿玉,臆有连钱。颈联写马喷出的白沫和鸣出的嘶声,与周围环境融为一体。尾联总结,马识龙性,本来就与水波熟习。因此,它沐浴时的上述种种情态就丝毫不奇怪了。

代书寄马 唐·韦庄

驱驰曾在五侯家①,见说初生自渥洼②。
鬃白似披梁苑雪③,颈肥如扑杏园花④。
休嫌绿绶嘶贫舍,好着红缨入使衙⑤。
稳上云衢三万里,年年长踏魏堤沙⑥。

注释

①五侯:汉代曾同时封五人为侯,这里泛指权贵之家。②渥洼(wò

wā)：水名，在今甘肃安西县。以产良马著称。③梁苑：古代名园，在今开封市东南，为汉代梁孝王刘武所筑游赏与延宾之所。④杏园：古代名园，故址在今西安市郊大雁塔南，唐时为新进士及第后游宴之地。⑤绿绶：用来系印环、刀环的绿色丝带。古代常用不同颜色标识官吏的身份和等级，绿色比较卑下。这里指拴在马头上的绿色丝带。红缨：马身上用红丝线制作的穗状饰物。使衙：地方官员的官署。⑥云衢：即云路，喻仕途。魏堤：唐代洛阳名胜之一。洛水流入洛阳城内，过皇城端门，经尚善、雄善两坊之北，南溢为池。贞观年间唐太宗赐给魏王李泰，名为魏王池；有堤与水相隔，故名魏堤。

解说

作者韦庄（836～910），字端己，杜陵（今陕西长安）人，诗人韦应物的四代孙，曾任前蜀宰相。是唐代花间派词人，词风清丽，有《浣花词》流传。

这一七律说良马初生于渥洼，驰驱于王侯家，鬃毛白，体劲肥。曾嘶鸣于贫舍，后出入于使衙，将来定能登上高高的云衢，随着主人仕途通畅。

紫骝马　唐·秦韬玉

渥洼奇骨本难求①，况是豪家重紫骝。
膘大宜悬银压胯，力浑期着玉衔头②。
生狞弄影风随步③，蹀躞冲尘汗满韝④。
若遇丈夫能控驭，任从骑取觅封侯。

注释

①渥洼：水名。在今甘肃安西县，党河的支流。《史记·乐书》："得神马渥洼水中，复次以为太一之歌。"后常以渥洼代指神马。奇骨：神马，良马。②银压胯：银饰骑服。浑：满。着：安置。③生狞：形容紫骝马俊伟威严。④蹀躞：小跑貌。韝（gōu）：古代射箭时戴的皮制袖套，此处借为马鞍。

解说

作者秦韬玉，字中明，一作仲明，京兆（今陕西西安）人。少有词藻，工歌吟，却累举不第。黄巢起义军攻占长安，韬玉从僖宗入蜀。中和二年

(882)特赐进士及第,田令孜又擢其为工部侍郎、神策军判官,时人戏为"巧宦"。

这一七律首联开门见山,点出渥洼之良马难求,深受"豪家"赏识。颔联、颈联,写其"膘大""力浑",形体威武,奔路迅疾。尾联写男儿若驾驭此马,当能建功封侯。全诗结构严谨,描写生动。

韩幹马十四匹 宋·苏轼

二马并驱攒八蹄,二马宛颈鬃尾齐①;一马任前双举后,一马却避长鸣嘶。老髯奚官骑且顾②,前身作马通马语。后有八匹饮且行,彻流赴吻若有声③。前者既济出林鹤,后者欲涉鹤俯啄④。最后一匹马中龙⑤,不嘶不动尾摇风。韩生画马真是马,苏子作诗如见画。世无伯乐亦无韩,此诗此画谁当看?

注释

①攒(cuán):聚。宛颈:曲颈。②奚官:官名,职司养马。晋置,属少府。③彻流:穿透水流。赴吻:伸嘴。④既济:已经渡过河流。欲涉:准备下河蹚水。⑤马中龙:最棒的马。《周礼》云马八尺以上为龙。

解说

作者苏轼(1037~1101),字子瞻,又字和仲,号东坡居士,眉州眉山(今属四川)人。与父苏洵、弟苏辙合称三苏。他在文学艺术方面堪称全才,为文汪洋恣肆,与欧阳修并称"欧苏",为唐宋八大家之一;为诗清新豪健,独具风格,与黄庭坚并称"苏黄";词开豪放一派,与辛弃疾并称"苏辛";书法擅长行楷书,自创新意,与黄庭坚、米芾、蔡襄并称"宋四家"。苏轼神宗时期曾在凤翔、杭州、密州、徐州、湖州等地任职。元丰三年(1080)因乌台诗案受诬陷,贬至黄州任团练副使;哲宗即位后,任翰林学士、侍读学士、礼部尚书等职,并出知杭州、颍州、扬州、定州等地;晚年被贬惠州、儋州。徽宗即位大赦北还,途中病死常州,葬于河南郏县。

题中韩幹为唐代大画师,蓝田人,尤以画马著名。题云"十四匹",但按

诗中说的数字，画中之马实为十六匹。

　　这首题画七言古风，描绘了韩干所绘的群马的神态英姿，形象生动，情景逼真。赞美韩干"画马真是马"的高超画技。最后得出结论：如果世间没有善于相马的伯乐和善于画马的韩干，连现实中的骏马都无人赏识，又何况画中之马、诗中之马。既然如此，韩生这画，苏子这诗，还有谁去看呢？骏马是如此，人才的选拔又何尝不是这样呢？意味无穷，发人深思。

的卢跃檀溪　宋·苏轼

　　老去花残春日暮，宦游偶至檀溪路。停骖遥望独徘徊①，眼前零落飘红絮。暗想咸阳火德衰②，龙争虎斗交相持；襄阳会上王孙饮③，坐中玄德身将危④。逃生独出西门道，背后追兵复将到。一川烟水涨檀溪，急叱征骑往前跳⑤。马蹄踏碎青玻璃⑥，天风响处金鞭挥；耳畔但闻千骑走，波中忽见双龙飞⑦。西川独霸真英主，坐下龙驹两相遇。檀溪溪水自东流，龙驹英主今何处？临流三叹心欲酸，斜阳寂寂照空山；三分鼎足浑如梦，踪迹空留在世间。

注释

　　①檀溪：古溪名，在今湖北襄阳市西南，已干涸。骖（cān）：驾车之马。②火德：古代"五德终始说"，以为帝王受命按五行（金、木、土、水、火）次序，汉为火运，称为火德。③襄阳会：指刘备依靠荆州牧刘表，刘表命其引本部军马驻扎襄阳属邑新野县。王孙：即指刘表，他是汉家宗室。④玄德：刘备的字。⑤叱（chī）：大声呼喝。⑥青玻璃：喻平静的溪水面。⑦双龙：指刘备和他骑的的卢马。

解说

　　本诗选自《三国演义》第三十四回，标题为编者所加。据《三国志·蜀先主传》注引《世语》："备屯樊城，刘表礼焉，惮其为人，不甚信用。曾请备宴会，蒯越、蔡瑁欲因会取备，备觉之，伪如厕，遁出。所乘马名的卢，骑的卢走，堕襄阳城西檀溪水中，溺不得出。备急曰：'的卢，今日厄（è）矣，可努力！'的卢乃一踊三丈，遂得过。"苏轼另有《秧马歌》，有"山城欲闭闻鼓鼙（pí），忽作的卢跃檀溪"之句。

这首古风诗，再现了这个故事。诗人暮春之际，宦游偶至古迹，遥忆当年的卢跃檀溪，溪水依旧，踪迹空留，感叹龙驹英主今何在，三分鼎足浑如一梦罢了。

值得一提的是，的卢跃檀溪的故事，是为了证明刘备是真龙天子，有明显的编造成分。其实，所谓正史，也未必都是真正的史实。

咏伯时虎脊天马图　宋·黄庭坚

笔端那有此，千里在胸中。
四蹄雷电去，一顾马群空。
谁能乘此物，超俗驾长风。
逸材归辔勒①，岁在执徐同②。

注释

①辔（pèi）：马缰。勒：马嚼口。②执徐：天干在辰古称执徐。《汉书·礼乐志·天马》"天马徕，执徐时"，言得天马在辰年。

解说

作者黄庭坚（1045~1105），字鲁直，号山谷道人，晚号涪翁，洪州分宁（今江西修水）人。治平四年（1067）进士。历任国子监教授、校书郎、著作佐郎、秘书丞、涪州别驾、黔州安置等职。擅文章、诗词，尤工书法。诗风奇崛瘦硬，开一代风气，为江西诗派开山鼻祖。

题中"伯时"为北宋画家李公麟，字伯时，舒城人。这一五律，主要咏其画马之作。

这首五言律赞画家李伯时画艺精深，生动地凸显出虎脊天马的英姿。

瘦马图　南宋·龚开

一从云雾降天关，空尽先朝十二闲①。

今日有谁怜瘦骨？夕阳沙岸影如山②。

注释

①先朝：指前朝南宋。闲：马厩。"十二闲"见《周礼·校礼》："天子十有二闲，马六种"。②如山：马影像是瘠瘦的山形。

解说

作者龚开（1222～1304），字圣予，一作圣与，号翠岩，因家近龟山，又号龟城叟，人称髯龚、老髯等。山阳（今江苏淮安）人。景定年间，曾在两淮制置司李庭芝幕府任职，南宋亡后隐居不仕。精于经术，善书工画，尤擅人物、山水，为南宋末年诗人、画家。

这首自题瘦马图七绝，有诗人寄托之深意。诗人曾与陆秀夫同入广陵幕府，参与抗元。宋亡后，隐居不仕，卖画为生，最后守志而亡。再看其笔下之瘦马，嶙峋耸峙，状如山形，已瘦不堪言，却依旧保持着"先朝"时雄峻如山的骨相。昔日之骏马，今日何以如此瘦，也许是它宁为瘦马，决不食"元粟"的缘故吧。因此，本诗曲折含蓄地传达了这位官职并不显赫的诗人兼画家，贫贱不能屈，威武不能移，忠宋气节坚贞如山的思想感情。

散马图　元·袁桷

秋尽川原草树空，冷云呜咽似呼风。

太平天子橐弓矢①，留得闲身落照中。

注释

①橐（tuó）：装入袋中。弓矢：指兵器。

解　说

作者袁桷（1266～1327），字伯长，号清容居士。庆元鄞县（今浙江宁波市鄞州区）人。大德元年（1297）为翰林国史院检阅官，请购求辽、金、宋三代遗书。延祐年间迁待制，任集贤直学士、翰林直学士。诗俊逸，工书法。

这一首七绝为题画之作，在图画中，暮秋的河流原野，草树枯空，冷云鸣咽，秋风呼啸。天下太平了，皇帝下令把兵器收集起来冶炼了，留下这些马群，闲散地放牧在夕阳落照中。这首诗，正反映了相对和平时期北方边境的情景，安宁、平静，又有几分凄清。人和马就生活在这种环境中。

题振辔马　元·丁立

渥洼龙马进来时①，奋迅长鸣不受羁②。
诏与从官调得熟，只教随仗不教骑。

注　释

①渥洼：水名，在今甘肃安西县，古代以盛产良马著称。进：奉献。龙马：骏马。②羁（jī）：束缚。

解　说

作者丁立，元代诗人。

这一七绝应是奉命题咏骏马之作，指出渥洼骏马刚奉献来皇宫，奋迅长鸣，抖动缰辔，不受羁绊。皇帝下诏给侍从官，要调教熟，只作仪仗不教骑。这对于骏马而言，是幸耶？不幸耶？马之天性是"奋迅长鸣不受羁"，而皇帝之诏，恰恰是扼杀这一天性。诗的主旨是渴望明君让有才能之人得以施展抱负，为国建功立业而不被埋没，明写马，实写人。

画马　元·范梈

一自房星下渥洼①，龙媒多在玉皇家②。
赤毛洒血微生汗，黑晕拖云整作花③。

不待老能知失道④,固应来是涉流沙。

如今岂少真神骏,犹有丹青纸上夸。

注释

①房星:即古代星象中的房宿,亦称"天驷",象征为马。②龙媒:即骏马。《汉天马歌》:"天马徕,龙之媒。"玉皇:这里指帝王。③抟(tuán):环绕,盘旋。④失道:走错了路。此句为成语"老马识途"的化用。

解说

作者范梈(1272~1330),字亨父,一名德机,人称文白先生,清江(今江西樟树)人。元代翰林院编修官,迁江西湖东道、福建闽海道知事。与虞集、杨载、揭傒斯并称为"元诗四大家"。

这首七律为题画诗。画上之骏马来到帝王之家,其形貌赤毛洒血,其花色黑晕抟云,只因远涉沙漠而来,固不待到老则能识途。如今哪里会少真正的神骏,你看,这幅画上不就有一匹吗?

题滚尘骝图 元·虞集

骅骝食粟石每既①,立仗归来汗如洗②。脱羁展转聊自恣③,落花尘土随身起。君不见春雷起蛰龙欠伸,雾拥云蒸九河水④?

注释

①骅骝:古代一种赤色良马。石每既:经常能吃完一石(dàn,量词,十斗为一石)粮食。②立仗:分立在宫廷两侧或门口的仪仗。③聊:姑且。恣:放纵。④九河:黄河入海处的分支。

解说

作者虞集(1272~1348),字伯生,号道园,人称邵庵先生。祖籍四川仁寿,为南宋丞相虞允文五世孙。大德初年,授大都路儒学教授;仁宗时迁集贤修撰,除翰林待制。文宗即位,任奎章阁侍书学士,领修《经世大典》。

此诗是一首题画古风,题中"滚尘骝"是卧地打滚的骏马。诗中描绘一匹"立仗归来",欢乐"滚尘"的骏马,表明马对宫廷中的束缚十分厌恶,渴望自由自在的环境。作者当了三十年京官，身居高位，但依然盼望回归田园，过上无拘无束的生活。这首题画诗，正是含蓄地表达了这一思想情绪。

画马　元·虞集

萧条沙苑贰师还①，苜蓿秋风尽日闲②。
白发围人曾习御③，长鸣知是忆关山。

注释

①沙苑：地名，在今陕西大荔县南，东西八十里，南北三十里。曾作古战场，也为屯兵牧马之地。贰师：汉时大宛地名，产良马。武帝令李广利为贰师将军，征贰师城，取良马。②苜蓿（mù xū）：植物名，可作马牛等饲料。原产西域，汉武帝时传入中原。③圉（yǔ）人：养马人。御：驾驭车马。

解说

这是一首题画七绝诗。

画中的骏马来自西北边境。白发养马人曾经学习驾驭车马，熟知马的习性，听到马发出声声长长的嘶鸣，知道它一定是想起遥远故土的关隘山川，那里秋风整天吹着肥嫩的苜蓿草，多么的安静闲适。圉人听马鸣而知马意，诗人观画中之马而识马之身世和心思，应均是懂马之人。

桃花马　元·马祖常

白毛红点巧安排，勾引春风上背来。
莫解雕鞍桥下浴，恐随流水汛天台①。

注释

①天台：山名，在今浙江天台县北。古有汉代刘晨、阮肇入天台采药成仙的故事，故天台被视为仙山。

解 说

作者马祖常（1279～1338），字伯庸，光州（今河南潢川）人。先世为西域雍古部贵族，子孙按以官为姓的惯例改姓马。他初任应奉翰林文字、承事郎、同知制诰、兼国史院编修官；后任太子左赞善、翰林直学士、礼部尚书等职。

这首七绝诗围绕桃花马的特点写，首句点题，马之白毛红点，仿佛精巧安排，状如桃花。第二句用"勾引"一词，把春风和"马"拟人化了，衬托出"桃花"之美，之逼真。第三、四句，进一步发挥想象力，怕桃花马去桥下洗浴时，马身上之桃花会冲洗下来，随春汛季节被上涨之水冲走，一直冲到天台仙山。本诗抓住特点，通过奇特而丰富的想象，描绘桃花马美丽而带有几分仙气的美好形象。

立仗马 元·张宪

照夜玉狻猊①，霜毛铁凿蹄。
春风金络脑，小雨锦障泥②。
御驾驰天上，军封受海西③。
日供三品料④，缄口不闻嘶。

注 释

①照夜：良马名，唐玄宗时大宛献良马，名"照夜白"。狻猊（suān ní）：即狮子。②金络脑：用金色丝绳做成网状兜住马的头部。锦障泥：用锦制品裹马足，以防沾泥。③海西：古县名，在今江苏省境内。汉武帝曾封李广利为海西侯。④三品料：用相当于三品官俸禄的饲料来养马。五代北汉刘旻为他所乘的黄骝马修厩，饰以金银，饲以三品官的料，号"自在将军"。

解 说

作者张宪，字思廉，号玉笥生，山阴（今浙江绍兴）人。约1341年前后在世。少时负才不羁，晚年为张士诚所招，署太尉府参谋，迁枢密院都事。元亡，变姓名，寄食僧寺以终。

这是一首咏马五律，题中"立仗马"，为分立在宫廷两侧或门口作仪仗的马。

本诗写一匹立仗马的遭遇。本是一匹著名骏马，白毛如狮，铁蹄如凿。曾受皇帝御驾，随将军受封。充当皇宫仪仗，受到良好待遇，头饰金络脑，足裹锦障泥，食的饲料，相当于三品官俸禄。此马可谓"福贵"到极点了。结果是"缄口不闻嘶"。马的天性被磨灭了，一匹珍贵的"照夜玉狻猊"，竟至如此，岂不悲乎！

奚官牵马图　明·王祎

太液池边新浴罢，未央门外乍牵来①。
若教立仗丹墀下，恐负平生泛驾才②。

注　释

①太液池：汉唐皇家宫苑的大池名。未央：西汉时所修宫殿名。乍：初，刚。②丹墀（xī）：指宫殿的赤色台阶或赤色地面。泛驾：不服从驾驭的马。

解　说

作者王祎（yī）（1322～1373），字子充，号华川，浙江义乌人。朱元璋率部攻取婺州时，王祎应召，被任为中书省掾史。召修《元史》，与宋濂同为总裁。书成，升翰林待制，同知制诰兼国史院编修官。因奉诏书往云南招谕梁王把都归顺，次年遇害。他为文醇朴宏肆，浑然天成，条理不爽。

这首题画七绝喻志诗，写一匹骏马由养马官牵着到宫苑内太液池刚洗完浴，牵到未央宫门外，它不受控御的本性正欢快地腾跳滚翻，好不自在。若让它规规矩矩站在丹墀下充当仪仗，岂不磨灭了它自然的天性？

赤兔马　明·罗贯中

奔腾千里荡尘埃，渡水登山紫雾开。
掣断丝缰摇玉辔①，火龙飞下九天来。

注释

①掣（chè）：拉，拽。辔（pèi）：驾驭马的缰绳和嚼子。

解说

作者罗贯中（约1330~约1400），名本，字贯中，号湖海散人，山西太原人。明初著名小说家、戏曲家，中国章回小说的鼻祖。

这首七绝出自《三国演义》第三回。该回说，董卓部下李肃，带董卓的良马一匹来吕布寨中，欲说吕布杀其义父丁原投奔董卓，李肃向吕布说："有良马一匹，日行千里，渡水登山，如履平地，名曰赤兔。"将马牵过来看，果然那马浑身上下，火炭般赤，无半根杂毛，从头至尾，长一丈；从蹄至顶，高八尺；嘶鸣咆哮，有腾空入海之状。于是，作者写了这首诗来赞美赤兔马。首联，写其奔腾千里，荡起尘埃，渡水登山的不凡气势，后两句，"火龙"言其浑身赤色，体格健壮，犹如火龙；它不受缰辔束缚，从天而降，令人惊喜。

吕布死后，赤兔马归曹操，曹操赠给关羽，关羽后来败走麦城，被吴将潘璋部属马忠所擒，赤兔马献孙权，孙权赐予马忠，此马数日不食草料而死。

观内厩马　明·曾棨

绣勒雕鞍七宝装，天闲十二见飞皇①。
行骖鸾辂随仙仗，嘶过龙楼识御香②。
玉辔按进经细柳，锦条控处猎长杨③。
虎文凤臆真无匹，浪说周家八骏良④。

注释

①绣勒：绣有花纹的马缰绳。雕鞍：雕花马鞍。七宝：指多种宝物。天闲：皇家养马地，周代规定有十二处。飞皇：指龙马。②行骖（cān）：指驾在车两边的马。鸾辂（lù）：刻有鸾鸟图案的横木。辂为挽辇的横木，缚于辕上，供马拉车使用。仙仗：指皇帝出行时的仪仗。龙楼：指皇宫。③细柳：即细柳营，在今陕西咸阳市西南，西汉名将周亚夫曾在此屯兵防备匈奴。锦条：指锦制马鞭。控：控制马匹。长杨：汉宫名，在长安郊外。代指皇帝游猎处。

④虎文:马身上有虎样斑纹。凤臆:如凤凰一样的马胸。周家:指周穆王,巡游驾驭八匹骏马。

解说

作者曾棨(1372~1432),字子棨,号西墅,江西永丰县人。家贫,以砍柴、帮工维生。永乐二年(1404)中进士第一,授翰林修撰。诏修《永乐大典》,曾棨任副总裁,书成,升侍讲学士。爱饮酒,人称酒状元。

题中"内厩"为皇宫养马处,内厩马即皇宫用马。这首七律诗用铺陈的手法,描绘了皇宫用马的豪华和气派。天子出行,驾驭十二匹良马(诗人想象为十二位神仙),绣勒雕鞍,珍宝装饰,虎纹凤臆,配之以鸾辂仙杖、玉辔锦条等器物,行经龙楼、细柳营、长杨宫等著名胜地,真是穷奢极欲,威风八面。周穆王巡游所驾马岂能与此相比。诗明褒暗贬,以观内厩用马之豪奢,刺皇家生活之极欲。

胡马图　明·祝允明

骏骨千金产,名王万里归①。
风烟辞大漠,云电赴皇畿②。
立仗容陪舞,从龙敢假威③。
此来空地类,苜蓿近郊肥④。

注释

①骏骨:指骏马。据《战国策》,燕国国君以重金买骏马之骨,不到一年,送来千里马有好几匹。名王:指周穆王,曾驾八骏驰行万里。②皇畿(jī):京城。③假威:借用其名声。⑤苜蓿(mù xū):植物名,可作饲料,原产西域,汉武帝时引入中原。

解说

作者祝允明(1460~1527),字希哲,号枝山,因右手有六指,自号"枝指生",长洲(今江苏苏州)人。弘治年间举人,曾任知县、通判。善诗文,工书法。

这是一首题画五律，画中之胡马，千金购得，万里驰归。皇宫立仗陪舞，近郊苜蓿饲养，胡马对此生活已适应了。对胡马的驯养成功，从一个侧面反映了当时各民族之间交往密切，关系友好。

题唐叔美饮马图　明·张凤翼

百战空疲千里姿，悲嘶犹自逐圉师①。
春风日饮长城窟②，那得人间伯乐知？

注释

①千里：千里马。圉（yǔ）师：官名，掌管指教养马人养马放牧等事。
②窟：土室，地上垒土而为窟。古乐府曲调有《饮马长城窟行》，言征戍之军人至长城饮马，妻思念而作此曲。

解说

作者张凤翼（1527～1613），字伯起，号灵虚、灵墟先生、冷然居士。南直隶苏州府长洲（今江苏苏州）人。嘉靖四十三年（1564）与其弟燕翼皆中举人。他为人狂诞，擅长作曲。

这首题画七绝，画中是一匹饮水之马。诗人并未写此马饮水之姿态，而是着重写马之心态。此马本是千里马，在军旅服役，经历多次战斗，感到十分疲劳。它一边发出悲苦的嘶鸣，还一边追逐着掌管养马的官员。原来，这匹马有想法，它不愿在春风吹拂之下，天天"饮马长城窟"，它有更远大的理想，渴望有更大的作为，然而哪里能使人间伯乐知晓自己的心思呢？其实，伯乐不知，画师和诗人已知。将此马入画图，写入诗歌，亦是此马之一幸。

秋马　清·黄辂

厩与居邻近①，秋风动马嘶。
五更关塞月，千里雪霜蹄。
壮士新华发②，将军旧鼓鼙③。
平生慷慨志，为尔一含凄。

注释

①厩（jiù）：马棚。②华发：花白头发。③鼓鼙：军中之大鼓小鼓，进军时以励将士。

解说

作者黄辂，字孟誉，号复园，一号无隐，福建莆田人。顺治年间布衣，善八分书，瘦硬有古意。诗亦工秀。

这是一首咏马五律，说秋风劲吹，厩马嘶鸣。回顾当年骑着战马，度过关塞月夜，踏过千里雪霜。看而今，华发新添，年岁渐老；鼓鼙依旧，壮志未酬。怎不令人倍感凄哀？全诗写人写马，融合一致，感情浓烈。

瘦马　清·金农

古战场边数箭瘢①，西风老马忆桑乾②。
而今衰草斜阳里，只作牛羊一例看。

注释

①箭瘢（bān）：箭伤治好后留下的疤痕。②桑乾：冀北地名。泛指北方边境，马的故乡。

解说

作者金农（1687~1764），字寿门、司农、吉金，号冬心，别号有稽留山民、曲江外史、昔耶居士、金牛、老丁、古泉、竹泉、稽梅主、莲身居士、龙梭仙客、耻春翁、寿道士、金吉金、苏伐罗吉苏伐罗、心廿六郎、仙坛扫花人、金牛湖上会议老、百二砚田富翁等。浙江仁和（今杭州）人。乾隆元年（1736）被荐博学鸿词科，入京未试而返。生平好游，晚居扬州卖书画自给。他在诗、书、画、印、琴曲、收藏方面都有很高造诣，居"扬州八怪"之首。

这是作者题画七绝，言古战场边，西风下，老马旁，老战士数着自己和战马身上一块又一块箭疤，回忆起当年骑着战马与敌厮杀的情景。而今，战马已老，在衰草斜阳里倍显瘦弱，人们已忘记了它的功劳，只当做牛羊一样看待，等着老死，病死，甚至屠宰……而老战士自己的命运呢？抚马自伤，不胜悲切！

紫骝马　清·周在浚

爱妾不辞换，金鞭且莫挥。
踏花公子醉，射猎故侯归。
蹀躞嘶芳草①，骄腾乱夕晖②。
道人重神骏，何必透重围③。

注释

①蹀躞（dié xiè）：小步疾行。②骄腾：放纵地腾跳。夕晖：夕阳之光。③透重围：在千军万马中穿进杀出。

解说

作者周在浚，字雪客，河南祥符人，周亮工之子。康熙十四年（1675）前后在世。善作诗，曾作《金陵百咏》及竹枝词，盛行于世。

本诗为咏紫骝良马的五律诗，开头就用魏曹彰爱妾换马的典故，突出骏马的名贵。唐李冗《独异记》说："后魏曹彰，性倜傥。偶遇骏马，爱之，其主所惜也。彰曰：余有美妾可换，唯君所选。马主因指一妓，彰遂换之。马名白鹊。故后人作爱妾换马诗，奏之歌弦矣。"诗中描述骏马或醉里踏花，或射猎而归，或在草地上小步急行，或看良马在夕阳下恣情欢跳，因此你不一定要骑上马冲杀敌阵重围，随时都要对马倍加珍爱。全诗写马，而重点在写马与人的关系。

养马图　清·袁枚

养马真同养士情，香萁供奉要分明①。
一挑刍草三升豆，莫想神龙轻死生②。

注释

①萁（qí）：豆秆。②神龙：喻马。

解 说

作者袁枚（1716～1797），字子才，号简斋，又号仓山居士、随园主人、随园老人。浙江钱塘（今杭州）人。乾隆四年（1739）进士，历任溧水、江宁知县。四十岁即告归，在江宁小仓山下筑随园，广收诗文弟子，女弟子尤众。乾嘉时期，他与赵翼、蒋士铨合称"乾隆三大家"。作诗倡导"性灵说"，主张写出自己的个性。讥讽神韵派是"贫贱骄人"；格调派是"木偶演戏"；肌理派是"开古董店"；宗宋派是"乞儿搬家"；袁枚反对沈德潜的"温柔敦厚说"。

诗人仔细玩味《养马图》之画意，由养马联想到养士。养马，不是仅仅让马填饱肚子，而是要恭敬奉养，有付出才有收获，马才能为你出生入死；养士则必须敬士，以心换心，重知遇，求平等，尊重人格，关键时刻才可得其全力相助。

老马 清·宫尔劝

东郊老肃霜①，瘦马自昂藏。
谁惜成功大，翻怜识路长②。
空群思冀北③，临阵怯沙场。
伏枥年年事，堪回烈士肠④。

注 释

①肃霜：即骕骦（sù shuāng），良马名。②翻：即"反"。③空群：马群中缺乏好马。韩愈《送温处士赴河阳军序》："伯乐一过冀北之野，而马群遂空。夫冀北马多天下，伯乐虽善知马，安能空其群邪？解之者曰：吾所谓空，非无马也，无良马也。"④枥（lì）：马槽，引申为马棚。伏枥为老马蹲伏在棚中。烈士：指有志于建立功业之人。用曹操诗"老骥伏枥"典。

解 说

作者宫尔劝，字九叙，号怡云，山东高密人。清代举人，历任云南布政使。有《南溟集》。

这一首咏老马五律，感叹良马老矣，人们只爱其识途，不珍惜其功勋卓著。离群之老马，思念北方故土；年老力衰，不敢上沙场冲杀。每天蹲伏马棚，有志再建功勋，心有余力不足，真是肝肠寸断。这首诗，是借写马来写人，写老战士之情怀——"烈士暮年，壮心不已！"

塞马　清·文榦初

塞马无声啮草根，春寒野旷步黄昏。
谁家豆栈难忘却①，又逐牛羊入远村。

注释

①豆栈：堆有豆类饲料的马棚。

解说

作者文榦（gàn）初，清代诗人。

本诗写春寒时节边境的马缺食的凄凉情景。春寒之时，干草已尽，新草未长出。塞上之马饿了一天了，黄昏还在空旷的野外啃着草根。想起以前不知在谁家的豆类作坊吃过豆秆豆渣，何等的可口，至今不能忘却。只好追随着牛羊，又回到遥远村落的马棚内。写寒马食不果腹，从侧面反映了边塞牧民的生活困难。

征马嘶　清·刘寿暄

边塞草枯处，将军乍列营。
驽骀甘恋栈①，骐骥愿从征②。
战死骨难朽，生还功已成。
超腾千里志，不作别离声。

注释

①驽骀（nú tái）：劣马，能力低下的马。栈：养牲畜的木棚，此指马棚。
②骐骥（qí jì）：良马，千里马。

解说

作者刘寿暄，清代诗人。这首五律，为闻马嘶而述志。

边塞列营，征马发出嘶鸣。它不是甘恋栈之劣马，而是愿从征之良马，宁肯战死，也要功成。嘶声表现了它"超腾千里志"，激越高昂，不是凄凉低婉的别离之声。写马亦是写人，表现战士们渴望建功立业的千里壮志。

一洗万古凡马空　清·汪鸣銮

是马皆非马，名徵八尺龙①。一时空古昔，万骑洗凡庸。不借丹青手，谁摹赭白容。风云生叱咤，霄汉拓心胸。笔旱冰瓯涤，灵原月窟钟②。神骛千里健，色陋五花浓。莫问燕台价③，真超冀兽踪④。大闲充上选，骏足快追从。

注释

①八尺龙：古书言马八尺以上称为龙，故言"非马"。②月窟：梁简文帝文："西踰月窟，东渐扶桑。"此谓极西之地，良马多产西北。③燕台：黄金台，在燕京。寓燕昭王"千金买骨"的典故。④冀兽：冀北产骏马。韩愈文："伯乐一过冀北之野，而马群遂空。"

解说

此首与下一首均为清代试帖诗，为旧时科举考试所规定的诗体。限八韵，十六句，多用五言。由考官出题，限韵，题为前人诗句或文句。本诗题出自杜甫《丹青引》"须臾九重真龙出，一洗万古凡马空"。

此诗着重对题目内容展开描写。先点题，再写画，然后对马的品种、产地、神态、价值进行铺陈细述，最后以宫廷内都是上选之品作结。层层推进，浑然一体，诗中叙写作者的感慨，以大量典故来描述，这是试帖诗的一大特点。

马踏春泥半是花　清·罗永符

春郊才试马，卉木正萋萋。半是花成阵，旋同絮作泥。踠尘飞万斛①，扫瓣积千畦。红雨三叉路②，香风四铁蹄。鞯黄看杏贴③，耳赤认桃批④。印欲残鸿爪，衔应蹴燕栖。归鞭惟趁蝶，驻足尚惊鹂。御厩供驱策⑤，芳原草色齐。

注释

①踠（wǎn）尘：马脚刨出的灰尘。②红雨：指桃花。李贺诗"桃花乱落如红雨"。③杏贴：黄色的鞍鞯像杏贴在上面。④桃批：红色的耳朵像桃花瓣堆成。⑤御厩：皇家马房。

解说

诗题出自唐窦巩诗："大堤欲上谁同伴，马踏春泥半是花。"此诗就题目展开，前四句点题，后十句写马在春天原野奔驰的景象，后以皇家马作结。诗中以黄杏、桃花、鸿爪、燕子、蝴蝶、黄莺来表述春天，可谓淋漓尽致。

古代涉马词曲

谪仙怨　唐·康骈

晴山碍日横天，绿叠君王马前①。銮辂西巡蜀国，龙颜东望秦川②。

曲江魂断芳草，妃子愁凝暮烟③。长笛此时吹罢，何言独为婵娟④。

注释

①晴山：太阳底下之群山。碍日：阻挡日光。横天：横亘天空。汉王逸《荔支赋》："暧若朝云之兴，森如横天之彗。"②銮辂（luán lù）：帝王车驾，銮驾。汉张衡《东京赋》："乘銮辂而驾苍龙。"西巡：帝王出行曰巡。西巡：指唐明皇为安禄山所逼，西逃蜀地。龙颜：皇帝仪容。本谓眉骨圆起。《史记·高祖本纪》："高祖为人，隆准而龙颜。"后用指帝王容貌。秦川：指今陕西、甘肃秦岭以北平原地带。有秦川八百里之说。③曲江：即曲江池，在今陕西省西安市东南。秦为宜春苑，汉为乐游原，因江流曲折，故称。隋文帝以曲名不正，更名芙蓉园。唐复名曲江。开元中更加疏凿，为都人中和、上巳等节气胜游之地。妃子：指杨贵妃。愁凝暮烟：明皇西逃，至马嵬驿，六军不发，杨妃被缢杀，时当傍晚。④长笛：此指长笛吹奏之笛曲。据明胡应麟《诗薮》

说:在马嵬坡"帝(明皇)登高下马,望秦川,遥辞陵庙,再拜呜咽流涕,左右皆泣。谓力士曰:吾听九龄之言,不至于此。乃命中使往韶州以太牢祭之。因上马索长笛,吹笛曲成,潸然流涕,伫立久之。时有司(乐工)旋录成谱。及銮驾至成都,乃进此谱,请名曲。帝谓,吾因思九龄,亦别有意,可名此曲为《谪仙怨》。"婵娟:美女。唐方干《赠赵崇侍御》诗:"却教鹦鹉呼桃叶,便遣婵娟唱《竹枝》。"此处婵娟指杨玉环。

解 说

作者康骈,一作唐骈(píng),一作康軿,字驾言,池阳(今安徽贵池)人。生卒年不详。唐僖宗光启中(886)前后在世。据《剧谈录·自序》和《新唐书·艺文志》载,他和晚唐诗人杜荀鹤曾同为宣州刺史田頵(jūn)幕僚,乾符四年(877)登进士第。乾宁年间(982~897),黄巢攻入长安,他避乱于故乡池阳,后复出。《新唐书·艺文志》《宋史·艺文志》称其著有《剧谈录》三卷,《九笔杂篇》十五卷传于世。

《填词名解》卷一毛先舒云:"《谪仙怨》,明皇幸蜀,路感马嵬事,索长笛制新声,乐工一时竞习。其调六言八句,后刘长卿、窦弘余多制词填之。疑明皇初制此曲时,第有调无词也。""案此调即唐人六言律,盖权舆于《回波乐》词而衍之,郭茂倩《乐府》称《回波乐》为商调曲,疑此调亦商调。"

此词出于康骈《剧谈录·广谪仙怨词》。《全宋词辑补》则作北宋人刘斧作。恐误。

词六言八句,实六言律诗。上阕写明皇出逃后在马嵬驿之情景,山横晴空,绿亘马前,长安已远在数百里之遥,值此路途艰难之际,能不回首昔日发号司令,歌舞繁华,群雌粥粥之地?下阕写渔阳鼙鼓动地来,惊破霓裳羽衣舞,曲江池畔,几多嫔妃血洒芳草?三千宠爱在一身之杨玉环也被缢杀于马嵬坡前,昔日明眸皓齿,今作他乡游魂,能不情发乎中,涕泗横流,发为箫声笛咏?此时方悔当初未听张九龄之言,因作战失利而治安禄山之罪,至有今日之劫。故笛曲之制,不只为哀悼杨玉环而已。

(何焱林补充)

渔家傲 宋·庞籍

儒将不须躬甲胄①。指挥玉麈风云走②。战罢挥毫飞捷奏。倾贺酒。三杯遥献南山寿③。　草软沙平春日透。萧萧下马长川逗④。马上醉中山色秀。光一一⑤。旌矛戈戟山前后。

注 释

①儒将：知书知兵，风度儒雅之将帅。躬：自身，亲自。《说文》："躬，身也。"甲胄：甲：铠甲；胄：头盔。甲胄即盔甲。②玉麈（zhǔ）：麈此指拂尘，玉麈即以玉为柄之拂尘。东晋士大夫清谈时常执之。唐卢照邻《行路难》诗："金貂有时换美酒，玉麈但摇莫计钱。"如羽扇纶巾，皆形容儒将风采者。风云：此指军阵。古军阵名有"风""云"等阵法，后即以"风云"泛称军阵。唐王涯《从军词》之一："戈甲从军久，风云识阵难。"③三杯：古人敬酒，多以三杯为限。李白诗有"三杯通大道，一斗合自然。"南山寿：祝人长寿词。《诗·小雅·天保》："如南山之寿，不骞不崩。"孔颖达疏："天定其基业长久，且又坚固，如南山之寿。"南山此处指终南山。④萧萧：此指马鸣声。《诗·小雅·车攻》："萧萧马鸣，悠悠旆旌。"李白诗："萧萧班马鸣。"长川：长河，长流。⑤一一：一件一件，一个一个。亦借作奕奕。

解 说

作者庞籍（988～1063），字醇之，单州成武（今山东成武县）人，宋真宗大中祥符八年（1015）进士。及第后，任黄州司理参军，得知州夏竦赞许，认为庞籍具宰相之才。不久庞籍又先后升任为江州军事判官，开封府司法参军，刑部详复官，群牧判官，大理寺丞，殿中侍御史，累迁至枢密副使、枢密使、宰相等。庞籍还是韩琦、范仲淹等人好友，司马光、狄青等人恩师。

庞籍任开封府判官时，仁宗宠爱尚美人，尚美人常派内侍到开封府传达旨意，干预政事，庞籍认为美人派内侍到官府宣喻旨意是后宫干政的行为，因此严加拒绝，传令将宣喻旨意的内侍予以痛打，并明令："今后如再有后宫传命，不要接受。"足见其不畏权势之风骨。

北宋宝元元年（1038），党项族首领李元昊建立西夏政权，反宋，连破宋

西北边城，形势十分紧张，庞籍被任为陕西安抚使，进龙图阁直学士，知延州，并兼延都总管，经略安抚缘边招讨使。庞籍一到边地，即整顿军纪，安抚百姓。更向朝廷建言：裁减三官（内官、医官、乐官），节省财力，赏赐战功，犒劳将士。敢于犯颜直谏。元昊既臣，籍于皇祐三年（1051）十月入为相，五年（1053）七月罢相。卒于嘉祐八年（1063）。庞籍乃《呼家将》《七侠五义》等话本、戏曲中庞太师之原型。说部、戏曲与史乘，相去何其远也。所谓"死后是非谁管得，满村听唱蔡中郎"，身后之事，由人说去。

此词是一首祝捷之作。上阕写儒将风度，虽不擐甲弯弓，却能运筹帷幄，决胜千里，玉麈一挥，风追云逐，敌兵败绩，挥毫奏捷，文武兼具。属下奉觞，遥祝南山之寿。

下阕说，大胜之后，边地绥安，草软沙平，春光剔透。长川蹓马，饱览山色。山前山后，旌、矛、戈，熠熠生辉，写出军容之盛，及将士胜利后之欣喜。

（何焱林补充）

清平乐·平原放马 宋·张炎

辔摇衔铁，蹴踏平原雪①。勇趁军声曾汗血②，闲过升平时节。

茸茸春草天涯，涓涓野水晴沙。多少骅骝老去，至今犹困盐车③。

注释

①辔：缰绳。衔铁：马嚼子。蹴：踢，踩。②趁：追逐。汗血：良马特征。③骅骝：千里马。盐车：老马拉运盐车辆的典故。

解说

作者张炎（1248～1320?），字叔夏，号玉田，晚号乐笑翁。临安（今浙江杭州）人。是南宋格律派词人，与姜夔并称为"姜张"。张炎作词主张清空、骚雅，多写个人哀怨，长于咏物。

《清平乐》为词牌名。双调，四十六字。上阕押仄声韵，下阕换平声韵。

也有全押仄声韵的。

作者借马言志。上片写当年平原踏雪，勇趁军声，为国效力，而今闲度时光，无限感慨。下片写又是春天到了，可是不少的千里马渐渐老去，有的千里马却在拉着运盐的车子，不能发挥它应有的作用。

（肖炬注）

天仙子 宋·随车娘子

别酒未斟心先醉。忽听阳关辞故里①。扬鞭勒马到皇都，三题尽②，当际会③。稳跳龙门三级水④。　　天意令吾先送喜。不审君侯知得未⑤。蔡邕博识爨桐声⑥，君背负⑦，只此是。酒满金杯来劝你⑧。

注释

①阳关：古关名，在今甘肃省敦煌市南，因其位于玉门关以南，故称阳关。唐王维《渭城曲》："劝君更尽一杯酒，西出阳关无故人。"此后，阳关曲即为传唱千载之离歌。②三题：此指三次考试。宋代确立了三年一次的三级考试制度。每年秋天，各州进行考试，是为州试。第二年春天，由礼部进行考试，为是省试。省试当年进行殿试，殿试由皇帝亲自主持。三题尽即三次考试都通过。③际会：机遇，适逢其会。《汉书·王莽传上》："安汉公莽辅政三世，比遭际会，安光汉室，遂同殊风，至于制作，与周公异世同符。"④跳龙门：此喻登第。北魏郦道元《水经注·河水四》："《尔雅》曰：鳣，鲔也。出巩穴三月，则上渡龙门，得渡为龙矣。"故自唐代起士子登第谓之"跳龙门"。三级水：与上三题尽同义，即过三关，得高中。三亦有多义，意为经过许多拼搏，终得正果。⑤君侯：对显贵达官之敬称。秦汉时专称列侯而为丞相者。汉以后用作对达官贵人的敬称。三国魏曹丕《与钟大理书》："近日南阳宗惠叔，称君侯昔有美玦，闻之惊喜。"此处是对"君"之美称。⑥蔡邕（133～192）字伯喈，陈留（今河南省开封市陈留镇）圉人，东汉文学家、经学家、书法家、音乐家、琴家。汉献帝时曾拜左中郎将，故后人也称他"蔡中郎"。后汉、三国时期著名才女蔡琰（文姬）为其女儿。汉灵帝熹平四年，蔡邕等正

定儒家经本六经文字。由蔡邕书丹，刻成《熹平石经》，一称《鸿都石经》，凡46块。所著诗、赋、碑、诔、铭、赞、连珠、箴、吊、论议、《独断》《劝学》《释诲》《叙乐》《女训》《篆艺》、祝文、章表、书记，凡百四篇，传于世。爨桐：烧桐木煮饭。《后汉书·蔡邕传》："吴人有烧桐以爨者，邕闻火烈之声，知其良木，因请而裁为琴，果有美音，而其尾犹焦，故时人名曰'焦尾琴'焉。"古琴多用桐木制作。⑦背负：此指抱负。⑧金杯：酒杯之美称。

解说

作者随车娘子，宋洪迈《夷坚志》称其为琴精。实则恐为一不知名歌女。

此为随车娘子祝"君"扬鞭勒马入皇都参加殿试，必定高中之祝词，大约这是为"君"祖饯酒筵上所唱之曲。我之来，非一般为君饮酒助兴，而是天假吾之琴曲歌声来预为先生必将高中报喜的。

鹧鸪天　宋·陈妙常

相堂潭潭数十重①。入门马上气如虹②。俨然端坐黄堂上③，忧国忧民俯仰中④。　　蒙下顾，谢姑容⑤。仙禽从此脱樊笼⑥。当初只说常清净⑦，羞对先生满面红。

注释

①相堂：丞相厅堂，亦借指官衙。潭潭：深广貌。《韩诗外传》卷一："吾北鄙之人也，将南之楚。逢天之暑，思心潭潭。"②入门马上：进入府门，所谓入相者；马上：马背上，多指战功。《史记·郦生陆贾列传》："陆生时时前说称《诗》《书》，高帝骂之曰：'乃公居马上而得之，安事《诗》《书》？'陆生曰：'居马上得之，宁可以马上治之乎？'"所谓出将者。③俨然：严谨庄重。《论语·尧曰》："君子正其衣冠，尊其瞻视，俨然人望而畏之。"黄堂：府衙正堂。《后汉书·郭丹传》："勒以丹事编署黄堂，以为后法。"李贤注："黄堂，太守之厅事。"宋范成大《吴郡志·官宇》："黄堂，《郡国志》：在鸡陂之侧，春申君子假君之殿也。后太守居之，以数失火，涂以雌黄，遂名黄堂，即今太守正厅是也。今天下郡治，皆名黄堂，仿此。"④俯仰：思索，处理，应对。此处亦有一俯一仰中，皆忧国忧民事。⑤下顾：犹垂顾。姑容：宽

容,优容。皆陈妙常自谦之词。⑥仙禽:指鹤,仙人多骑鹤。《艺文类聚》卷九十引《相鹤经》:"鹤,阳鸟也,而游于阴,盖羽族之宗长,仙人之骐骥也。"也指不凡之鸟。此处为陈妙常自称。樊笼:鸟笼。⑦清净:此指出世为尼,清净修持。

解说

作者陈妙常,南宋人,曾一度为尼。《全宋词》称:"妙常,女贞观尼,后适潘必正。"余未详。其与潘必正之恋情,已为多个剧种演绎为戏曲《玉簪记》,其中以《秋江》尤为人称道。

此词乃赠人或酬谢人之作。上阕说所酬之人,具将相之材,入门,马上气势如虹。官仪清肃严重,而俯仰之间,无不以忧国忧民为念。下阕叙说蒙先生下顾,姑息宽容其为出世之人,而救其脱离击木鱼,诵黄卷,伴清灯古佛的尼僧生涯,如云鹤之脱离樊笼,得以凌空飞舞。当初只说清净修持,了此一生,不期而得先生垂顾,初对先生,不禁羞涩难掩,满面通红。此正女儿家之真实心态表露。此先生,潘必正其人欤?

(何焱林补充)

浣溪沙·题丁兵备丈画马   清·王鹏运

苜蓿阑干满上林①,西风残秣独沉吟,遗台何处是黄金②?
空阔已无千里志,驰驱枉抱百年心,夕阳山影自萧森③。

注释

①苜蓿:苜蓿:草本植物,可作马料。阑干:纵横交错。上林:皇家御苑。②残秣:吃剩的马料。遗台:指黄金台,位于京兆东南,燕昭王筑。燕昭王曾置黄金于台上以延聘天下贤士。后喻为招贤纳士之地。③萧森:衰飒之意。

解说

作者王鹏运(约1848~1904),字佑遐,一作幼霞,自号半塘老人,晚号鹜翁、半塘僧鹜,广西临桂(今桂林)人,原籍浙江山阴。同治九年(1870)举。后为内阁中书。与郑文焯、朱孝臧、况周颐并称"晚清四大家"。

《浣溪沙》为词牌名。

此词借马抒怀,表述自己不为朝廷重用,空有报国之心的失落感。

(肖炬注)

(般涉调)耍孩儿·借马 元·马致远

近来时买得匹蒲梢骑①,气命儿般看承爱惜。逐宵上草料教十番,喂饲得膘息胖肥。但有些秽污却早忙刷洗,微有些辛勤便下骑。有那等无知辈,出言要借,对面难推。

(七煞)懒设设牵下槽,意迟迟背后随,气忿忿懒把鞍来鞴。我沉吟了半晌语不语,不晓事颓人知不知?他又不是不精细,道不得"他人弓莫挽,他人马休骑"。

(六煞)不骑呵西棚下凉处拴,骑时节拣地皮平处骑。将青青嫩草频频的喂。歇时节肚带松松放,怕坐的困尻②包儿款款移。勤觑着鞍和辔,牢踏着宝镫,前口儿休提。

(五煞)饥时节喂些草,渴时节饮些水。着皮肤休使粗毡屈。三山骨休使鞭来打,砖瓦上休教稳着蹄。有口话你明明的记:饱时休走,饮了休驰。

(四煞)抛粪时教乾处抛,尿绰时教净处尿。拴时节拣个牢固桩橛上系。路途上休要踏砖块,过水处不教践起泥。这马知人义,似云长赤兔,如翼德乌骓。

(三煞)有汗时休去檐下拴,渲③时休教侵着颏。软煮料草铡底细。上坡时款把身来耸,下坡时休教走得疾。休道人忒寒碎④。休教鞭擦着马眼⑤,休教鞭擦损毛衣。

(二煞)不借时恶了弟兄,不借时反了面皮。马几行嘱咐叮咛记:鞍心马户将伊打,刷子去刀莫作疑⑥。则叹的一声长吁气,哀哀怨怨,切切悲悲。

（一煞）早晨间借与他，日平西盼望你，倚门专等来家内。柔肠寸寸因他断，侧耳频频听你嘶。道一声"好去"，早两泪双垂。

（尾）没道理没道理，忒下的忒下的⑦：恰才说来的话君专记，一口气不违借与了你。

注释

①蒲梢：原是骏马名称。马主人并不富有，早想买马，最近才买到，又喜又爱，亲自饲养，因爱马而夸马，故称此马为"蒲梢"。②尻（kāo）：臀部。③渲：擦洗。④寒碎：寒伧、琐碎。⑤摽（biāo）：拂。⑥两句意为：对马说，他不会打你，如果打你，那他无疑就是个"驴吊"。（"马""户"相合为"驴"，"刷"字去刀为"吊"，"驴吊"是骂人的粗话）⑦忒下的：太忍心。

解说

作者马致远（约1251～约1321），字千里，号东篱，元大都（今北京）人，因《天净沙·秋思》而被称为秋思之祖。与关汉卿、郑光祖、白朴并称"元曲四大家"。

这个套曲写一位马主人爱马如命，不得不借给别人，又不愿借给别人的矛盾心情，表现劳动者在同马的亲密关系中培养起来的纯朴感情。语言夸张诙谐，饶有风趣；描写细致入微，活灵活现。

【双调】新水令·代马诉冤　元·刘时中

世无伯乐怨他谁？干送了挽盐车骐骥①。空怀伏枥心，徒负化龙威。索甚伤悲②，用之行舍之弃。

【驻马听】玉鬣银蹄，再谁想三月襄阳绿草齐。雕鞍金辔，再谁收一鞭行色夕阳低。花间不听紫骝嘶，帐前空叹乌骓逝③。命乖我自知④，眼见的千金骏骨无人贵⑤。

【雁儿落】谁知我汗血功？谁想我垂缰义⑥？谁怜我千里才？谁识我千钧力？

【得胜令】谁念我当日跳檀溪，救先主出重围？谁念我单刀会随着关羽？谁念我美良川扶持敬德⑦？若论着今日，索输与这驴群队！果必有征敌，这驴每怎用的⑧？

【甜水令】为这等乍富儿曹，无知小辈，一概地把人欺。一地里快蹿轻踣，乱走胡奔，紧先行不识尊卑。

【折桂令】致令得官府闻知，验数目存留，分官品高低。准备着竹杖芒鞋⑨，免不得奔走驱驰。再不敢鞭骏骑向街头闹起，则索扭蛮腰将足下殃及。为此辈无知，将我连累，把我埋没在蓬蒿⑩，失陷污泥。

【尾】有一等逞雄心屠户贪微利，咽馋涎豪客思佳味。一地把性命亏图，百般地将刑法陵迟⑪。唱道任意欺公，全无道理。从今去谁买谁骑？眼见得无客贩无人喂。便休说站驿难为，则怕你东讨西征那时节悔！

注释

①挽盐车：喻粗笨的工作，叫千里马来做，太糟蹋人才了。②化龙：事见《马记》，王昌遇仙，其马化成龙。索：须，该。③乌骓：项羽坐骑。《垓下歌》："时不利兮骓不逝。"④乖：背离。⑤千金骏骨：燕昭王以千金求良马之故事。⑥垂缰：前秦苻坚之马，以重义闻名之事。⑦敬德：尉迟恭字敬德，投唐之前曾追杀李世民至美良川，与保驾的秦琼打了个平手。⑧每：表示复数，相当于"们"。⑨芒鞋：草鞋。⑩蓬蒿：野草丛。⑪陵迟：践踏之意。

解说

作者刘时中（约1310～1354），名致，号逋斋，石州宁乡（今山西离石）人。曾任江浙行省都事。善于作曲。

此套曲题为《代马诉冤》，其实是借马之口抒写人间之不平。叹马与悯人处处关合。而且不专写一马，借典故的运用，概括了所有良马的特性和普遍遭遇。首曲便说世无伯乐，致使良马落得个拉盐车的悲惨遭遇，纵有猛志长才，却不得其用，又何苦伤悲呢。这与人间英俊沉沦下僚的遭遇何其相似。次曲写良马回首往日荣光，表达"良马恋栈"心理，反照眼前厄运。第三、四支曲，历数马的四德——汗血功、垂缰义、千里才、千钧力，又通过三个故事，用刘备、关羽、尉迟恭三人之马,集中概括了这些良马的勋业。"若论着今日"转入好马不如群驴的慨叹。影射世上鸟尽弓藏,小人得志的现象。第五、六支曲,继续写马和驴的不同际遇。将马和驴拟人化,驴仗势欺人,投机钻营;官府贵驴贱马,驴为官用,马卖乡野。尾曲写马陷入更悲惨的逆境,有被宰割充人口腹的危险。官府欺公渎职,全无道理,马谁买谁骑,无客贩无人喂,于是借马口提出警告,不要说驿站不能少良马,到东征西讨,国家有事时,后悔就晚了。实际是说糟蹋贤才,必将危害国家,自食其果。整个套曲,借马之口说尽了摧残人才的种种不平事,是旧时代人才的一曲哀歌。

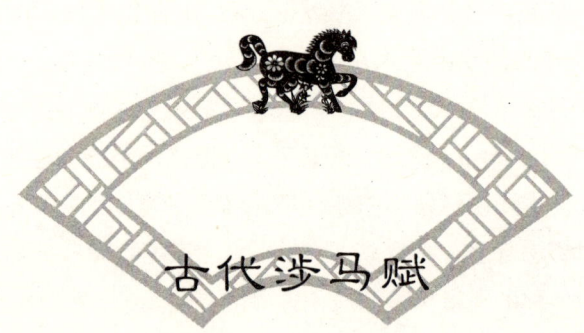

古代涉马赋

愍骥赋 三国·魏·应玚

愍良骥之不遇兮，何屯否之弘多①？抱天飞之神号兮，悲当世之莫知。赴玄谷之渐涂兮，陟高岗之峻崖②；惧仆夫之严策兮，载悚栗而奔驰③。怀殊姿而困逼兮，愿远迹而自舒。思奋行而骧首兮，叩缰绁之纷挐④；牵繁辔而增制兮，心愊结而盘纡。涉通逵而方举兮⑤，迫舆仆之我拘；抱精诚而不畅兮，郁神足而不摅⑥。思薛翁于西土兮，望伯氏于东隅⑦；愿浮轩于千里兮，曜华轭乎天衢。瞻前轨而促节兮⑧，顾后乘而跙躅；展心力于知己兮，甘迈远而忘劬⑨。哀二哲之殊世兮，时不遘乎良造；制衔辔于常御兮⑩，安获骋于遐道。

注释

①愍：同"悯"。良骥：好马。屯否（zhūn pǐ）：意谓艰难困顿。《周易》六十四卦中的《屯》卦和《否》卦，皆有阻滞之象。②玄谷：深谷。渐涂：低湿的道路。③严策：紧密地鞭打。载：嵌在动词前边的词缀。悚栗（sǒng lì）：恐惧战栗。④骧（xiāng）首：抬头。缰绁（xiè）：系马的缰绳。纷挐（ná）：错杂之状。汉王逸《九思·悼乱》："嗟嗟兮悲夫，肴乱兮纷挐。"⑤愊（xù）结：即郁结。忧愁之意。盘纡（yū）：曲折回绕。《淮南子·本经训》："木巧之饰，盘纡刻俨，赢镂雕琢，诡文回波。"高诱注："盘，盘龙也；

纤,曲屈。"通逵(kuí):通衢;通途。⑥郁:埋怨。神足:指良马。不摅(shū):不舒展;不腾跃。⑦薛翁:汉代善于相马的专家。桓谭《新论》:"薛翁者,长安善相马者也。于边郡求得骏马,骑以入市,去来人不见也。后劳问之,因请观马。翁曰:诸卿无目,不足示也。"伯氏:指伯乐,古代善于相马者。⑧浮轩:飘浮的轩车。轩是古代有围棚或帷幕的车,上有小屋。《说文》:轩,"曲𨍕藩车"。华轭(è):华丽的车驾。轭是马拉车时架在脖上的曲木。前轨:前面的辙迹。促节:短促的音节;喻加快速度。⑨踟蹰(chí chú):缓行的样子。忘劬(qú):忘记劳累。⑩二哲:指汉代王吉(即王阳)、王尊两位良吏,曾驾马过邛崃九折坂险路。晋郭璞《山海经图赞·崃山》:"王阳逡巡,王尊节,殷有三仁,汉称二哲。"《汉书》言"尊为刺史,至其阪。问吏曰:'此非王阳所畏道邪?'吏对曰:'是。'尊叱其驭曰:'驱之!王阳为孝子,王尊为忠臣。'尊居部二岁,怀来徼外,蛮夷归附其威信。"遘(gòu):遇见。良造:古代两个著名的驾马者,春秋时晋国有王良,西周有造父。衔辔:马嚼子和马缰绳。《荀子·性恶》:"前有衔辔之制,后有鞭策之威。"常御:一般的驾驶员。

解 说

作者应玚(177~217),字德琏,汝南南顿(今河南项城)人。汉末曹操任为丞相掾属,后转为平原侯庶子,后任五官中郎将文学。他是建安七子之一,擅长作赋。

此赋录自《艺文类聚》,并非全文。但仅凭这些摘录,已足以证明此文是千古名篇,古今讽诵、引用者不在少处。赋题为"愍骥",就是对良马的怜惜和同情。开头4句,是讲良马才非所用,尽受欺压,得不到应有的重视,借马喻人之意已十分明显。下面14句,专门描写良马的走湿路,上陡坡,挨鞭打,受折磨,想抬头却有缰绳牵跸,心情非常郁闷。接着8句,是盼望薛翁和伯乐来发现自己,好抒发千里之志。末4句说,汉代两位重视良马的好官,已经不能再来,古时两位相马的专家也等他不到,只有让庸才来约束,如何能在长途上奔驰?哀怨之情,溢于言表。

(冯广宏补充)

赭白马赋（并序） 南朝·宋·颜延之

骥不称力，马以龙名①，岂不以国尚威容，军骏趫迅而已②？实有腾光吐图，畴德瑞圣之符焉③。是以语崇其灵，世荣其至④。我高祖之造宋也⑤，五方率职，四隩入贡⑥。秘宝盈于玉府，文驷列乎华厩⑦。

注　释

①骥：千里马。《论语·宪问》："骥不称其力，称其德也。"龙：《周礼·夏官·廋(sōu)人》："马八尺以上为龙。"故以"龙马"称骏马。②駜(fú)：马名。《玉篇》："駜，马名。"军駜即军马。趫(qiáo)：行动轻灵敏捷，《说文》："趫，善缘木走之才。"此句言军马轻捷疾速。③腾光：光焰四射，光芒腾跃。《梁书·张率传》："吐图腾光之异，有时而出。"吐图：吐有出义，如吐奇、吐纳，故吐图即出图。《尚书·顾命》："天球，河图，在东序。"孔传："伏牺王天下，龙马出河。遂则其文，画八卦，谓之河图。"北魏郦道元《水经注·河水一》："粤在伏羲，受龙马图于河，八卦是也。"李善注引《尚书中候》："帝尧即政七十载，修坛河洛，仲月辛日，礼备，至于日稷，荣光出河，龙马衔甲，赤文绿色，临坛吐甲图。"按：稷同昃，此处指日偏西。此即为龙马出图之典。畴：通酬，如畴答、畴谢等。瑞圣：圣：圣人（指南朝刘宋开国皇帝刘裕）出世之瑞兆。符：符兆、标志。即赭白马之出，为刘裕创业兴德之祥瑞征兆。④灵：灵异。荣：由赭白马之至感到荣耀。⑤高祖：指南朝宋开国皇帝刘裕（363～422），字德舆，小名寄奴，彭城县绥舆里（今江苏铜山）人。造宋：建立南朝刘宋（420～479）。刘宋为南朝第一个朝代，名义上统一全国的晋朝正式结束，南北朝时期开始。⑥五方：东、南、西、北、中。率职：守职、尽职。四隩(yù)：四方边远之区。⑦秘宝：罕见之珍宝。玉府：官署名。掌天子之金玉玩好等。《周礼·天官·玉府》："玉府：掌王之金玉玩好兵器，凡良货贿之藏。共王之服玉、佩玉、珠玉。王齐则共食玉。"贾公彦疏："玉府以玉为主，玉外所有美物，亦兼掌之。"注中齐即斋，食玉即饰玉之食器，如碗碟等。文驷：拉车之四马皆文采鲜明。华厩(jiù)：富丽堂皇之马圈。

乃有乘舆赭白①，特禀逸异之姿②；妙简帝心③，用锡圣皁④。服御顺志⑤，驰骤合度⑥，齿历虽衰⑦，而艺美不忒⑧。袭养兼年⑨，恩隐周渥⑩，岁老气殚⑪，毙于内栈⑫。少尽其力，有恻上仁⑬。乃诏陪侍，奉述中旨⑭。末臣庸蔽，敢同献赋⑮。其辞曰：

注释

①乘舆：帝王或诸侯乘坐之车。贾谊《新书·等齐》："天子车曰乘舆，诸侯车曰乘舆，乘舆等也。"赭白即赭白马之省。②禀(bǐng)：禀赋、具有。逸异：异于寻常之姿质。③妙简：即精选。《三国志·魏志·高贵乡公髦传》："宜妙简德行，以充其选。"④用：因之。锡：赐予。皁：喂马或喂牛之饲料槽。李善注引司马彪《庄子注》："皁，枥也。"即为圣上恩养，亦指为圣上服役。⑤服御：同服驭，充任皇上骑乘。《荀子·王霸》："王良、造父，善服驭者也。"顺志：顺从人、己之志，此指合乎皇帝意愿。《书·说命下》"惟学逊志"孔传："学以顺志，务是敏疾，其德之修乃来。"⑥合度：不疾不徐，正合要求。⑦齿：马齿。马齿随年岁添换，故看马齿而知马龄。⑧艺：标度，风仪。不忒：无差错。⑨袭养：受养。兼年：两年，此处有多年之意。⑩恩隐：即恩私、恩宠。周渥：照顾周到优厚。⑪殚(dān)：竭尽。气殚即气血衰竭。⑫内栈：皇宫大内之马厩。⑬少尽其力：少壮时尽其能力。有恻上仁：皇上动了恻隐之仁心。⑭陪侍：陪伴皇帝之文学侍臣。奉述：奉诏叙述。中旨：符合皇帝旨意。⑮末臣：微末之臣，作者自谦词。庸蔽：庸劣蔽陋。

惟宋二十有二载①，盛烈光乎重叶②，武仪粤其肃陈③，文教迄已优洽④，泰阶之平可升⑤，兴王之轨既接⑥。访国美于旧史⑦，考方载于往牒⑧。

注释

①惟：语词。二十有二载：即宋文帝十七年（440）。②盛烈：盛大之功业。重叶：几代。宋经武帝、少帝、文帝，已历三代，故称重叶。③武仪：威武之仪表。粤：通曰，亦有慎思之意。肃陈：肃然陈列、气势威严。④优洽：遍布，普及。汉焦赣《易林·家人之泰》："仁德优洽，恩及异域。"优洽，一本作"履洽"。⑤泰阶：天宫台阶。应劭(shào)引《黄帝泰阶六符经》"泰阶者，天之三阶也"。"三阶平则阴阳和，风雨时，社稷神祇咸获其宜，天下

大安，是为太平"。⑥兴王：勤于政事之王，《国语·晋语六》："兴王赏谏臣，逸王罚之。"既接：指宋已经接续兴国前王之轨。⑦国美：国家流传下来之美事。⑧方载：地方之载籍。往牒：从前之简牍。小简曰牒，大简曰册。薄者曰牒，厚者曰牍。

昔帝轩陟位，飞黄服皁①。后唐膺箓，赤文候日②。汉道亨而天骥呈才③，魏德懋而泽马效质④。伊逸伦之妙足⑤，自前代而间出⑥。并荣光于瑞典⑦，登郊歌乎司律⑧。

注释

①帝轩：黄帝轩辕氏。陟（zhì）位：登上王位。飞黄：传说之神骏名，亦名乘黄。《淮南子·览冥训》："青龙进驾，飞黄伏皁。"高诱注："飞黄，乘黄也，出西方，状如狐，背上有角，寿千岁。"成语有"飞黄腾达"。②后唐：后：古称王者为后，此指帝尧，尧为陶唐氏。膺（yīng）：承当、受命。箓（lù）：方术之士掌握之神秘文字或图画，显示天命。赤文：谶纬家所说帝王受命于天的符瑞。《宋书·符瑞志上》："《龙图》出河，《龟书》出洛，赤文篆字，以授轩辕。"候日：李善注："即至于日稷也。"日稷即日昃，太阳偏西。见前注"日昃出图。"③汉道亨：汉代道德亨通，政治修明。天骥：天马。呈才：献其才质。④魏德懋：指三国曹魏德业盛大。泽马：显示王者祥瑞之神马。《孝经·援神契》："王者德至山陵，则景云见，泽出神马。"《宋书·符瑞志中》："泽马者，王者劳来百姓则至。"此指魏文帝时渥洼马出。效质：贡献其力量与姿质。⑤伊：其，指上所列之神骏。逸伦：超群。妙足：神妙之足力，此指骏马。⑥间出：间隔出现。⑦荣光：预兆吉祥之光，《南齐书·陆澄传》："永明中，天忽黄色照地，众莫能解。（王）摛云是荣光。世祖大悦，用为永阳郡。"瑞典：祥瑞之典。⑧登：采用。郊歌：帝王郊祀之歌。吕向注："汉得天马作歌云：'天马来，龙之媒。'此皆入于律吕，登于郊歌。"司律：朝廷管乐律之官员。《晋书·乐志上》："又以魏氏歌诗或二言，或三言，或四言，或五言，与古诗不类，以问司律中郎将陈颀（qí）。"

所以崇卫威神①，扶护警跸②。是用精曜叶从③，灵物咸秩④。暨明命之初基⑤，罄九区而率顺⑥。有肆险以禀朔⑦，或逾远而纳赆⑧。闻王会之阜昌⑨，知函夏之充牣⑩。总六服以收贤⑪，掩七戎而得骏⑫。盖乘风之淑类⑬，实先景之洪胤⑭。故能代骖象舆⑮，历配钩陈⑯。齿筭延长⑰，声价隆振⑱。信圣祖之蕃锡⑲，留皇情而骤进⑳。

注释

①威神：如神荼、郁垒之类。有以威神为泰一者，泰一为"天皇大帝"，此处非是。②扶护：护持。警跸：帝王出入时，于所经路途侍卫警戒，清道止行，谓之"警跸"。《史记·淮南衡山列传》："厉王以此归国益骄恣，不用汉法，出入称警跸，拟于天子。"《古今注·舆服》："汉朝梁孝王，王出称警，入称跸，降天子一等焉。"③精曜（yào）：高尚的日月星辰。张衡《东京赋》："辨方位而正则，五精帅而来摧。"五精即五星。叶从：叶同协，协同随从。叶此处非葉之简体。④灵物：灵异祥瑞之物。咸秩：皆依序出现、行事。⑤暨（jì）：及。明命：明确的天命。《礼记·大学》引《太甲》："顾諟（dì）天之明命。"初基：初开宋基。⑥罄（qìng）：尽；严整。九区：李善注："九服也。"有无远弗届意。《周礼·夏官·职方氏》："乃辨九服之邦国：方千里曰王畿，其外方五百里曰侯服，又其外方五百里曰甸服，又其外方五百里曰男服，又其外方五百里曰采服，又其外方五百里曰卫服，又其外方五百里曰蛮服，又其外方五百里曰夷服，又其外方五百里曰镇服，又其外方五百里曰藩服。"亦指天下万国，不限于华夏九州。率顺：一概效忠，归顺。⑦肆险：不顾危险，自愿归顺中原。《汉书·扬雄传下》："故平不肆险，安不忘危。"颜师古注："服虔曰：'肆，弃也。'肆，放也，不放心于险而尝思念也。"禀朔：禀奉正朔，即归服。意为有远人不顾险阻来归，禀持朝廷正朔。⑧逾远：越过长途，不畏跋涉。纳赆（jìn）：即纳贡。⑨王会：天子召集诸侯大会。《周书·王会》："成周之会。"郑玄曰："王城既成，大会诸侯及四夷也。"阜昌：丰盛、盛大。⑩函夏：指全国。扬雄《河东赋》："函夏之大。"服虔曰："函诸夏也。"充牣（rèn）：充满。⑪六服：周王畿以外之诸侯邦国。《周礼》"王畿外侯服、甸服、男服、采服、卫服、蛮服，斯为六服。"此指诸侯邦国。收贤：此指收集良马。⑫掩：借为奄，遍及。七戎：泛指西部少数民族。《墨子·节葬下》："舜西教乎七戎。"郭璞注《尔雅》："七戎在西。"⑬乘风：喻其

速如风。淑类：即良种。⑭先景：景为影之借，先景喻马行疾速，身常在影前。洪胤：本指王侯贵胄，晋成公绥《正旦大会行礼歌》："肇建帝业，开国有晋，载德奕世，垂庆洪胤。"此借指名马之珍贵后代。⑮代骖：古人用四马拉车，在两旁者曰骖。象舆：以象拉车。亦表灵异，表示皇帝所乘车驾。⑯钩陈：指帝王用于防卫之仪仗。《北史·艺术传下·何稠》："帝复令稠造戎车万乘，钩陈八百连。"⑰齿筭（suàn）：筭即算，齿筭即齿数，表示马的年龄。⑱隆振：大振。⑲圣祖：指刘裕。蕃锡：赏赐很多。⑳骤：快疾。

徒观其附筋树骨①，垂梢植发②。双瞳夹镜③，两权协月④。异体峰生⑤，殊相逸发⑥。超摅绝夫尘辙⑦，驱骛迅于灭没⑧。简伟塞门⑨，献状绛阙⑩。旦刷幽燕⑪，昼秣荆越⑫。

注释

①徒观：马不披甲驾辕，无装而视。附筋树骨：肌腱暴露，骨骼如树般坚挺清奇。②垂梢：马尾下垂而不散乱。植发：马鬃竖直。③夹镜：马之两个瞳孔明澈如镜。④权：通颧。协月：如同满月。《相马经》："颊欲圆如悬璧，因谓之双璧，其盈满如月，异相之表也。"⑤异体峰生：异于群马之形体，如山岳般突兀而生。⑥殊相：特殊骨相。⑦超摅（shū）：奔越腾跃。汉刘歆《遂初赋》："历冈岑以升降兮，马龙腾以超摅。"绝夫尘辙：夫为语词，即绝尘而驰。⑧驱骛（wù）：一作駈骛，急速奔跑。汉李尤《鞍铭》："驱骛驰逐，腾跃覆被，虽有捷习，亦有颠沛。"灭没：马疾驰，消失。《列子·说符》："天下之马者，若灭若没，若亡若失。"后遂以"灭没"形容马跑得极快。⑨简伟：简有大义，《论语》："吾党之小子狂简。"简伟即大伟，威武、伟岸。塞门：紫塞雁门，泛指边关。⑩献状：献呈立功之状。绛阙：宫殿、寺观前之朱色门阙，此指朝廷。⑪旦：早晨。刷：洗刷，指刷马。幽燕（yān）：今河北省北部和辽宁省西部。泛指北方。⑫昼：指中午。秣（mò）：指喂马。荆越：古楚国和越国。泛指南方。

教敬不易之典①，训人必书之举②。惟帝惟祖③，爱游爱豫④。飞辀轩以戒道⑤，环毂骑而清路⑥。勒五营使按部⑦，声八鸾以节步⑧。

具服金组⑨，兼饰丹雘⑩，宝铰星缠⑪，镂章霞布⑫。进迫遮迾⑬，却属辇路⑭。欻耸擢以鸿惊⑮，时濩略而龙鹫⑯。弭雄姿以奉引⑰，婉柔心而待御⑱。

注释

①教敬：教人必以庄敬。不易之典：不可改易之典则。②训人：训诲人。必书之举：需要书写在案之举动。③帝：指宋文帝刘义隆。祖：指宋高祖刘裕。④爰：于。豫：愉乐。⑤鞧（yóu）轩：轻车。戒道：在前开路以预警。⑥彀（gòu）骑：执弓弩之骑兵。⑦五营：分执五种兵器之军队。应劭《汉官仪》："大驾卤簿。五营校尉在前，名曰填卫。"按部：按所部属编队排列。⑧八鸾：鸾通銮，系在马衔左右之铃谓之銮，一马二銮，四马则八銮。节步：调节步伐。⑨具服：具借为俱，服为着装。金组：金甲与组甲。李善注："金组，二甲也。"并引马融曰："组甲，以组为甲也。"按：组为丝带，所谓组甲即用丝带连缀皮革或金属片制成之甲胄。⑩丹雘（huò）：红色的矿物颜料。⑪宝铰：宝贵的钉铰。星缠：天空星斗一样的繁密耀眼。⑫镂（lòu）：在木、石、金属等上雕刻。章：纹章、图案。霞布：像云霞那样布满四方，辉煌燿眼。⑬进迫：靠近。遮迾（liè）：遮护，阻遏。《通俗文》"天子出，虎贲伺非常，谓之遮迾。"⑭却：后退。属（zhǔ）：连接，衔接。辇：泛指车。路：同辂，车，《荀子·正论》："乘大路趋越席以养安。"辂（lù）：指帝王乘坐的大车。⑮欻（xū）：忽然。耸擢（zhuó）：耸起。⑯濩（huò）略：濩为屋檐水下落貌；略通掠，急速掠过之意。鹫（zhù）：飞。⑰弭（mǐ）：止息，顺从。奉引：恭敬导引，有奉迎意。⑱婉：顺从，柔美。待御：等待使命。

至于露滋月肃①，霜戾秋登②。王于兴言③，阐肆威棱④。临广望，坐百层⑤。科武艺，品骁腾⑥。流藻周施⑦，和铃重设⑧。眄影高鸣，将超中折⑨。分驰迥场，角壮永埒⑩。别辈越群，绚练敻绝⑪。捷趫夫之敏手⑫，促华鼓之繁节⑬。经玄蹄而雹散⑭，历素支而冰裂⑮。膺门沫赭，汗沟走血⑯。踠迹回唐，畜怒未泄⑰。乾心降而微怡⑱，都人仰而朋悦⑲。

注释

①露滋：露水渐多。月肃：草木凋落，天气转凉。天气肃杀。②霜戾（lì）：霜降。秋登：秋谷登场。③于：语词。兴言：致词、发话。④阐肄（chǎn yì）：声类曰："阐，大开也。"贾逵《国语注》曰："肄，习也。"威棱：威棱：军威、威名。《汉书·李广传》：武帝报李广书曰："威棱憺乎邻国。"稜一作棱。憺（dàn）：震恐。句意为大展军威。⑤临广望：李善注："洛阳故宫日广望观，临金市。"此处有临幸广场意。百层：指百层高台。⑥科：考校。品：评量。骁腾：指良马。亦指骁骑奔腾。⑦流藻：生动的藻饰，若水之流丽。周施：遍布，到处放置。⑧和铃：调和步伐之銮铃。重设：广泛设置。⑨睨：视看。高鸣：骏马长嘶。将超中折：将要超越而中途挫折。⑩迥（jiǒng）场：场地辽远开阔。角（jué）壮：比试武艺、雄壮。永埒（liè）：长长的围墙。埒为射箭场地专修之土围墙。⑪别辈：另外之人。越群：超越群伦。绚（xuàn）练：快速状。夐（xiòng）绝：超绝。⑫趫夫：迅捷之人。敏手：敏捷的手段。⑬促：催促。华鼓：华丽的鼓。繁节：繁密的节奏。⑭玄蹄：黑色马蹄。此指箭靶。电散：箭射中靶，靶像电一样裂开、飞散。⑮素支：贴有月亮形的箭靶。李善注："素支，月支也，皆射帖名也。"冰裂：箭中靶，靶像冰一样碎裂。⑯膺门：胸口。沫赭：马唾沫流在胸前呈现赭红色。汗沟：马身流汗之沟纹。走血：所流之汗，赤红如血。⑰踠（wǎn）：指马蹄与马足间相连之弯曲处。唐：作场地、园地解。畜（xù）怒：蓄积之勇气、斗志。未泄：未消失。⑱乾心：天心，此指宋文帝之心。降（xiáng）：愉悦、欢喜。怡（yí）：喜悦。⑲都人：城市中人，此指观者。仰：欣慕。朋悦：皆悦，大悦。

妍变之态既毕①，凌遽之气方属②。跼镳辔之牵制③，隘通都之圈束④。眷西极而骧首⑤，望朔云而蹀足⑥。将使紫燕骈衡，绿蛇卫毂⑦。纤骊接趾，秀骐齐亍⑧。觐王母于昆墟，要帝台于宣岳⑨。跨中州之辙迹，穷神行之轨躅⑩。

注释

①妍（yán）：技巧及美姿之变化。②凌遽（jù）：迅捷疾促。《文选·颜

延之《应诏观北湖田收》诗》:"疲弱谢凌遽,取累非缧牵。"李善注:"凌遽,捷速貌。"属:连接。③跼(jú):跼促、局限。镳(biāo):马嚼子露出嘴外之部分。辔(pèi):马缰绳。④隘:受阻。通都:大都市。圈束:马圈围栏之束缚。⑤眷:眷恋、眷顾。西极:西方极远之地。骧(xiāng)首:昂头。⑥朔云:北方之云。一作朔方、云中二州。张铣注:"朔云,朔方、云中二郡也。"与西极对文,解亦通。蹀(dié):用力踏地。⑦紫燕:汉文帝骏马名,《西京杂记》卷二:"文帝自代还,有良马九匹,皆天下之骏马也……一名紫燕骝。"骈:驾两马。引申为并列。衡:车辕。绿蛇:此指龙马。李善注引《尚书中候》曰:"龙马,赤文绿色。"郑玄曰:"赤文而绿地也。"毂(gǔ):车轮中心孔可插轴者,此处代指车。⑧纤骊(lí):小形黑马。接趾:足趾相接。秀骐(qí):漂亮之骏马。汉张衡《七辩》:"驷秀骐之駮骏,载輧猎之輶车。"輧猎:小车。齐亍(chù):《说文》:"亍,步止也。"此处作齐步、并步解。⑨觐(jìn):朝见。王母:西王母之省称。昆墟:指昆仑山神仙所居处。要(yāo):相邀,会见。帝台:神人名。宣岳:宣山。又《说文》:"山宣也。宣气散生万物,有石而高也。"故宣岳亦指山丘。⑩中州:中原,泛指中国。辙迹:车辙之迹。穷:穷尽。神行:其速如神。轨躅(zhú):轨迹。

然而盘于游畋,作镜前王①。肆于人上,取悔义方②。天子乃辍驾回虑,息徒解装③。鉴武穆,宪文光④。振民隐,修国章⑤。戒出豕之败御,惕飞鸟之跱衡⑥。故祗慎乎所常忽,敬备乎所未防⑦。舆有重轮之安,马无泛驾之佚⑧。处以濯龙之奥,委以红粟之秩⑨。服养知仁,从老得卒⑩。加弊帷,收仆质⑪。天情周,皇恩毕⑫。

注释

①盘:娱乐。作镜前王:以前王为镜鉴。②肆:放纵。取悔:自取其悔。义方:做事之正道。③辍驾:停下驾乘。回虑:改变想法。息徒解装:使随从停息下来,解除游猎装备。④鉴武穆:以汉武帝与周穆王为鉴。宪:效法。文光:汉文帝、汉光武帝。⑤振:救济。民隐:民间疾苦忧患。国章:国之礼仪典章,吕延济注:"国章,国之礼仪也。"⑥戒:警戒。出豕:突出之野猪。败御:败坏驾驭。李善注引《韩非子》:"王子期为赵简子御,取道争千里之

表。其始发也,麄伏沟中,王子期齐辔策而进之,麄突出于沟中,马惊败驾。"惕:警惕。跱(zhì):对峙,冲击。跱衡:鸟立于车辕前横木。吕延济注:"跱,立也。衡,车軛也。"⑦祇(zhī):敬。慎:谨慎。常忽:常常忽视。备:戒备。未防:未料到。⑧舆:车驾。重轮:李善注《东京赋》引蔡邕《独断》:"乘舆重毂外复有一毂,副辖其外,乃复设辖然。重轮即重毂也。"即双重车毂。泛驾:翻车。佚:出事。⑨处:安置。濯龙:亦东汉园林名,位于洛阳西南角。《后汉书·皇后纪上·明德马皇后》:"帝幸濯龙中,并召诸才人。"亦南朝宋马厩名。后常以濯龙代称皇室。唐武元衡《昭德皇后挽歌词》:"国门车马会,多是濯龙亲。"奥:内部。委:累加。红粟:汉文帝、景帝时,太仓之粟积蓄多年,红腐不可食,后以红粟示粮食丰足。秩:俸禄之等级。⑩服养知仁:壮年服役,老有所养,知皇上仁爱之心。从老得卒:老年得善终。⑪弊帷:破旧帷帐。《礼记》孔子曰:"弊帷不弃,为埋马也。"仆质:指马尸。⑫天情:天子之情。

乱曰①:惟德动天,神物仪兮②。于时驵骏,充阶街兮③。禀灵月驷,祖云螭兮④。雄志倜傥,精权奇兮⑤。既刚且淑,服鞿羁兮⑥。效足中黄,徇驱驰兮⑦。愿终惠养,荫本枝兮⑧。竟先朝露,长委离兮⑨。

注释

①乱:古乐之末章。作为赋尾处一种韵文格式,以归纳其要旨。②仪:匹配。③于时:此时。驵(zǎng)骏:雄壮之骏马。充:满。阶街:庭阶和内院街头。④禀灵:禀赋灵异。月驷:《春秋考异记》云:"地生月精为马。"天空有天驷星座。云螭:龙。《文选·郭璞〈游仙诗〉之四》:"虽欲腾丹溪,云螭非我驾。"吕延济注:"云螭,龙也。"祖云螭:言赭白马之祖本是天上神龙。⑤倜傥(tì tǎng):洒脱不羁。精权奇:精于权变与奇正之术。⑥刚且淑:刚强又温驯。服:装配。鞿(jī):马嚼子。羁(jī):马笼头。亦有服于羁縻,听从指挥意。⑦中黄:汉内库名,此借指宋宫。徇:顺从,听使唤;徇亦同殉:献身。⑧终惠养:始终施惠供养。荫本枝:福荫本身及支属。⑨朝露:早

晨之露珠，日出即消失。《汉书·苏武传》："人生如朝露，何久自苦如此！"颜师古注："朝露见日则晞，人命短促亦如之。"言赭白马竟先于朝露而陨灭。委离：死亡之委婉说法。

解说

作者颜延之（384～456），字延年，为南朝宋著名文学家、官僚。祖籍琅邪临沂（今山东临沂）。少孤贫，居陋室，好读书，无所不览，文章华美，冠绝当时，与谢灵运并称"颜谢"。与陶渊明私交甚笃。平生肆意直言，曾无回隐，世人呼之"颜彪"。长子颜竣从孝武帝讨灭刘劭，权倾一时。凡竣所资供物，延之一无所受，器服不改，宅宇如旧。曾对竣说："平生不喜见要人，今不幸见汝。"骨髓如此。《赭白马赋》为其重要作品，亦为赋马佳构，一些词汇，流传后世。

赋题"赭白马"，《说文》："赭，赤土也。"此处指赭红色。赭白为有红色花斑的白骏马。《尔雅·释畜》"彤白杂毛，騢"郭璞注："即今之赭白马。"明田汝成《西湖游览志馀·艺文赏鉴》："马之背则微赤，自腹以下皆浅白色，盖赭白马也。"

此赋由三部分构成：一序、二正文、三结语。

序述作赋之缘起。所谓国之将兴，必有祯祥，腾光吐图之瑞，飞黄服皂之祥，必应圣人之出。赭白马之现，亦应刘裕之出世，南朝宋之隆兴。赭白马服御刘氏者多，至其老毙。文帝有恻隐之心，乃诏侍臣作赋悼念。

正文首述宋之文治武功，所谓化洽九区，远人来归，神物应瑞，而得赭白马，伊逸伦之妙足，自前代而间出者。次写赭白马之殊相异速，所谓旦刷幽燕，昼秣荆越。良马比君子，赭白马更于人启迪，教人以典，训人以举，服御皇帝之雄姿与柔心。再次述秋登而后，演习较场。考量武艺，品评骁腾。状人马之英姿，述场面之热烈。可注意者为第四节，妍变之态既毕，凌遽之气方属。马虽赡养富足，装配豪华，其所厌者仍是镳辔之牵制，通都之圈束。所思者仍是西方之故土，北地之长云，所愿者仍是无拘束与天下古今之名马良驹共同驰驱。此与颜延之倜傥不羁个性不无关系。第五节则劝百讽一之语，皇上忽悟盘于畋游之非，慎乎出行之要。于是息徒解装，振民困，修国章，马亦获红粟之秩，竟得善终。有影射服劳官员终得朝廷恩养之意。

乱，总一篇之旨，所谓惟德动天，神物临世，亦喻人才群出。但无论你雄姿杰出，或精于权谋，都必须既刚且淑，有才能，肯听话，接受帝王之羁縻。效命皇家，殉于职守，方得终惠养，荫本枝。

（何焱林注）

相马赋　唐·武少仪

徐先生相马，不相色，不相力，相其德，奥乎不可测①。何以征之？鬣青丝兮风生②，眼黄金兮电光③。蹄盘摊而散花④，毛翕赩而成章⑤。众人观之，已骈于路傍⑥，不啻于堵墙⑦。一曰为龙，一曰为鹿⑧，中间何敢乎比方。

注释

①徐先生：即徐无鬼。《庄子·杂篇·徐无鬼》载其相马之言："吾相马：直者中绳，曲者中钩，方者中矩，圆者中规。是国马也，而未若天下马也。天下马有成材，若恤若失，若丧其一。若是者，超轶绝尘，不知其所。"假托人物。奥：深奥，深不可测。②征：检验，证明。鬣（liè）：马颈上之鬃毛。③黄金、电光：形容马眼晶莹敏锐。④盘摊：坚实而圆平。散花：蹄印有如花纹。⑤翕赩（xī xì）：深赤色。成章：有花纹。⑥骈（pián）：二马并列。⑦不啻（chì）：犹如、好像。⑧龙、鹿：形容好马。马八尺曰龙。《韩非子》："马似鹿者千金。"

先生则异于是①，忘筌于毛质之外②，引镜于肺腑之里③。见其心兮如思勿思④，见其目兮如视非视⑤。虚舟为动⑥，乔木为止⑦。合大道而自然丧一⑧，齐至人而何处有以⑨。若此者，足不以遵地，影不以逐形⑩。腾六合，喷四溟⑪。截飞鸟，遗流星⑫。日车为之不转⑬，风驭为之中停⑭。二师为之罢贡⑮，伯乐为之焚经⑯。卓然擅天下名，宜乎不尔⑰。直中绳，曲中钩，徘徊阊阖之游⑱；圆中规，方中矩，蜿蟺交衢之舞⑲；亦以其次⑳。

注释

①异于是：不同于众人之论。②忘筌：忽略外形。筌为竹制捕鱼器。《庄子·外物》："筌者所以在鱼，得鱼而忘筌。"③引镜：如镜鉴物，明察。王融《三月三日曲水诗序》："引镜皆明目，临池无洗耳。"④如思勿思：其心似想非想。⑤如视非视：像在看其实不看。⑥虚舟：空船。《庄子·山木》："方舟而济于河，有虚船来触舟，虽有惼心之人不怒。"虚舟为动：空船无人而自动。⑦乔木：指高树受风时时摆动不止。乔木为止：乔木停止不动。二句皆形容徐先生相马之精神专一。⑧丧一：忘记本身。⑨齐：等齐，比肩。至人：达到无我境界之超人。《庄子·齐物论》："至人神矣！大泽焚而不能热，河汉沍而不能寒，疾雷破山、风振海而不能惊。"何处有以：哪里有如此者？⑩遵地：沿着地面。逐形：跟着身形。⑪六合：天地四方。喷：马呼气或鼓鼻。四溟：四海。⑫截飞鸟：阻截住奋飞之鸟。遗：超过。⑬日车：太阳运行不息，如车之动。《庄子·徐无鬼》："有长者教予曰：'若乘日之车而游於襄城之野。'"亦指载日之车，六龙驾之。⑭风驭：风伯乘坐之车。⑮二师：指汉时西域大宛国的贰师城，出良马。《史记·大宛列传》："宛有善马在贰师城，匿不肯与汉使。"罢贡：大宛停止贡献宝马。⑯伯乐：传为春秋时秦穆公时人，名孙阳，以善相马著称。焚经：烧掉《相马经》。⑰擅（shàn）：占有。⑱直中绳：绳为匠人的墨斗线。中绳：像墨斗线弹出那样笔直。曲中钩：弯曲得就像用勾画出一样。阊阖（chāng hé）：天门。⑲圆中规：圆物就像用圆规画的一样。方中矩：方形用矩尺（木、石匠等用的直角尺、俗称弯尺）来量也分毫不差。蜿蟺（shàn）：屈曲盘旋貌，《文选·马融〈长笛赋〉》："蚡缊翻纡，緸（yīn）冤蜿蟺。"李善注："緸冤蜿蟺，盘屈摇动貌。"交衢（qú）：大道相交之十字路口。⑳亦以其次：总上二句说：徐先生相马，中规中矩，合于准绳，即如遨游于天宫那样美妙，舞于通衢冲要那样多姿，也在其次。

噫！徐公不至，骛骀共皂于骐骥①。徐公一来，骐骥出群于骛骀。由此观之，世上贤才，用则虎，否则鼠。何以异哉？小人也，内颂无国马之贤②，遇君有徐公之术。早已蒙于一顾，至今长鸣；犹未骋于千里，更思蕲拂③。超然自得，恍然自失。傥受恩兮果如前④,则平生之愿毕矣。

注释

①驽骀(nú tái):劣马。皂:皂同皁,马料槽。骐骥:神骏。②内颂:自身内部之才质。③翦拂:洗刷整饬,意为推崇、赏识。④傥(tǎng):倘若。

解说

作者武少仪,唐诗人,文学家,于宪宗李纯元和(806~821)年间曾为大理少卿。

此赋从《庄子·杂篇·徐无鬼》化出。赋写徐先生(徐无鬼)相马,特出之处在其不相色,不相力,而相其德。德实为马之内质,才德兼指,以德取才。

常人相马,从其外表着眼,为其鬣似青丝,目如黄金等所迷惑,弄到后来,不知所以,一说为龙,一说为鹿,连形象也搞不清楚了。

徐先生相马则不同,他忘筌于毛质之外,引镜于肺腑之里,如思勿思,若视非视,虚舟为动,乔木为止,合大道物我两忘,从其心灵深处见其德才。

这篇文章也是一个极好的启示,即在观察人或物时,不能停留在表面上,不能为其光怪陆离的外形所欺骗所蒙蔽,必须由表及里,看到事物的本质,认清其本来面目方能不为人惑,不为物蔽。方能录贤才而去庸劣。

徐公不至,则良才骏足与庸劣驽骀混杂不分,徐公一来则骐骥出群,良才得用。与韩愈千里马常有,伯乐不常有之叹异曲而同工。

纵观历史,庸劣居上位,英俊沉下僚,何代无之!而人才之开发更有待于大力者慧眼识珠,简拔于茫茫人海之中。世上贤才,用之则为虎,弃之则为鼠,已成千古名句。方今建设人才强国,可资借鉴。

(何焱林注)

虎文龙马赋(并序) 元·郝经

乾阳萃精,星列房驷①。健之至也。故飞而在天则为龙,行而在地则为马。虽八卦皆拟其象②,而独专于乾坤。负图而出于河,庖牺氏按之为画③。圣人事业以之张本④,而文籍生焉⑤，则又用之至也。出于乾阳，故产于西北⑥。阴国金天⑦，往往腾踏群龙，驵骏特异⑧，号称龙种，其蕃息盛大⑨，皆莫若国朝。沙漠广莫，地经两海⑩，尽为游牧之所，又兼金源四十万，并西域三十国⑪，古之所谓千里者⑫，海饮川量，妇人孺子，皆乘御之，搜奇拔异，始得与御苑下乘⑬。今上所乘之虎文龙者⑭，空西北百千万群而未之有，伯乐之所未见，书传之所不载，古今之所罕闻，又虎变炳然⑮，有定武功，彰文德之象焉。昔汉武帝得之外国，而亲为之歌⑯，唐太宗之所御，则图之凌烟阁，而为之赞⑰。矧今生于本国⑱，又若是之异乎？歌颂不作，则与驽骀等为无闻，敢犯齿路马之罪⑲，而献赋曰：

注释

①乾阳：乾为天，天为阳。房驷：房宿第四星。《尔雅·释天》："天驷，房也。"郭璞注："龙为天马，故房四星谓之天驷。"房宿：二十八宿之一，苍龙七宿之第四宿。古时以为主车马，故称之为天驷、房驷。《宋史·天文志三》："房宿四星，为明堂，天子布政之官也，亦四辅也。"②其象：即下句注文所说，龙马出河图，伏羲遂则其文以画八卦，故称八卦皆拟其象。③负图：指龙马背负图籍出河之传说。《尚书·顾命》："天球，河图，在东序。"孔传："伏牺王天下，龙马出河。遂则其文以画八卦，谓之河图。"北魏郦道元《水经注·河水一》："粤在伏羲，受龙马图于河，八卦是也。"见前《赭白马赋》注。庖牺氏：即伏羲氏，一作伏犠氏。④张本：为事态发展预先做的安排。《左传·隐公五年》"曲沃庄伯以郑人、邢人伐翼，王使尹氏、武氏助之。翼侯奔随"晋杜预注："晋内相攻伐……传具其事，为后晋事张本。"⑤文籍：文：文明、文字；籍：典册、载籍。⑥乾阳：乾卦（☰）之六爻皆为阳爻，故为纯阳之卦。乾卦位在西北。⑦阴国：此指夷狄之国。因其分野位于天街二星之北。《史记·天官书》："昴毕间为天街。其阴，阴国；阳，阳国。"张守节正义："天街二星，在毕昴间，主国界也。街南为华夏之国，街北为夷狄之国。"金天：西天。汉张衡《思玄赋》："顾金天而叹息兮，吾欲往乎西嬉。"又金天亦指金天氏，帝少皋。《左传·昭公元年》："昔金天氏有裔子曰昧，为玄冥师。"杜预注："金天氏，帝少昊。"阴国金天：指西北少数民族。⑧驵骏：马壮健貌。晋左思《魏都赋》："燕弧盈库而委劲，冀马填厩而驵骏。"龙种：龙种马，骏马。《魏书·吐谷浑传》："青海周回千余里，海内有小山，每冬冰合后，以良马置此山，至来春收之，马皆有孕，所生得驹，号为龙种。"

⑨蕃息：繁衍生息。《庄子·天下》："以衣食为主，以蕃息蓄藏。"⑩两海：或指北海与西海：北海西海名亦多歧，以元朝版图看，北海或指贝加尔湖。《汉书·苏武传》："乃徙（苏）武北海无人处。"清顾炎武《千官》诗："千官白服皆臣子，孰似苏生北海边。"西海或指里海，或指青海。因西汉末于今青海附近置西海郡。后因以为青海别名。《汉书·张骞传》："赖天之灵，从泝（sù）河山，涉流沙，通西海。"⑪金源：金朝别称。金阿鲁图《进〈金史〉表》："维此金源，起于海裔。"《金史·地理志上》："上京路即海古之地，金之旧土也。国言'金'曰'按出虎'，以按出虎水源于此，故名金源。建国之号，盖取诸此。"四十万：指金国马匹之众，此时金已亡于元。西域：指玉门关以西诸国，《汉书·西域传》："西域以孝武时始通，本三十六国，其后稍分至五十余，皆在匈奴之西，乌孙之南。南北有大山。中央有河，东西六千余里，南北千余里。东则接汉，阸以玉门、阳关，西则限以葱岭。"元代西域，远比汉时辽阔。三十国亦用汉时略数。⑫千里：千里马之省。⑬下乘：下等骑乘。⑭今上：即元世祖孛儿只斤·忽必烈（1215～1294），蒙古族，元朝缔造者。为监国拖雷第四子，元宪宗蒙哥之弟。蒙古尊号"薛禅汗"。他青年时代便"思大有为于天下"，一生征战，一统天下，建立了幅员辽阔的统一多民族国家元朝；在位期间，建立行省制，加强中央集权，使得社会经济逐渐恢复和发展。同其祖父成吉思汗一样，忽必烈是蒙古民族光辉历史的缔造者，是蒙古族卓越的政治家、军事家。在位35年，1294年正月，在大都病逝，谥号圣德神功文武皇帝，庙号世祖。虎文龙：马名，其身或有条状斑，类虎斑。古称马八尺为龙。⑮虎变：喻因时兴革，如虎皮斑斓多彩。《易·革（䷰）》："九五。大人虎变，未占有孚。象曰：大人虎变，其文炳也。"孔颖达疏："损益前王，创制立法，有文章之美，焕然可观，有似虎变，其文彪炳。"⑯歌：汉武帝得大宛汗血马，亲为作歌："天马徕，从西极。经万里兮归有德。承灵威兮降外国。涉流沙兮四夷服。"⑰凌烟阁：凌烟阁原为唐宫内三清殿旁的一个不起眼小楼，据唐刘肃《大唐新语·褒锡》：称贞观十七（643）年，太宗图画太原倡义及秦府功臣赵公长孙无忌等二十四人，太宗亲为之赞，褚遂良题阁（名），阎立本画。文中唐太宗所御者为六骏马：拳毛䯄（guā）、飒露紫、什伐赤、青骓、特勒骠、白蹄乌。贞观十一年（637），太宗作《六马图赞》，使

欧阳询以八分体书之,刻石。后欧书亡,宋游师雄重刻六碑(见《金石萃编》卷一三九)。⑱矧(shěn):何况,况且。⑲犯齿:僭越品级,辈分。《礼记·坊记》:"觞酒豆肉,让而受恶,民犹犯齿。"郑玄注:"犯,犹僭也;齿,年也。"路马:为国君驾车之马,因国君所乘之车名路车。《礼记·曲礼上》:"乘路马,必朝服。"郑玄注:"路马,君之马。"

天柱折,地维绝①,东南倾,西北揭②,隐日星,为昼夜,结阴阳,为冰雪。死土衔沙,枯山积铁③,白草失春,黄榆不叶④。洞澒几万余里,蹴踏几千万年⑤,蕴天马之刚健,混神龙之窟穴,不知其几万馀群,几千万匹,相我薄伐,控弦立国⑥,不栈豆而秣粟,不枣脯而啖膝⑦。尽风呵而雨止,恣原阜而野枥⑧,纵横散漫,优游闲适,全其所天⑨,故皆越逸⑩。一兵控百,百不介一⑪。力有余裕,故皆蕃息,澜翻浪动,川盈谷溢。

注 释

①天柱、地维:古人以为天圆地方,支天有九柱,系地有四维。《列子·汤问》:"其后共工氏与颛顼争为帝,怒而触不周之山,折天柱,绝地维。"《神异经·中荒经》:"昆仑之山有铜柱焉,其高入天,所谓天柱也,围三千里,周圆如削。"②东南倾,西北揭:即地不满东南,天不足西北。《淮南子·天文训》:"昔共工与颛顼争为帝,怒而触不周之山,天柱折,地维绝。天倾西北,故日月星辰移焉;地不满东南,故水潦尘埃归焉。"③死土:没有生命,寸草不生之土。枯山:不生一木,不长一草之山,光秃如铁般兀立。④白草:此指牧草,干时呈白色。《汉书·西域传上·鄯善国》:"地沙卤,少田,寄田仰谷旁国。国出玉,多葭苇、柽柳、胡桐、白草。"颜师古注:"白草似莠而细,无芒,其乾熟时正白色,牛马所嗜也。"黄榆:木名,落叶乔木,树皮有裂罅,早春开花。产于我国东北、华北和西北。唐张籍《凉州词》之三:"凤林关里水东流,白草黄榆六十秋。边将皆承主恩泽,无人解道取凉州。"有时亦指边地。⑤洞澒(hòng):即澒洞,广延,漫布。汉贾谊《旱云赋》:"运清浊之澒洞兮,正重沓而并起。"蹴(cù)踏:奔驰,行走,亦作蹴

蹋、蹴蹹等。⑥相我：助我。薄伐：征讨，攻伐。《诗·小雅·出车》："赫赫南仲，薄伐西戎。"《晋书·孙楚传》："宣王薄伐，猛锐长驱，师次辽阳，而城池不守。"控弦：秉持弓箭。《史记·匈奴列传》："是时汉兵与项羽相距，中国疲于兵革，以故冒顿得自强，控弦之士三十余万。"⑦栈豆：马槽豆料。《三国志·魏志·曹爽传》："爽于是遣允泰诣宣王（司马懿），归罪。请死。"裴松之注引晋干宝《晋书》："桓范出赴爽，宣王谓蒋济曰：'智囊往矣。'济曰：'范则智矣，驽马恋栈豆，爽必不能用也。'"秣粟：喂粟米。亦泛指饲高级马料。枣脯：枣制之果脯，典出《史记·滑稽列传》："楚庄王之时，有所爱马，衣以文绣，置之华屋之下，席以露床，啗以枣脯。"此处作动词用，即喂以枣脯。啮膝：良马名。明高明《琵琶记·杏园春宴》："飞龙、赤兔、騕褭（yǎo niǎo）、骅骝、紫燕、骕骦、啮膝……正是青海月氏生下，大宛越朡（dàn）将来。"唐杜甫《清明》诗："渡头翠柳艳明眉，争道朱蹄骄啮膝。"仇兆鳌注引应劭曰："马怒有余气，常啮膝而行也。"⑧皁（zào）：牛马料槽。《汉书·音义》："食牛马器，以木作如槽。"枥：马槽。原皁野枥：以草原广野为马料之槽。即牧放于原野。⑨所天：所依靠者。《后汉书·梁𫓯传》："乃敢昧死自陈所天。"李贤注："臣以君为天，故云'所天'。"⑩越逸：超凡，出众。宋王谠《唐语林·补遗一》："夫帝王之相，且须有英特越逸之气。"⑪介：甲胄。句意为，一兵有百匹马，百匹马才有一马披甲上战场。

奋威灵以一战，猎诸国而无敌，迄今四十有余年矣，我君中兴，真龙间生①，一气直壮，四星曜灵②。骇西域，惊北庭③，飞黑水④，晦青冥⑤，碎昆仑，轰雷霆，烟云坠地，列缺生狞⑥。振长风而一嘶，凡马喑而不鸣⑦，六丁盼睢而弗执⑧，真宰辟易而弗乘⑨，于是饮余吾⑩，濯渥洼⑪，褪鳞介，脱角牙，食万马而类駮⑫，化一龙而若骊⑬，质金火而黑章⑭，黎鬻刀而互呀⑮。变乾坤之至文，散玄黄以为花⑯，会运数以呈用⑰，来驯服于帝家。

注释

①间生：间隔而生，孟子有言：五百年必有王者兴，其间必有名世者。②四星：青龙、朱雀、白虎、玄武四宿。汉王充《论衡·物势》："东方木也，其星苍龙也；西方金也，其星白虎也；南方火也，其星朱鸟也；北方水也，其星玄武也。天有四星之精，降生四兽之体。"③北庭：泛指北方塞外民族居处之地。④黑水：黑水靺鞨（mò hé），靺鞨之一部，又称黑水部，是女真族主体前身。黑水靺鞨最初位于中国东北部最北的"黑水"（黑龙江）沿岸而得名"黑水靺鞨"。《金史》中记载唐朝时期"黑水靺鞨居古肃慎地，有山曰白山，盖长白山，金国之所起焉"。此泛指东北诸地。⑤青溟：本指青天，此处冥借为溟，青溟即青海。⑥列缺：一作烈缺，闪电。《史记·司马相如列传》："贯列缺之倒景兮，涉丰隆之滂沛。"裴骃集解引《汉书音义》："列缺，天闪也。"生狞：威猛，凶恶。唐李贺《猛虎行》："乳孙哺子，教得生狞。"⑦喑（yīn）：哑，发不出声音。⑧六丁：道教中六个与天干丁相关之神祇，即丁卯、丁巳、丁未、丁酉、丁亥、丁丑为阴神，为天帝所役使；道士可用符箓召请以驱使。《后汉书·梁节王畅传》："从官卞忌自言能使六丁。"李贤注："六丁，谓六甲中丁神也。若甲子旬中，则丁卯为神，甲寅旬中，则丁巳为神之类也。"盼瞠（chēng）：盼一作"盻"，盼瞠有瞠目结舌地看作意。弗执：不敢牵执。⑨真宰：宇宙主宰。《庄子·齐物论》："若有真宰，而特不得其朕。"朕：朕兆、征兆。辟易：退缩，回避。《史记·项羽本纪》："是时，赤泉侯为骑将；追项王，项王瞋目而叱之，赤泉侯人马俱惊，辟易数里。"⑩余吾：古水名，即今蒙古人民共和国之鄂尔浑河。《史记·匈奴列传》："匈奴闻，悉远其累重于余吾水北，而单于以十万骑待水南，与贰师将军接战。"⑪渥洼（wò wā）：古水名，在今甘肃省安西县境，传说产神马处。《史记·乐书》："又尝得神马渥洼水中，复次以为《太一之歌》。"⑫駮（bó）：一作驳。传说中之奇兽，能食虎豹。《山海经》："中曲山有兽，如马而身黑，二尾一角，虎牙爪，音如鼓，名曰駮，食虎豹，可以御兵。"食万马可理解为吃万马，亦可理解为吃万马之料。⑬騧（guā）：黑嘴黄马，一指騧騮，骏马名。⑭质：质地，底色。金火：黄中带红，赤黄色。黑章：黑色花纹。即赤黄带黑色斑纹之马。⑮黧翦刀：黧：黑中带黄之色，同蠫。翦刀：翦刀斑纹。见《雁门关存孝打虎》。互呀：呀有张口之义，此言如剪刀张开而交互出现之斑纹。至文：至高至美之文饰。⑯玄黄：天玄地黄，《易·坤》（☷）："夫玄黄者，天地之杂也，

天玄而地黄。"虎纹黑黄交替。⑰运数：上天注定，命运。汉荀悦《申鉴·俗嫌》："终始，运也；短长，数也。运数，非人力之为也。"

　　头骨隐戟①，面颧夹璧②，竖目日出，阳鉴电激③，膺门肉阔④，汗沟血滴⑤，垂梢丝齐⑥，分鬣发直⑦，露筋藏骨，玉蹄铁脊，前凤后兔⑧，宛转却顾⑨，飞燕掠地，轻不着土，奔轶灭没⑩，掣去纵步⑪，东西有日，天地无路，倏忽变化，匪龙匪虎，逍遥良善，遇知得主⑫。帝轩之飞黄⑬，后唐之赤文⑭，周王之騄駬⑮，汉武之天骥⑯，魏文之泽马⑰，殆皆不得同年而语矣！于是帝亦惠异，登进上厩，一品刍秩，万乘之右。铰玦宝错⑱，鞍勒珍镂⑲，金鞯玉鞭⑳，服习驰骤㉑。

注　释

①隐戟：骨相似戟般前锐而后略粗，隐藏在皮肉之下。②颧：颧骨。夹璧：两边颧骨就像玉璧一样挺拔夹持。③阳鉴：鉴即镜，阳鉴即阳燧，古代用日光取火之凹面铜镜。亦喻指光明耀眼之物。《周礼·秋官·司烜氏》"司烜(xuǎn)氏掌以夫遂取明火於日，以鉴"孙诒让正义："古阳遂盖用窐(wā)镜，故《兔氏》注云：'隧在鼓中，窐而生光，有似夫隧。'"汉王充《论衡·率性》："阳遂取火于天，五月丙午日中之时，消炼五石，铸以为器，磨砺生光，仰以向日，则火来至。"④膺门：马胸。⑤汗沟：马前腋。即马前腿和胸腹相连之凹形部位。马疾驰时汗流注之处，故名。《后汉书·马援传》"备此数家骨相以为法"李贤注引汉马援《铜马相法》："腹下欲平满，汗沟欲深长。"见前注。⑥垂梢：马尾。丝齐：尾毛齐整。⑦鬣(liè)：马鬃毛。发：马额毛。⑧前凤后兔：头颈似凤，后部似兔般浑圆壮实。⑨却顾：回顾。唐李复言《续玄怪录·刘法师》："公弼送法师回，师却顾，唯见青崖丹壑，向之歌舞，一无所有矣。"⑩奔轶：同奔逸。迅跑。灭没：形容马跑得极快，一下子就消失了。《列子·说符》："天下之马者，若灭若没，若亡若失。"⑪掣云纵步：像腾云般向前跳跃。⑫句言遇到识家，得到知音之主。⑬帝轩：黄帝轩辕氏。飞黄：一作乘黄，《淮南子·览冥训》："青龙进驾，飞黄伏皂。"高诱注："飞黄，乘黄也，出西方，状如狐，背上有角，寿千岁。"⑭后唐(923~

936）：由沙陀人李存勖所建，历四帝。赤文：赤文马，有赤文马化龙之说。⑮騄駬：古良马名。周穆王八骏之一。《竹书纪年》卷下："（周穆王）八年春，北唐来宾，献一骊马，是生騄耳。"⑯天骥：神骏。《文选·张协〈七命〉》："天骥之骏，逸态超越。"李善注："天骥，天马也。"汉武帝曾得西域汗血马，见前注。⑰泽马：神马，古人以其出现为瑞，语本《孝经援神契》："王者德至山陵，则景云见，泽出神马。"传魏文帝时有渥洼马出。又见《赭白马赋》。⑱铰：钉铰；玦（jué）：玉饰。宝：宝石。错：镀上金银。⑲珍镂：马鞍马勒，都有珍贵的雕镂。⑳鞯（jiān）：垫马鞍的毡毯之类。㉑服习：学习，娴习。《管子·七法》："为兵之数……存乎服习，而服习无敌。"尹知章注："服，便也。谓便习武艺。"驰骤：奔腾，驰骋。《韩非子·外储说右下》："造父御四马，驰骤周旋，而恣欲於马。"

　　建旐西出①，足力骞张②，渴饮洱水③，怒蹴点苍④。万里一息，建业兴王，吸绝江流，瞰视武昌。朝楚暮燕⑤，载会衣裳⑥，新宫法驾，金莲正香⑦。飞龙在天，遂却走马⑧，和銮雍雍，垂拱而治天下⑨。视彼夸毗，盘于游畋⑩，放心事侈，黩武求仙⑪，奔贰师，走嫖姚⑫，志欲无已焉！则又天渊之悬也⑬。

注　释

　　①旐：本义为旗末端燕尾似之垂旒。《尔雅·释天》："继旐（zhào）曰旆。"《注》："帛续旐，末为燕尾者。"此处泛指旌旗。西出：指伐大理。②骞张：高张。骞有飞义，《广雅》："骞，飞也。"③洱水：今洱海。为云南省西部湖泊，湖面积246平方公里，湖面海拔1980米，鱼类丰富，面临点苍山。大理市在洱海西岸④点苍：点苍山。在云南省大理市西北、洱海及漾濞江间。《元史·地理志四》："有点苍山在大理城西，周广四百里。"⑤楚：泛指南方；燕：泛指北方。⑥载会：始会。载有始义，与哉（才）通。《诗·豳风》："春日载阳。"《孟子》："汤始征，自葛载。"衣裳：衣裳之会，和平之会。《穀梁传·庄公二十七年》："衣裳之会十有一，未尝有歃血之盟也，信厚也。"此地有偃武修文，与诸侯和好意。⑦法驾：皇帝车驾之一种。《史记·吕太后本纪》："乃奉天子法驾，迎代王于邸。"裴骃集解引蔡邕曰："天子有大驾、小

驾、法驾。法驾上所乘,曰金根车,驾六马,有五时副车,皆驾四马,侍中参乘,属车三十六乘。"金莲:莲花之一种,唐苏鹗《苏氏演义》卷下:"芙蓉,一名荷花,生池泽中色有赤白红紫青黄。红白二色差多。花大者至百叶。又有金莲花、青莲花、碧莲花、千叶莲花、石莲花、双莲花、早莲花。"元室佞佛,故以莲花为喻。⑧飞龙在天:《易·乾》(䷀)九五爻辞:"飞龙在天,利见大人。"即新朝开张,皇帝即位之义。此句说元朝已经立国。走马:疾驰之马,骏马。⑨和銮:同和鸾,指马衔上之鸾铃,代指銮驾。汉班固《东都赋》:"登玉辂,乘时龙,凤盖棽(chēn)丽,和銮玲珑。"雍雍:声音祥和安宁貌。《礼记·少仪》:"鸾和之美,肃肃雍雍。"垂拱:垂衣拱手,不亲事务,用贤能以治天下。《书·武成》:"惇信明义,崇德报功,垂拱而天下治。"孔颖达疏:"谓所任得人,人皆称职,手无所营,下垂其拱。"⑩夸毗(pí):以谄媚阿谀取悦于人。《诗·大雅·板》:"天之方懠(qí),无为夸毗。"毛传:"夸毗,体柔人也。"朱熹集传:"夸,大;毗,附也。小人之于人,不以大言夸之,则以谀言毗之也。"盘于:盘桓于,迷恋于。游畋:一作游田,出游打猎。⑪放心:用心于其事其行。《后汉书·北海靖王兴传》:"永平中,法宪颇峻,睦乃谢绝宾客,放心音乐。"事侈:从事于奢侈之行。黩武:好战,夸耀武力。《后汉书·刘虞传》:"瓒既累为绍所败,而犹攻之不已,虞患其黩武。"⑫贰师:汉武帝时之贰师将军李广利,为汉武帝于贰师城求取名马,因命其号为贰师将军。《史记·大宛列传》:"且贰师马,宛宝马也。"嫖姚:汉武帝时大将霍去病,因受封嫖姚校尉,故称。为抗击匈奴,开拓西域之重要将领。也是中国历史上有名的军事家,有"匈奴不灭,何以家为"之豪言。死于二十四岁之英年。⑬天渊之悬:即天渊之别。这里作者是在用汉武帝与忽必烈作比较。认为汉武帝穷兵黩武,而忽烈则垂拱而治,开天下之太平。

乱曰:嗟异马兮遇主知,虎为龙兮风云期①。奋灵虬兮跃神螭②,陟万里兮强一驰。乾坤小兮日月低,适时乘兮加辔羁③。效倜傥兮呈权奇④,宣皇灵兮耀主威。朝江南兮暮辽西,功德盛兮天人归。饰玉辂兮开金扉⑤,马在厩兮方无为。

注释

①虎文龙:虎文龙马。风云期:风从虎,云从龙,既为虎文龙马,故得风云期会。②虬(qiú):虬同蚪,有角小龙。螭(chī):无角龙,见前注。③靮羁(zhí jī):马笼头和绊索。亦喻束缚。宋苏洵《颜书》诗:"虞柳岂不好,结束烦靮羁。"④权奇:奇谲,智虑非凡,进退有方,趋利避害,多形容良马善行走。《汉书·礼乐志》:"太一况,天马下,霑赤汗,沫流赭。志俶傥(tì tǎng),精权奇。"王先谦补注:"权奇者,奇谲非常之意。"⑤玉辂:帝王所乘车,饰玉。《淮南子·俶真训》:"目观玉辂琬象之状,耳听白雪清角之声,不能以乱其神。"高诱注:"玉辂,王者所乘,有琬琰象牙之饰。"

解说

作者郝经(1223~1275),元初名儒。字伯常,祖籍泽州陵川(今属山西),生于许州临颍城皋镇(今河南许昌)。1256年受诏于忽必烈,1260年,赴南宋议和,被权臣贾似道秘密囚禁16年,即著名的郝经南囚,时人称之为南国苏武。1274年宋朝崩解之际,郝经被救,北归后的第二年七月便去世。作为政治家,郝经反对"华夷之辨",推崇四海一家,主张天下一统;作为思想家,郝经推崇理学,希望在蒙古人汉化过程中,以儒家思想来影响他们,使国家逐步走向大治;作为学者文人,通字画,著述颇丰。其著作皆收于《陵川集》中。

这篇赋是咏马之赋,也是一篇赞扬元朝开国皇帝忽必烈之颂歌。从此赋说到垂拱而治看,当是在郝经晚年,北归后所写。

第一段为序:龙为天上之骑乘,马为地上之骑乘,故飞而在天为龙,行而在地为马。因为其为天地之骑乘,故独专于乾坤。而龙马负图出河,乃圣人事业之张本,为虎文龙马助忽必烈开基造元打下伏笔。接下来说西域名马,在汉唐以为宝,在元则地域广袤辽阔,所谓汉之西域,元之国土也,故昔所谓难得之千里马,此时则海饮川量,妇人孺子皆乘御之。虽为夸饰之词,也有一定根据。而今上(元世祖忽必烈)所乘之虎文龙马,则空西北千万群所未有,伯乐不见,书传不载,且有定武之功,彰文之德,旷古所无。汉武帝得汗血马亲为作歌,唐太宗得六骏亲为作赞,不作赋以赞虎文龙马,岂不让其埋没无闻,与驽马何异?此即作者作赋之源起。

第二段说骏马之由来,地不满东南,天不足西北,西北荒原,牧草丰茂,且为天心所钟,故能蕴天马之刚健,混神龙之窟穴,在漠漠广原上,不知有几万余群,几千万匹,不需秣豆,不需枣脯。大自然提供了丰富的食源,广阔的牧场,使得蒙古骑兵有用不完的马匹,多到一兵拥有一百匹马,一百匹马中不过一匹马披甲参加战斗。马有余裕,故能以骑射立国。

第三段则叙述蒙元之兴,忽必烈之开国,说人亦说马。一说我君,即元世祖中兴,乃真龙间生,有孟子五百年必有王者兴之意。另一面也说虎文龙马也在天为龙,六丁不敢执,真宰不敢乘。于是褪鳞甲,脱角牙,化而为駬,会运数以呈用,来驯报于帝王之家。也从旁说明忽必烈是真命天子。

第四段说虎文龙马骨相之清奇,毛发之俊美,腾跃之出众,轻如飞燕,快如灭没。可以追日星,穷天地。并且逍遥良善,故得遇真主。历数历史上异代之名马良骏,皆不足与之比肩,而帝之待遇也就特别优渥,所谓登上厩,秩一品了。

第五段则说忽必烈跨革囊渡金沙江灭大理事。忽必烈为灭南宋绕了一个大圈子,先灭了大理国,然后回戈伐宋,所以文中有吸绝长江,瞰视武昌之说。灭宋之役,只用几句隐语交代过去。然后是会衣裳,新法驾,南面称尊,垂拱而讲求文治了。作者还不忘以汉武帝之黩武求仙比况一番,当然其中或许有天下已定,作者意在讽谏忽必烈必须注重政治上的建树。

第六段为结语。异马遇真主,为风云之期会。而良骏之功,则在宣皇帝之圣灵,耀主上之威德。而元世祖之功德隆盛,天与人归。最后归结为马在厩兮方无为,方是天下太平,人民乐业。有周武王放马华山之阳,示之不用之意。是赋家之颂歌,也是一种对社会安定和谐之期望。

郝经非"华夷之辨",在当时也是一种现实,同时也是积极的主张,息兵革,开太平,人民得以安居乐业,免除刀兵之苦,无疑是一种万众期盼的前景。郝经希望元朝统治者能按儒家学说治世,使民生富足,人有尊严。也是一种良好愿望。然而,最大的权力带来最大的腐败,元蒙以无敌的兵威横扫欧亚,开拓了广袤的疆土。但因种种苛政,官逼民反,立国不足一百年便被农民起义的浪潮淹没。这不仅是元朝一代之痼疾,也是历代封建帝制不可能解除的魔咒。

郝经笔下,对中国历史上有元一代空前绝后广袤疆土的描述,给人深刻印象。有元一代,也建立了一个多民族共处的政权,为中华民族大家庭的形成及各族的友好相处建立了一座辉煌的大厦,许多民族生活在这座大厦中,至于今日。在中华多民族国家形成历史上,写下了浓墨重彩的一笔,元代功不可没。

马说 唐·韩愈

世有伯乐然后有千里马①。千里马常有,而伯乐不常有;故虽有名马,祇辱于奴隶人之手②,骈死于槽枥之间③,不以千里称也④。马之千里者,一食或尽粟一石。食马者⑤,不知其能千里而食也;是马也,虽有千里之能,食不饱,力不足,才美不外见⑥,且欲与常马等不可得⑦,安求其能千里也⑧!策之不以其道⑨,食之不能尽其材,鸣之而不能通其意,执策而临之曰:"天下无马。"呜呼!其真无马邪⑩?其真不知马也!

注释:

①伯乐:春秋时秦穆公时人,姓孙,名阳,善相马。②祇:只是。辱:屈辱,埋没。③骈:成双成对。槽枥:指养马的处所。④不以千里:不按照千里马的待遇。称:称道。⑤食:此处同"饲",喂养。⑥才美不外见:才能和长处不能表现在外。⑦常马等:与平常的马相当。⑧安:怎么,疑问代词。⑨策:马鞭;此处用作动词,即鞭策。⑩邪(yé):即"耶",疑问词,相当于"吗"。

解说

作者韩愈(768~824),字退之,唐河内河阳(今河南孟州)人。郡望昌黎,世称韩昌黎;谥号文公,故又称韩文公;晚年任吏部侍郎,故又称韩吏部。贞元八年(792)进士,曾任节度推官、监察御史、阳山令等职。他是唐代古文运动的倡导者,有"文章巨公"和"百代文宗"之名,为唐宋八大家之一。

世上有了能相马的伯乐,然后才会有千里马。千里马是经常有的,可是伯乐却不经常有。因此,即使是很名贵的马也只能在仆役的手下受到屈辱,跟普通的马一起死在马厩里,不能获得千里马的称号。

日行千里的马,一顿或许能吃下一石粮食,喂马的人不懂得要根据它日行

午马卷

千里的本领来喂养它。(所以)这样的马,虽有日行千里的能耐,却吃不饱,力气不足,它的才能和美好的素质也就表现不出来,想要跟普通的马相等尚且办不到,又怎么能要求它日行千里呢?

鞭策它,不按正确的方法,喂养又不足以使它充分发挥自己的才能,听它嘶叫却不懂得它的意思,(反而)拿着鞭子站在它跟前说:"天下没有千里马!"唉!难道果真没有千里马吗?其实是他们真不识得千里马啊!

本文写千里马不遇伯乐的悲惨遭遇,实际上是以千里马喻奇才异能之人,抨击当政者不识人才、摧残人才,致使有才之士被埋没的恶劣行径,抒发作者强烈的怀才不遇的心情。文章构思精巧,通篇以千里马不遇伯乐喻才德之士难遇明主,用比喻展开议论,可直抒胸臆且富于形象性。二百字左右的短文灵活多变,有讽刺、有慨叹、有叙述、有设问,抑扬反复,充满着强烈的感情色彩,具有感人至深的艺术效果。

(肖炬注)

中国生肖诗歌大典

第四辑（卷八）

未羊卷

唐荣基　王玉芬　主编

探本寻源问吉羊

从羊字说起

十二生肖是传统文化的瑰宝,每个中国人都有与生年对应的生肖兽。生,即出生年份;肖(xiào),是相似的意思;所以生肖就是出生年份的象征物,又称属相。用以表示生肖的十二种动物,同十二地支互相配对:其中第八位便是"未为羊"。十二生肖里有羊,那是天经地义。羊是古人生活中最亲密的"六畜"之一,而且还是吉祥的象征。

"羊"原是象形字,《说文》说"象头角足尾之形"。其实在古文字中,"羊"和"祥"本是一个字,所以在传统文化领域里,羊往往被人视为吉祥瑞兆,是美好兴旺的表意词。由此,汉字中很多吉意的字眼,也都与"羊"有关。比如"美"字,原从羊的形象派生出来。同时,羊是最温驯忠厚的动物,于是便有了"善"字;小羊还有跪乳的礼义,因而繁体的"義"字上部,也带有"羊"字。羊肉鲜美可口,可以做出各种菜肴,所以"鲜"字不但从"鱼",而且从"羊";还有一个"羞"字,是珍馐美味的意思;这本是一个会意字,甲骨文的写法,左边是"羊",右边是一只手,以手持羊表示进献珍品,于是张衡在《思玄赋》中有"羞(进献)玉芝以疗饥"的句子,是为书证。

徐珂《清稗类钞·诙谐类》记了一个"字义之好者皆从羊"的"龙门阵"。说某太史一生发誓不讲《说文》。可是有一天宴会宾客,厨师端来一盘羊肉，有个客人不吃，这就扫了太史的兴，于是他不得不违背誓言，按照《说文》的方式，文绉绉地讲了一番话："此品最美，何不食耶？试看古人造字之由，美字、鲜字、善字、羹字皆从羊，即吉祥字亦从羊。凡字义之好者皆从羊，非言其美乎！"

羊作为生肖动物之一，在大众眼里往往是公认的美好属相。羊的性格温和，很少与人发生冲突，于是人们很自然地把这种美德挹注到属羊者的身上，总认为关于生肖的来源，1929年郭沫若曾经写过一篇《释支干》，提出一种"生肖外来说"新见解，认为生肖是汉武帝时从西域输入的，并非华夏土产。他先假定了十二地支与巴比伦"黄道十二宫"的对应关系，认为地支"未"对应于"白羊座"。因为甲骨文"未"字是个"穗之象形"，而白羊座"星象为农人力田之形"，所以"未为穗，当于白羊"。他的话倒也言之成理，不过学术界一直没有接受他的新观点。近年睡虎地、放马滩秦代墓葬出土《日书》竹简，里面明显指出地支与生肖动物的关系，这些文物时代远远早于汉武帝，因此郭氏的"外来说"，就被彻底地否定了。

不少民俗学家通过研究，发现生肖文化的来源十分久远。

以动物纪年和命名属相，是上古先民在与这些动物密切接触的前提下，才逐步形成的现象。特别是家庭圈养牲畜一事的产生，对我们祖先来说，实在是性命攸关的大事。那时的先民，产生出一种矛盾的心理——既要吃它们的肉，又要对它们敬礼膜拜，祈求它们茁壮成长，为人类提供源源不断的生活资料。南北朝时《荆楚岁时记》中记下了这种崇拜的遗迹：中国民间习惯将一年之间最新、最美的日子，让位给一些熟悉的动物，比如大年初四，便称之为"羊日"；而"人日"却很谦虚地放在正月初七。

有些专家指出，在理性思维尚未发达，处处以野性思维为视线观事察物的先民心目中，物我原为一体。人们常把他喜欢的动物，作为自己的称谓，以寄托心中美好的期望，这大概就是生肖文化产生的最早缘由。摩尔根在《古代社会》中记叙了原始的印第安人，常常以多种动物作为氏族、部落的名字，即为此例。

中国远古没有猫，现在的猫是后来从国外引进的，因此十二生肖当中便没有猫。德龄女士在回忆清末宫廷生活时，曾经讲过一段笑话：有一次，荷兰大使的女儿应邀进入清宫聊天，慈禧太后接见了她，便按中国长辈初见小辈的习

未羊卷

惯，询问她的属相。大使女儿一下子愣住了，因为荷兰民族没有这个习俗，可是又不好不答。她想，自己最爱吃鱼，当然是"猫"了，就胡诌说自己属猫。慈禧非常诧异：竟然还有属猫的外国人？

自从生肖进入中国人的生活中，就永远抹不掉它在传统文化中留下的印迹。在五行学说中，羊为火畜，性好刚，所以天寒地冻时，人们都喜欢吃羊肉，希望借它的热量而御寒。严冬的羊肉，货少价高，偶有不法之徒为求取暴利，常悬挂羊头而出售狗肉，于是老百姓的嘴边，就有了"挂羊头卖狗肉"的俗话。当实际东西没得到，反而引起很多大麻烦时，人们还爱说："没吃上羊肉，倒惹一身膻。"当辛辛苦苦办事，却没有得到多大的肯定时，人们会嗟叹："羊羹虽美，可惜众口难调！"如果花费的钱都出在别人身上，用不着自己往外掏时，他又会笑眯眯地说："羊毛出在羊身上。"讽刺有人手脚不干净，叫做"顺手牵羊"，实质上是说他顺手拿走人家的东西，并非真正攘羊。讽刺人的心术不正，往往形容为"披着羊皮的狼"；形容一个人没有本领，叫做"羊尾巴盖不住羊屁股"。假如属羊的人吃了大亏，常会埋怨自己是个"替罪羊"；而评价者往往又联系到羊的性格，批评他太柔弱，像只"老绵羊"！

上面讲的多半是俗人的话，属于下里巴人；雅人的谈吐便略有不同，比较阳春白雪。比如安慰朋友的事业失败，他们的口头禅是："亡羊补牢，犹未为晚。"意思是虽然丢失了羊，赶快去修补羊圈，不让它们再逃跑，也是一件积极的行动。这句话引自《战国策·楚策四》："见兔而顾犬，未为晚也；亡羊而补牢，未为迟也。"事情出了差错以后，及时设法补救，还不算晚。

遇到不好办的事，雅人常常要说："羝羊触藩，进退无据。"公羊的角钩住了篱笆，当然进退两难。这句话引自《周易·大壮》"羝羊触藩，羸其角。"

遇到软、懒、散的干部，雅人的评价是"羊质虎皮"。意思是本来是羊，披上虎皮，本性仍然软弱无能。此语出自西汉扬雄《法言·吾子》："羊质虎皮，见草而悦，见豺而战，忘其皮之虎矣。"比喻外强中干的人，虚有其表。

如果干部使用不当，他们会说"使羊将狼"。意思是派羊去指挥狼，比喻统率指挥的人根本不过关；仁厚的人想去驾驭强横的人，岂不出洋相？这话的出处是西汉司马迁《史记·留侯世家》。

雅人还有句话，叫做"十羊九牧"，比喻干事的人少，动嘴的人多。此语出自《隋书·杨尚希传》。

雅人自己遇到了难事,他就要说:"歧路亡羊!"强调事物复杂多变,找不到正确方向。此语出处是《列子·说符》:"大道以多歧亡羊,学者以多方丧生。"

要问雅人对自己的评价,哪句话最得意?他们恐怕会说是"问羊知马"。此语比喻聪明伶俐,只须从旁推究,就能弄清事情真相;出在《汉书·赵广汉传》上。

涉及羊的成语,几乎是铺天盖地。比如爱礼存羊、多歧亡羊、告朔饩羊、肉袒牵羊、素丝羔羊等等,就无须多举了。

实实在在的羊

中国人饲养羊的历史并不短。《说文》曾经指出:"羌,牧羊人也。"可见最早驯化羊的人,应该是古羌族。上古时代的姜姓,居于西部姜水,亦来源于此。直到今天,羌族同胞仍然保留着羊崇拜的习俗,可以为证。

羊是草食性哺乳动物,主要分为山羊和绵羊两类,都比较易于驯化。特别是山羊抗病力较强,有较厚的被毛,能够抗御寒风的侵袭,用途更广。

羊的视力差,可是听觉灵敏;它们喜安静,怕惊吓;喜黑暗,怕阳光。

羊习惯生活在山地和丘陵地带,栖息在土壤疏松的洞中;而且喜欢睡在地势较高的地方。它们雌雄单独生活,但繁殖时期就聚在一起。

羊的嘴窄而尖,唇薄齿利,切齿向前倾斜,上唇中央有一唇裂,好像兔唇一般,这样就增加了上唇的灵活性,因此能摄食零散茎叶,啃食牧草根茎。小羊的食谱很广,很少有挑食现象。羊羔生下来10天,就开始咀嚼饲草,已经有了一定的消化能力。小羊比其他家畜有更强的适应性,尤其是对疾病的抵抗力不同凡响,一般情况下很少患病。尽管在干燥气候下,缺乏多汁的饲料,它们也能正常地生长发育。不过,小羊还是喜欢干燥、厌恶潮湿。

羊的四肢强健有力,蹄质坚硬,能够边走路,边采食;能吃多种牧草、灌木以及禾谷类籽实。试验证明,绵羊对粗纤维的利用率可达50%~80%。

绵羊嗅觉相当灵敏,母羊主要凭嗅觉鉴别自己的羔羊,视觉和听觉只起辅助作用。分娩后,母羊会舔干羔羊体表的羊水,来熟习羔羊的气味。羔羊吮乳时,母羊总要先嗅一嗅,看看是不是自己的亲生。一群羊有各自的群体气味,

一旦混群，羊仍然可由气味来辨别。

绵羊很爱清洁，喜欢吃干净的草，饮清凉卫生的水。一旦草料、饮水有了异味，就不愿去采食。

绵羊有较强的合群性。如果受到侵扰，常常互相依靠，拥挤在一起。它们顺从地跟随"头羊"，常常发出保持联系的叫声。所以放牧时游走得虽然分散，但谁也不会轻易离群；只要头羊领路，其他的羊稍稍离开队伍，也不会落伍太远。

绵羊性情非常温驯，在各种家畜中胆子最小，自卫能力很差。受到突然的惊吓，它们容易"炸群"。公羊虽然好斗，但用角抵人者很少；倘若适当调教，也很容易听人使唤，相当顺从主人。母羊的反应略微迟钝些，行动不如公羊迅速，但性情更加温驯。

羊怕雨水，遇到下小雨就会匆匆逃避。它们的居所如果过分潮湿，常会患湿病而晕倒，所以中医学中将患有痉挛失神、口吐白沫、声如羊鸣之病，叫做"羊癫疯"或"羊角疯"，医学名称叫做"癫痫"。

羊头近似三叉，因此凡箭镞三棱者，皆以"羊头"为称。古时有一种独轮小车，一人挽之于前，一人推之于后，便取名"羊头车"。

旋风的样子，有些像羊角那样弯曲，所以古人把旋风称为"羊角"。《庄子·逍遥游》"抟扶摇羊角而上者九万里"，正是此意。顺便指出，羊角又是"枣树"的别称，也是人的"复姓"。

用羊毛制成的毛笔，叫作"羊毫"，具有柔润、富于弹性的特点，是书画家的至爱。

羊肠子曲折窄小，所以人们常用"羊肠小径"或"羊肠鸟道"来比喻曲曲折折的山路。

在国外，基督教以羊形容人性，认为它容易迷失方向，必须依靠信仰的力量来感化，使迷途的羔羊回头是岸，所以耶稣自称"牧羊人"。不过，在中国历史上，每遇火羊之年，多有大难。宋理宗时期，柴望在他所著的《丙丁龟鉴》中说：丙午、丁未其年，皆值中国有浩劫战乱之年。由于丙丁属火，色红，故有"红羊劫"之说。

羊的姓氏文化

《百家姓》里有"羊"。据姓氏学家的研究，羊姓的来源，总结起来有五种渠道。

一是《周官》"羊人"之后，以官为氏。周代有"羊人"的官职，专门管理饲养羊群的事业，其子孙即以官职为姓，成为羊氏。

二是出自祁姓羊舌氏。春秋时晋国大夫祁盈，封地为羊舌邑（今山西洪洞一带），其子孙就以封地羊舌为氏。后来去掉"舌"字，保留"羊"氏。

三是出自姬姓羊舌氏。春秋时晋靖侯的公子伯侨，有个孙儿名突，晋献公时封为羊舌大夫，人称"羊舌突"。他有五个儿子，其中大儿子羊舌赤，字伯华，继任羊舌大夫；二儿子羊舌肸，字叔向，也是晋国贤臣。于是子孙便称为羊舌氏。春秋后期，羊舌氏被其他晋卿攻灭，有的子孙逃往国外，改姓为羊，称为羊氏。

四是出自姞氏黄帝之后，后来易姓为羊，望族居泰山（今山东泰安东南）、京兆（今陕西西安）一带。

五是由少数民族姓氏所译、所改。在数千年的民族大融合之中，羊这个姓入部分少数民族的血统。东汉时期，在零陵（今湖南永州）生活着一支"零陵蛮人"，族中就有羊姓。汉和帝永元五年（93）秋，此族千余人在首领羊孙的率领下，揭竿而起，头着赤帻，焚烧官府。羊孙自称将军，威震一方，是为南方零陵族羊姓。

明代女真族，也有以羊为氏的。据张鸿翔《明代各民族人士入仕中原考》文中所述：明代有两个羊哈，一是海西考郎兀卫女真人，永乐四年（1406）内附，授三万卫指挥佥事；另一个也是女真人，归化明朝后，首领官至广宁卫都指挥佥事，其子羊守忠于正德二年（1507）八月，袭封指挥使。是为北方羊姓。

在今甘肃境内，也有一支羊姓族人，可能是古羌人的后裔。《说文》云："羌，西戎，羊种也。"即以羊为图腾的民族。羌人从殷商时起，便以牧羊为生，后裔有的便以羊为氏。甘肃羊姓出自临夏回族自治州（古称河州）的广河县，后来分迁于省内临洮、兰州、天水、民勤及陕西西安、汉中等地。据兰

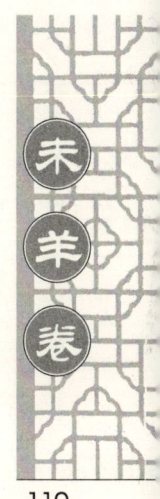

州市城关区羊德顺老人追述，兰州羊氏是清代同治年间，因避"回乱"（指同治二年河州八坊回民反清起义），由临夏县的太子寺（即今广河县）逃亡至兰州城关拱星墩一带。此外，永登县中川镇芦井水村也有羊姓一族，可能与河州之羊同出一源。是为西北地区的羊姓。

回族中的羊姓，主要源于地名。元代名臣赛典赤·赡思丁·乌马儿，其孙伯颜察儿的后裔，因世居宛平（今北京丰台区）羊市，于是改为羊氏。元政权被推翻后，迁居山东益都，又改羊姓为杨姓。以羊为氏的回族，还有西域回回虎林比失一支，在明正统元年（1436）内附，担任德州卫百户。其子姓羊名羔儿，后世改羊为杨，成为德州回回望族。

据邓廷良《白马人的姓氏》一文介绍：生活在青海地区的白马人额珠家，其汉姓中也有羊氏。

除了上述民族之外，今天的白族、彝族、傣族、黎族、东乡族、傈僳族中，都有羊姓存在；可说羊姓已经遍布华夏。

正因为如此，古往今来，羊姓之中出了许多名人。现在不妨摘要罗列如下。

羊角哀：春秋时燕国人，与同邑左伯桃为友，闻楚王招贤纳士，两人便结伴前往。时值冬令时节，中途雨雪交加，饥寒难耐。左伯桃决意牺牲一己而成全友人，于是脱下寒衣并粮食交付羊角哀，命他继续上路，自己冻饥死于空树之中。羊角哀历尽艰辛到达楚国，官拜上大夫。成名之后，他专程重访当年分手故地，启树找到左伯桃尸体，厚礼殡葬之后，随即自杀以殉友情。

羊舌赤：春秋时晋国中军尉，羊舌突的长子。时称他"铜鞮伯华"。孔子说："国有道，其言足以兴；国无道，其默足以容，盖铜鞮伯华之所行。"卒后孔子叹曰："铜鞮伯华无死，天下有定矣。"

羊舌胖：春秋时晋国贤者，羊舌突的次子。博议多闻，能以礼让国，孔子称之为"遗直"。

羊公：汉代名人，曾设义浆三年方便行人。一日遇一人饮讫，从怀中掏出一升石子，对羊公说："你种了这石子，可以得到美玉，还可以得到漂亮的妻子。"羊公就把石子种了下去，果然长出玉来。邻居徐氏有一女儿很漂亮，没有订婚，因为她要讨一双白璧做的彩礼才许亲。羊公知道了，便到种石子的地方去挖，果然得到五双白璧，欢天喜地送到徐家。徐氏一见就许了婚。

羊侵：汉安帝时为司隶校尉；其子羊儒，桓帝时为太常。

羊续：字举祖，为汉灵帝时名臣，历官南阳太守，为政清廉，其悬鱼拒贿被传为佳话。成语"羊续悬鱼"脍炙人口。羊续三子之中，长子秘，为京兆太守；次子衜，为上党太守；三子耽，官至太常。

羊陟：为汉末清流领袖，任冀州刺史时，惩治贪官污吏，治内肃然，生活俭朴，被士人敬为"天下清苦羊嗣祖"，仰若"泰山北斗"。

羊祜：晋代茶山商城（今山东省费城西南）人，字叔子，官至尚书右仆射。曾经参与平吴的军政策划。在都督荆州期间，甚得远近民望。平时轻裘缓带，身不披甲。与东吴守将陆抗对峙，却能讲信修德，以怀柔吴人。他归还所获越境内的猎物，甚至送药与对方守将陆抗，获得"岂有鸩人羊叔子"的美名。他坐镇襄阳十年，大开屯田，广储军粮。羊祜病逝时，举荐杜预以自代，远近百姓尽皆号恸，吴国守边将士亦为之泣下。人们建庙竖碑，望其碑者无不流泪，人称"堕泪碑"，又称"羊碑"。

羊昙：东晋名士，泰山（今属山东）人，为谢安的外甥。淝水之战时，谢安使侄子谢玄以八万精兵，大破前秦大军九十万，天下震动。谢安死后，羊昙辍乐多年，终生不再经过西州路（谢安故宅游乐之地）。一天，羊昙饮酒后沉沉大醉，不知不觉信马由缰经过某地，觉得似曾相识。问及左右，告知此乃西州门。羊昙感触前尘，伤感悲恸不已，一面以马鞭叩敲门扉，一面口诵曹植诗句"生存华屋处，零落葬山丘"，大哭而返。此后，"西州感旧"便成为人们怀念逝者之代称。

羊璿之：南朝宋泰山人，与荀雍、何长瑜、谢惠连为谢灵运之四友，常以文章聚会，共为山泽之游，名噪一时。

羊欣：南朝宋书法家，泰山南城（今山东省费县西南）人，他曾向王献之学习书法。梁朝著名史学家沈约称他"善隶书，献之之后，可以独步。"

羊祉：后魏光禄大夫，是晋代散骑常侍羊琇的第六代孙。羊琇以后，世代为卿相。

羊侃：梁代侍中军师将军，其父羊祉曾假节龙骧将军，有楹联赞云："六世贤膺相士，一门两任将军。"

连与人们生活密切相关的植物，有不少也姓"羊"。比如羊蹄甲、羊踯躅、羊角拗、羊角芹、羊红膻、羊茅、羊胡子草。它们大都有医药功能。

未羊卷

涉及羊的民俗

羊在十二生肖中居第八位，与地支配对属未，所以一天十二时辰里的未时，即今午后13～15时，又称羊时。《易》卦中以"兑"为羊。在五行中，羊属火，所以称为火畜。至今人们仍然认为，吃多了羊肉的人，比较容易上火。

在远古，羊是一种图腾动物。所谓图腾，是指原始社会的人，认为某种动物或自然物与本氏族有血缘关系，于是将其作为本氏族的标志。比如西北的古老民族羌族，族姓之"姜"就源于羊图腾。羌人携羊图腾文化向东迁移，与华夏文化融为一体，共同形成中华民族文化的源头。

人类的早期艺术就是岩画，其中有许多羊的形象。那些岩画记录了原始氏族、部落人们在生活中的感受，揭露出他们的劳动方式、心理状态、信仰活动、社会实践，以及与大自然之间的种种关系，成为人类历史早期的信息源。羊的岩画，生动地反映出远古时期人与羊的亲密关系。

中国岩画几乎遍及全国，岩画点有近千处，画面近百万幅。内蒙古大兴安岭岩画、阴山岩画，宁夏的贺兰山岩画，甘肃的黑山岩画中，羊是画得最多的动物。虽然岩画的创作手法稚拙，却比较传神。其中既有猎羊图，也有牧羊图，更有表现羊在草原上嬉戏的母子同乐图、人羊共嬉图、双羊角力图，内容非常丰富。当我们面对岩画中千姿百态的羊时，不禁感叹那些作品虽历经千古风雨沧桑，却仍在向后人讲述着遥远的故事。

成都有个青羊宫，是市内建筑年代久远、规模宏大的道教宫观。据说在春秋时期，老子将五千言《道德经》传授于尹喜之后，让尹喜修道千日，前往成都青羊肆去找他，后人依此传说在成都修了一座青羊观。唐朝皇帝姓李，与老子李耳同姓，便尊老子为太上玄元皇帝，改观名为青羊宫。现在青羊宫内最引人注目的是一对铜羊，其中一只是单角，形象怪异，虽然外形似羊，但具有鼠耳、牛鼻、虎爪、兔背、龙角、蛇尾、马嘴、鸡眼、狗腹、猪臀，实际上是集十二属相于羊之一身，真有"唯羊独尊"之概。另一只羊则为双角铜羊。这两只神羊，据说能够治病。人身上哪里不舒服，就去摸铜羊的同类位置，头痛摸头，脚痛摸脚，便可缓解病痛。游人到此，都喜欢抚摸羊身，以祈求幸福健康。

不难发现，在民俗文化中，也不乏羊的踪迹。

旧时，汉族民间有"送羊"的风俗，流行于河北南部。每年农历六月或七月间，外祖父、舅舅要给小外甥送羊，早先是送活羊，后来改送面羊。传说此俗与沉香劈山救母有关。沉香劈开华山，救出生母以后，要杀死虐待其母的舅舅杨二郎，杨二郎为重修兄妹之好，每年便给沉香送一对活羊（羊与杨谐音）作为替身，从此留下了送羊风俗。

有些地方，民间以每月初六、初九作为羊日，青海藏民在这一天禁止抓羊。山东、湖北、江西等地还有谚语说："六月六日阴，牛羊贵如金。"

民间又认为属马、狗、鼠者忌羊日，属羊者又忌鼠、牛、马、狗日。说它们互相顶撞，在这一天最好不出门。

锡伯族民间有"抢羊骨头"的婚俗，流行在现今新疆地区。婚礼之日，迎亲娘在新郎新娘的炕沿上，放上一块羊的大腿骨。当双方姐妹兄弟聚到新房之时，任他们去抢羊骨头。如果男方家人抢到羊骨头，认为象征新娘勤劳能干，家庭美满幸福；女方家人抢到羊骨头，则认为新娘会持家，家庭和睦兴旺。

新疆哈萨克族还流行"羊头敬客"的交际风俗。新朋友到来，都要宰羊招待。吃饭时，先端上熟羊头，羊脸朝向客人的位置，然后主人请客人用刀割羊肉，献给在座的长者；接着割一块羊耳，分给在座的幼者；然后再随意割一块给自己。另外，烤全羊是蒙古、哈萨克、柯尔克孜、塔吉克等族的传统佳肴。上席时，将大块羊肉放入托盘，摆成整羊模样，并以羊头献客。

在中国民间文化中，有过一些与羊有关的美好神话传说。故事里的羊，居然能舍生取义，盗取五谷种子交给人间播种，令人肃然起敬。

相传在远古洪荒时代，人间并没有五谷，先民除了狩猎之外，只能靠采摘野菜充饥，一个个都面黄肌瘦。有一年秋天，有五只神羊从天宫来到凡间游览，发现民众个个面有菜色，心生怜悯，答应大家在天宫御田里取出一点粮种，让民间去种植，大家听了十分高兴。可是神羊们回到天宫，向玉帝汇报之后，玉帝却不肯同意，因为按照劫运，还要让人类多受几个世纪的罪。这些神羊左思右想，好生为难：如果拿不到粮种，岂不失信于民？可是违背玉帝旨意，把粮种强行播向人间，岂不又得罪了玉帝？它们经过激烈的思想斗争，决

未羊卷

定趁半夜守护天神熟睡之际，偷偷溜进御田里去打滚，好让稻、稷、麦、豆、麻这些五谷种子，大量沾裹进羊毛里面，趁天未亮，溜到人间，交给人类使用。当人们听说五只神羊给他们带来了五种谷种时，都十分好奇，有些人还不大相信。后来神羊们不但把种子给人，还传授了全部种植方法。据说五谷在气候温暖的番禺开始耕种，然后向全国传播，终于成为中国人的主食。古代的番禺就是今天的广州，所以广州至今仍有着"五羊城"的名号。

为了感谢神羊的恩德，民众举行了盛大的祭祀仪式，这就惊动了玉帝，从而发现了神羊盗谷的秘密。他认为神羊违抗了旨意，罪不可恕，于是将它们全部发配人间，不准再回天宫。从此，羊子就在人间传宗接代，以吃草为生，把自己的肉、奶无私地贡献给人类。随后，人们听说玉帝要挑选十二种动物作为生肖，便一致推举羊子进入生肖行列。

诗文里的羊

上面讲了一大堆涉及羊的俗文化，话题已经结束；现在应该讲讲有关羊的雅文化，那恐怕就是诗文了。

最早的羊诗，出在《诗经》里。像《羔羊》《无羊》都是以羊为题的诗篇。此外，《君子于役》《七月》《伐木》《楚茨》《甫田》《苕之华》《生民》《行苇》《丝衣》这些篇章里，时时都有羊的身影出现。

表现草原羊群的民歌，恐怕要数北朝的《敕勒歌》为第一，既质朴，又形象。唐诗中的咏羊之作，要数李峤的五律《羊》，几乎把有关羊的典故都说完了。宋代梅尧臣的《逢羊》，岳珂的《绵羊》，文天祥的《咏羊》，全都以羊为中心，展开各式各样的描绘；最富哲理性的，还是陆游的《牧羊歌》。那些精彩内容，翻开本书就可以领略。

古代番禺有那段美丽的传说，在雅文化领域里，并不是五只神羊，而是三千年前的五位仙人，他们骑着颜色不同的羊，直接拿着稻谷良种送到广州。从此，那里的稻作农业便空前发达，而广州也有了"五羊城"之名。唐代诗人曹唐，曾经用这个题材，写了一首《小游仙》七绝诗；接着，宋代的郭祥正，也以古风写出《五仙谣》。洪适创作的《羊仙》乐语，虽然描写的也是上述内容，可是表现形式却更加别开生面。

脍炙人口的苏武牧羊故事，也是吟羊诗人经常取用的题材。元代杨维桢为《苏武牧羊图》题写的古风，将这一故事表现得更加令人震撼。元代马祖常，明代偶桓，都有这一内容的佳作。

元代剧作家曾瑞的《哨遍》套曲，题目是《羊诉冤》。作者站在羊的立场上，倾诉冤语，十分委婉、细致、生动。在古赋方面，则有杨维桢的《神羊赋》。唐宋类书《艺文类聚》《太平御览》《太平广记》中有关"羊"的部分里，古代重要的羊典故，基本上都已齐备。

生肖羊的方方面面，已经和盘托出，读者们就慢慢地去浏览吧。

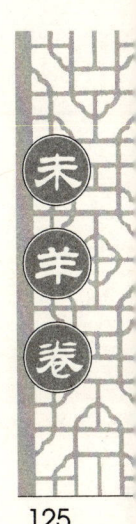

古代涉羊诗

国风·召南·羔羊

羔羊之皮，素丝五紽①。退食自公，委蛇委蛇②。
羔羊之革，素丝五緎③。委蛇委蛇，自公退食。
羔羊之缝，素丝五总④。委蛇委蛇，退食自公。

注 释

①羔羊：一岁左右的小羊。皮（pó）：按上古音读。素丝：白色蚕丝。五紽（tuó）：指丝纽细密。五通"午"，歧出、交错的意思。②退食（sì）：享受公家供卿大夫之常膳。委蛇：即逶迤。重复两次，意在表现悠闲自得的样子。③革：羊裘里子。緎（yù）：丝数。一作羔皮缝接处。④缝：毛皮或皮袄。一说缝合之处。总：纽结。

解 说

《诗经》是中国最早的一部诗歌总集，收录了周代前期约500年间的诗歌305篇，多方面描写当时社会生活。全书共分风、雅、颂三个部分。风的部分包括15"国风"，有诗160篇；"召南"所在地域是召公所封之国（即今之陕西岐山县西南）。

这首诗的古代诠释，如朱熹《诗集传》说："南国化文王之政，在位皆节俭正直，故诗人美衣服有常，而从容自得如此也。"其说比较牵强。方玉润

《诗经原始》批评此解"附会无理"。清人牟庭《诗切》说,此诗是"刺饩廪(膳食待遇)俭薄也。"可备一说。其实诗人只是描述了统治阶级士大夫的生活片断,他穿着白丝线镶边的羔裘,退朝享用公膳,吃饱喝足,"委蛇委蛇",自得自满,旁观者不禁暗生厌恶之感。

国风·王风·君子于役

君子于役①,不知其期。曷至哉②?鸡栖于埘③。日之夕矣,羊牛下来。君子于役,如之何勿思!

君子于役,不日不月。曷其有佸④?鸡栖于桀⑤。日之夕矣,羊牛下括⑥。君子于役,苟无饥渴⑦?

注释

①君子:妻对丈夫的称呼。役(yì):劳役。②曷(hé):何时。至:归家。③埘(shí):鸡舍。④佸(huó):聚会、相会。⑤桀(jié):给鸡栖息的木架。⑥括:聚集,指牛羊回来关在一起。⑦苟:也许。

解说

这首《君子于役》是王都地区的民歌(其地域为洛阳以西,即王城之域的歌谣)称为"王风"。以徭役离乡为题材,写一个妇女的思念。全诗分为两章,内容基本一样。诗中以黄昏背景下,家畜出入尚且有时,而夫君外出却无归期,由此衬托思念之深;后章则祈愿丈夫在外不要受饥受渴,体现出一个普通妇女的朴素情感。全诗风格细腻委婉,诗中不带一个"怨"字,而句句写的都是怨,从一个侧面写出当时繁重的徭役,给千万家庭带来极大的痛苦。

国风·豳风·七月(摘录)

二之日凿冰冲冲,三之日纳于凌阴①。四之日其蚤②,献羔祭韭。九月肃霜,十月涤场③。朋酒斯飨,曰杀羔羊。跻彼公堂④,称彼兕觥⑤,万寿无疆!

注 释

①二之日：周历二月，夏历十二月。冲冲：用力敲冰的声音。三之日：周历三月，夏历正月。凌阴：冰室。②四之日：周历四月，夏历二月。蚤：早，一种祭祖仪式。③肃霜：降霜。涤场：打扫场院。④朋酒：两壶酒。飨（xiǎng）：用酒食招待客人。羔羊：一岁左右的小羊。跻（jī）：登上。公堂：庙堂。⑤称：举起。兕觥（sì gōng）：古代酒器，一般有兽头纹饰。

解 说

《豳风》是豳地民歌，在今陕西旬邑、彬县一带，那时西周先民还处在一个农业部落生活时期；《七月》正是反映这个部落一年四季的劳动生活，从各个侧面反映当时社会的风俗状况。最后一章用较愉快的笔调，描写村落宴饮的盛况。即使在封建社会中期，农民年终时也有相互邀饮之俗。

小雅·鹿鸣之什·伐木

伐木丁丁，鸟鸣嘤嘤①。出自幽谷，迁于乔木②。嘤其鸣矣，求其友声。相彼鸟矣，犹求友声。矧伊人矣，不求友生③？神之听之，终和且平④。

伐木许许，酾酒有藇⑤！既有肥羜，以速诸父⑥。宁适不来，微我弗顾⑦。于粲洒扫，陈馈八簋⑧。既有肥牡⑨，以速诸舅。宁适不来，微我有咎。

伐木于阪，酾酒有衍⑩。笾豆有践，兄弟无远⑪。民之失德，乾餱以愆⑫。有酒湑我，无酒酤我⑬。坎坎鼓我，蹲蹲舞我⑭。迨我暇矣，饮此湑矣⑮。

注 释

①丁丁（zhēng）：伐木声。嘤嘤（yīng）：鸟鸣声。②乔木：高大的树林。③相（xiàng）：看，观察。矧（shěn）：何况。伊人：即人。友生：朋友之辈。④终：既，又。⑤许许：众人共力之声。今称劳动号子。酾（shī）：滤酒。藇（xù）：甘美。一说菜蓣，用以制酒有香气。或泛指薯蓣科植物。⑥羜

(zhù)：五个月大的小羊。速：邀请，招致。诸父：家族中的长辈。⑦宁：宁可。适：疏远。微（wēi）：非。弗：不。此句意为：宁可他们不来，也不愿别人说我不挂念他们。⑧於（wu）：发声词。粲（càn）：精米。洒（xǐ）：洗。陈：摆放。馈（kuì）：食物。簋（guǐ）：古代祭祀宴享时盛黍稷的器皿。一般为圆腹，侈口，圈足。⑨牡：公牛。⑩阪（bǎn）：山坡，山坳。衍：溢出。⑪笾豆：古代祭祀与宴会用的两种食器，竹制为笾，木制为豆。践：陈列整齐貌。无远：不要疏远。⑫乾餱（hóu）：干粮，指普通食物。愆（qiān）：过错。⑬湑（xǔ）：滤酒去糟。我：为我，按倒装句来解；一说为语助词，相当于"哦"。酤：买酒。⑭坎坎：鼓声。蹲蹲（cún）：舞貌。⑮迨（dài）：等到。湑：此指清酒。

解说

《伐木》是宴请亲朋故旧的乐歌，从伐木起兴。旧说以为周文王所作，与诗意不大相合。实际上这首诗说的是亲友间的正常交往，反映了当时社会生活的一个侧面。

小雅·鸿雁之什·无羊

谁谓尔无羊？三百维群①。谁谓尔无牛？九十其犉②。尔羊来思，其角濈濈③。尔牛来思，其耳湿湿④。

或降于阿，或饮于池，或寝或讹⑤。尔牧来思，何蓑何笠，或负其餱⑥。三十维物，尔牲则具⑦。

尔牧来思，以薪以蒸⑧，以雌以雄。尔羊来思，矜矜兢兢，不骞不崩⑨。麾之以肱，毕来既升⑩。

牧人乃梦，众维鱼矣，旐维旟矣⑪。大人占之⑫：众维鱼矣，实维丰年；旐维旟矣，室家溱溱⑬。

注释

①尔：指牧羊者。三百：与下句"九十"均为虚指，形容羊牛众多。维：即"为"。②犉（cún）：大牛，牛生七尺曰犉。③思：语助词。濈濈（jí）：一作戢戢，羊角聚集。④湿湿：耳动之状。⑤阿：丘陵。讹：同吪（é），动、

醒。⑥何：同荷。肩上担东西。餱（hóu）：干粮。⑦物：毛色。"三十"是说毛色有多种。具：齐备。⑧蒸：细小的柴薪。《郑笺》："粗曰薪，细曰蒸。"⑨矜矜兢兢：唯恐失群的样子。骞（qiān）：亏损。崩：溃散。⑩麾：挥。肱（gōng）：手臂。毕：全部。既：尽。升：进。⑪维：为作动词解。旐（zhào）：上画龟蛇之旗。旟（yú）：上画鹰隼之旗。⑫大人：相当于太卜一类的卜官。占：占卜。⑬溱溱（zhēn）：众多状。四句为占卜之辞。

解 说

《小雅》是《诗经》体裁的一类，雅为朝廷之乐，《小雅》共74篇，除少量民歌外，大部分是贵族文人的作品。《无羊》描绘了一幅牛羊放牧图，表达对家畜繁盛的向往和祝愿。诗篇共有四章，首章以设问开始，叙述牛羊之多。以下两章妙处在于刻画牛羊的情态，十分细致生动。末章祝愿畜牧兴旺，子孙众多。以"无羊"反其意，赞家室之昌盛。

小雅·谷风之什·楚茨（摘录）

济济跄跄，絜尔牛羊，以往烝尝①。或剥或亨，或肆或将②。祝祭于祊，祀事孔明③。先祖是皇，神保是飨④。孝孙有庆，报以介福，万寿无疆！

注 释

①济济跄跄：恭敬端庄的样子。《诗集传》"言有容也。"絜（xié）：使之清洁。烝（zhēng）尝：祭祀仪式。《郑笺》"冬祭曰烝，秋祭曰尝。"②剥：宰割。亨（pēng）：即烹。肆：陈设。将：奉献。③祊（bēng）：庙门。《毛传》"门内也。"孔：很。明：指祭礼完备、整洁。④皇：显灵。神保：祖先神灵。飨：享受。

解 说

这首诗是贵族卿士秋冬祭祀时的乐歌。描写致祭时陈设牛羊俎豆、酒食等祭品，希望神灵赐福，保佑子孙吉祥。原篇共有六章，此处摘录其中与羊有关的第二章。

小雅·甫田之什·甫田

倬彼甫田,岁取十千①。我取其陈,食我农人,自古有年②。今适南亩,或耘或耔③。黍稷薿薿,攸介攸止,烝我髦士④。

以我齐明,与我牺羊,以社以方⑤。我田既臧⑥,农夫之庆。琴瑟击鼓,以御田祖。以祈甘雨,以介我稷黍,以谷我士女⑦。

曾孙来止,以其妇子,馌彼南亩⑧。田畯至喜⑨。攘其左右,尝其旨否⑩。禾易长亩,终善且有⑪。曾孙不怒,农夫克敏⑫。

曾孙之稼,如茨如梁⑬。曾孙之庾,如坻如京⑭。乃求千斯仓,乃求万斯箱⑮。黍稷稻粱,农夫之庆⑯。报以介福⑰,万寿无疆。

注 释

①倬(zhuó):广大。甫田:很大的田地。②陈:旧有。有年:丰年。耘:锄草。③耔(zǐ):壅土。④薿薿(nǐ):茂盛貌。攸(yōu):语助词。介:舍;一说大。止:息;一说至。烝:进;一说乃。髦(mào)士:英俊之士。⑤齐(zī)明:祭器中所盛的谷物,即粢盛。牺:祭祀用牲畜,毛色纯一者称牺。社:指土地神。方:祭名,迎四方气于郊。⑥臧:良好。⑦御(yà):迎。又通禦,《说文》:"禦,祀也。"亦可作祭祀解。田祖:田神。谷:养活。⑧曾孙:周人对祖先自称曾孙。《郑笺》以为曾孙指周成王。止:语气词。妇子:王后与世子。馌(yè):以酒食馈饷农夫。⑨田畯:周时农官。喜:《郑笺》:"喜读为饎(xī)。饎,酒食也。"即送酒食到田间。⑩攘:《郑笺》:"攘读当为饟(xiǎng)。"同饷。即给以食物。旨否:味道如何。⑪易:蔓延。长亩:整片田地。终善且有:既善且多。⑫不怒:不责怪,不催促。克:能。敏:快且好。⑬茨:茅草屋顶。梁:河桥。⑭庾(yǔ):露天谷仓。坻:小丘。京:大丘。⑮千斯仓:即千仓,斯为语气词。箱:即车厢,指车载收获之多。⑯介福:大福,多福。

解　说

　　这首诗仍然是贵族卿士秋冬祭祀时的乐歌。诗歌从农事劳动说起，辛勤耕耘，年年指望谷物丰收。陈米留给农户自有，新米献给有地位的髦士。收获以后，陈设牛羊等祭品，奏起音乐，迎接田神。希望田神继续赐福，保佑年年风调雨顺，让大家吃饱饭。

小雅·鱼藻之什·苕之华

苕之华，芸其黄矣①。心之忧矣，维其伤矣②！
苕之华，其叶青青。知我如此，不如无生！
牂羊坟首③，三星在罶④。人可以食，鲜可以饱⑤。

注　释

　　①苕：即陵苕，其花为赤紫或白紫色。芸：败黄之貌。②伤：指国土日见侵削。③牂（zāng）羊：母羊。坟首：大头。④三星：指猎户星座中并列的三颗亮星，古称心星。罶（liǔ）：水中捕鱼竹器。一说此借为霤，即屋檐。⑤鲜：少有。

解　说

　　苕（tiáo）是植物名，即凌霄或紫葳，夏季开花。"华"就是"花"。这首悲伤情调的诗，从苕花一片枯黄起兴，衬托诗人内心的悲痛。《毛诗序》说："《苕之华》，大夫闵时也。幽王之时，西戎、东夷交侵中国，师旅并起，因之以饥馑，君子闵周室之将亡，伤己逢之，故作是诗也。"实际上诗中所写是灾年人民无食，难以存活的画面。

　　全诗三章，最后一章朱熹《集传》解释说："羊瘠则首大也，罶中无鱼而水静，但见三星之光而已。言饥馑之余，百物凋耗如此。"母羊瘦得只剩下一个大头；水中捕鱼竹器中只见星光不见有鱼。诗句怵目惊心，不忍卒读。

大雅·生民之什·生民（摘录）

厥初生民，时维姜嫄①。生民如何？克禋克祀，以弗无子。履帝武敏歆,攸介攸止,载震载夙②。载生载育,时维后稷。

诞弥厥月,先生如达。不坼不副,无菑无害③。以赫厥灵。上帝不宁,不康禋祀④,居然生子。

诞寘之隘巷,牛羊腓字之⑤。诞寘之平林,会伐平林⑥。诞寘之寒冰,鸟覆翼之⑦。鸟乃去矣,后稷呱矣⑧。实覃实訏,厥声载路⑨。

注释

①厥初:其初。时:是。姜嫄(yuán):传说中有邰氏之女,周始祖后稷之母。②克:能。禋(yīn):祭天的一种礼仪,先烧柴升烟,再加牲体及玉帛于柴上焚烧。弗:"祓"的假借,除灾求福的祭祀。履:践踏。帝:上帝。武:足迹。敏:通"拇",大拇指。歆:心有所感的样子。攸:语助词。介:通"祄",神佑。止:通"祉",神降福。载震载夙(sù):或震或肃,指十月怀胎。③诞:到了。弥:满。先生:头生,第一胎。如:而。达:滑利。坼(chè):裂开。副(pì):破裂。菑(zāi):同"灾"。④不宁:即丕宁,非常平安。不康:即丕康,很完美。⑤寘(zhì):弃置。腓(féi):庇护。字:哺育。⑥平林:森林。会:恰好。⑦覆翼:大鸟张翼覆盖。⑧呱(gū):小儿哭声。⑨实:是。覃(tán):长。訏(xū):大。载:充满。

解说

雅,为周王畿内乐调。大雅,则多西周初年作品,以反映封建王朝的重大事件或措施的诗歌为大雅,并以此为正声。唐李白的《古风》诗有:"大雅久不作,吾衰竟谁陈"之句。这是一篇赋体的诗歌,叙述后稷诞生时的神奇传说。《毛诗序》说:"《生民》,尊祖也。后稷生于姜嫄,文武之功起于后稷,故推以配天焉。"这是周人歌颂民族始祖的长诗,带有浓重的神话成分。其中有对农业生产的描写,反映出当时农业已同畜牧业分离,完成了第一次社会大分工的事实。全诗共有八章,每章或十句或八句,前后交替,格式严谨。此处摘录涉及羊的开头三章。

这里节录的前部,写姜嫄神奇受孕和后稷的诞生与屡弃不死的灵异。后稷名弃,第一次他被扔在小巷里,结果牛羊跑来用乳汁喂养他。第二次被扔进大树林，恰巧有樵夫来砍柴，将他救出。第三次被扔在寒冰上，结果飞来大鸟用羽翼来温暖他。初生婴儿经历如此大难，终于哭出了声，声音洪亮有力，回荡于整条大路，预示他将来会创造出辉煌的业绩。

大雅·生民之什·行苇

敦彼行苇，牛羊勿践履①。方苞方体，维叶泥泥②。戚戚兄弟，莫远具尔③。或肆之筵，或授之几④。

肆筵、设席、授几有缉御⑤。或献或酢，洗爵奠斝⑥。醓醢以荐，或燔或炙⑦。嘉肴脾臄，或歌或咢⑧。

敦弓既坚，四鍭既钧⑨。舍矢既均，序宾以贤⑩。敦弓既句，既挟四鍭⑪。四鍭如树，序宾以不侮⑫。

曾孙维主，酒醴维醹⑬。酌以大斗，以祈黄耇⑭。黄耇台背，以引以翼⑮。寿考维祺，以介景福⑯。

注释

①敦（tuán）：聚合。行（háng）苇：生在路旁的芦苇。②方：正在。体：成形。泥泥：茂盛貌。③戚戚：相亲。尔：同迩；近。④筵：坐具竹席，古时席地而坐。几：类似矮桌。⑤设席：筵上加席。缉：续。御：侍者。⑥献：敬酒致意。酢：以酒回敬。洗爵奠斝（jiǎ）：清洗并放好酒具。爵与斝皆酒杯。周人宴会，主人从几上拿起酒杯洗一洗，谓之洗爵；后酌酒敬客。客人饮毕，置杯于几上，谓之奠斝。⑦醓醢（tǎn hǎi）：肉酱。荐：进，上。燔：烧肉。炙：烤肉。⑧嘉：美。肴：荤菜。脾：牛胃，即毛肚。臄（jué）：牛舌及所连之肉。或歌或咢（è）：唱而有调为歌，唱而无调为咢。一说歌为唱歌，咢为帮腔。⑨敦（diāo）弓：天子的画弓。鍭（hóu）：古箭。金属箭头，箭羽剪齐，多用于田猎。⑩舍矢：射箭。既均：每人都射一样多的箭。序：排序。贤：才能。⑪句（gòu）：借作彀，用力张弓。⑫树：笔直如立在其上。

不侮：不得轻视。⑬曾孙：周人对先祖皆称曾孙。维主：做主人。酒醴：皆指酒。醹（rú）：味道醇厚。⑭酌：酙酒。大斗：大的酒杯。黄耇（gǒu）：老者，国之元老。⑮台背：驼背；台借为鲐。引：在前导引。翼：在旁搀扶。⑯祺：吉祥。介：助。景福：大福。

解说

这首诗主要描写西周王室成员与族人饮宴情况。《毛诗序》言其主旨为"忠厚也。周家忠厚，仁及草木，故能内睦九族，外尊事黄耇，养老乞言，以成其福禄焉"。这是汉代古文经学之说。今文经学之说，认为是专写公刘仁德之诗；其主旨应以歌颂周族先代，睦亲敬老，仁及草木为是。

（何焱林补注）

周颂·闵予小子之什·丝衣

丝衣其紑，载弁俅俅①。
自堂徂基，自羊徂牛，鼐鼎及鼒，兕觥其觩②。
旨酒思柔。不吴不敖，胡考之休③。

注释

①紑（fóu）：丝织品色泽鲜明。载：语助词，嵌在动词前边。弁（biàn）：古代官帽。俅俅（qiú）：恭顺的样子。②徂（cú）：前往。基：指墙基。鼐（nài）：大鼎。《说文》："鼎之绝大者。"鼒（zī 资）：口小的鼎。兕（sì）觥（gōng）：古代一种酒器。觩（qiú）：牛角弯曲之状。③旨：美味食物。柔：安抚，平息。吴：大声说话，喧哗之意。敖：即傲。倨傲、骄傲。胡：何。考：年老。休：美好之意。

天问（摘录） 战国·楚·屈原

该秉季德，厥父是臧①。胡终弊于有扈②，牧夫牛羊？

注释

①该：即殷商先祖王亥，亦即殷侯亥。秉：继承。季：王亥之父，即殷侯冥。厥：其。臧：榜样。②胡：何以。弊：失败。有扈：古国名。

解说

《天问》是浪漫主义诗人屈原的代表作，属于《楚辞》。全诗373句，多为四言。起伏跌宕，错落有致。全文自始至终，完全以问句构成，一口气对自然、对历史、对人生提出173个问题，被誉为"千古万古至奇之作"。这里节录的提问，亥继承了他父亲季的美德，并得到了嘉奖。为什么会最终被困于有易氏，为人牧牛放羊？是关于商代先祖王亥驯伏牛羊的传说。

据王国维的《殷卜辞中所见先公先王考》，王亥即该。《大荒东经》说"有人曰王亥，两手操鸟，方食其头。王亥托于有易河伯仆牛，有易杀王亥，取仆牛。"郭璞注引《竹书》补充："殷王子亥，宾于有易而淫焉。有易之君绵臣杀而放之。是故殷主甲微假师于河伯以伐有易，克之，遂杀其君绵臣也。"今本《竹书纪年》："帝泄十二年，殷侯子亥宾于有易，有易杀而放之。""十六年，殷侯微以河伯之师伐有易，杀其君绵臣。"仆牛就是服牛，驯牧牛羊的技术。《管子·轻重戊》："殷人之王，立帛牢，服牛马，以为民利，而天下化之。"

敕勒歌 北朝民歌

敕勒川①，阴山下②，天似穹庐③，笼盖四野④。天苍苍，野茫茫，风吹草低见牛羊⑤。

注释

①敕勒川：泛指敕勒族游牧的草原，大致在今内蒙古土默特旗一带。②阴山：阴山山脉在内蒙古自治区中部，东西走向。③穹庐：游牧人住的圆顶毡帐，即蒙古包。④野（yá）：原野。⑤见：同"现"，呈现。

解说

这是一首南北朝时期黄河以北的民歌，在鲜卑族间流传。语言简单质朴，但又极其形象，可称千古绝唱。首先以穹庐描述草原的天空，便十分逼真；接着以苍苍、茫茫形容天地，恰到好处。尤其是末尾"风吹草低"一句，将羊群在茂密的草丛中的景象，原原本本地呈现在读者眼前，充满着对草原的赞美和热爱之情。这首诗以其健康的内容，活泼的形式，雄浑奔放的风格，成为北朝民歌的代表作，在文学史上享有很高的声誉。

羊赞 晋·郭璞

月氏之羊①，其类在野。厥高六尺，尾亦如马。何以审之，事见《尔雅》②。

注释

①月氏（ròu zhī）：古代原始印欧人种游牧部族，汉文帝时为匈奴所迫，西迁至今新疆西部伊犁河流域及其以西之地，称大月氏。以后又因乌孙攻击，再迁大夏（中亚阿姆河上游）。《汉书》言"始月氏居敦煌、祁连间，及为匈奴所败，乃远去，过宛，西击大夏而臣之，遂都妫水北，为王庭。其余小众不能去者，保南山羌，号小月氏"。②审：考查。尔雅：我国第一部按义类编排的综合性辞书，是解释上古文献中词语古文的工具书，可称训诂学开山之作，在音韵学、词源学、方言学、古文字学方面都有着重要影响。

解说

作者郭璞（276～324），字景纯，河东闻喜县（今属山西）人，东晋训诂学家，又是道学术数大师。赞是一种韵文文体，多为四言，作者写作颇多。

这一篇羊赞，主要是描述西域良种的羊。前四句说那种羊本是野生动物，尾巴像马，高达六尺，在古人心目中十分了不起。末两句，以《尔雅》的记载来证明。《艺文类聚》引《尔雅》："羚，大羊。"注："似羊而大，角员锐，好在山崖间"。又有"羱，如羊"注："似羊而大角，出西方"。郭义恭《广志》也说："大尾羊，细毛薄皮，尾上旁广，重且十斤，出康居。"叙述的即是此羊。

（冯广宏补充）

同辛簿简仰酬思玄上人林泉四首之二 唐·骆宾王

芳晨临上月①，幽赏狎中园。
有蝶堪成梦②，无羊可触藩③。
忘怀南涧藻④，蠲思北堂萱⑤。
坐叹华滋歇⑥，思君谁为言。

注释

①上月：上弦月，南朝梁刘孝绰《饯张惠绍应令》诗：“鲜云积上月，冻雨晦初阳。”一般指农历初二至初八九之时间段。②句用庄周梦中化蝶故事。《庄子·齐物论》：“昔者庄周梦为蝴蝶，栩栩然蝴蝶也；自喻适志与，不知周也；俄然觉，则蘧蘧然周也。”③触藩：羊触篱笆。《易·大壮》(䷡)：“羝羊触藩，羸其角。”喻碰壁。④南涧藻：作为地名，南涧有多处，此应指长安南边源于终南山之沣水支流，其沿岸有七泉寺、玉泉寺等浮屠。南涧藻即南涧水藻。双关语，《诗·小雅·鸿雁之什》“秩秩斯干，幽幽南山”句，南山即终南山，意为忘怀文藻。⑤蠲（juān）思：蠲有除义，蠲思即不思。北堂萱：此指母亲。古居室东房后部。为妇女盥洗之所。《仪礼·士昏礼》：“妇洗在北堂。”汉郑玄注：“北堂，房中半以北。”唐贾公彦疏：“房与室相连为之，房无北壁，故得北堂之名。”后因以“北堂”指主妇居处。后犹指母亲居室。《诗·卫风·伯兮》“焉得谖草，言树之背”毛传：“背，北堂也。”谖同萱，即萱草。后常称母亲为萱堂。⑥华滋：容颜丰润。

解说

作者骆宾王（约619～约687），字观光，汉族，婺州义乌人（今属浙江）。初唐诗人，与王勃、杨炯、卢照邻合称“初唐四杰”。唐龙朔初年，骆宾王担任道王李元庆属官。后来相继担任武功主簿和明堂主簿。唐高宗仪凤四年（679）升侍御史。曾随军入蜀。亦被人诬陷入狱，遇赦后出任临海县丞，故后人称其骆临海。武则天光宅元年（684），徐敬业起兵讨伐武则天，他作为秘书，起草了著名的《讨武曌檄》。徐敬业兵败，骆宾王不知所终。唐人孟索的《本事诗》传其出家于杭州灵隐寺，不论是否，亦表示后人对诗人不幸遭遇之同情。

骆宾王为"初唐四杰"中诗作最多者。其七岁时所作《咏鹅》诗即为人所称道。尤擅七言歌行,名作《帝京篇》为初唐罕有长篇。其边塞诗也很有特色。有《骆宾王集》传世。以清陈熙晋之《骆临海集笔注》最为完备。

此诗为和辛簿简酬答思玄和尚之作。属对工整,用典贴切,有蝶者春夏时节也,无羊者僧伽不茹荤也,另亦有人生无常,生不逢辰之叹,连文藻也忘了,母亲也不思念了,当然都是反话。结穴于年华空度,思念朋友,连述说的人也没有。见其寂寞,与人不偶。

(何焱林补充)

羊 唐·李峤

绝饮惩浇俗①,行驱梦逸才②。
仙人拥石去③,童子驭车来④。
夜玉含星动⑤,晨毡映雪开⑥。
莫言鸿渐力⑦,长牧上林隈⑧。

注 释

①绝饮:不再清早用水喂羊。典故出自《荀子·儒效》"仲尼将为司寇,沈犹氏不敢朝饮其羊"。养羊户沈犹氏为了增加羊的分量,常常在早晨把羊喂饱饮足后再到集市上去卖,以欺诈市人,但听说孔子将担任鲁国司寇,便不敢朝饮其羊了。浇俗:不良的习俗。《淮南子·齐俗》:衰世之俗"浇天下之淳,析天下之朴"。②梦逸才:用黄帝梦羊得风后、力牧的典故。《史记·五帝本纪·正义》引《帝王世纪》:"黄帝梦大风吹天下之尘垢皆去;又梦人执千钧之弩,驱羊万群。帝寤而叹曰:风为号令,执政者也。垢去土,后在也。天下岂有姓风名后者哉?"黄帝猜想梦兆是象征"风后、力牧"两个人名,便查访二人,用以为将。果然,二人不负所望,在涿鹿之战中,为黄帝战胜蚩尤立了大功。逸才即指二人。③仙人拥石:这句用仙人黄初平叱石成羊典故。晋葛洪《神仙传·黄初平》"兄问:'羊安在?'曰:'近在山东耳。'初起往视之不见,但见白石而还。"④童子驭车:用晋卫玠少时乘羊车的典故。《晋书》:

"玠字叔宝，年五岁，风神秀异。祖父瓘曰：'此儿有异于众，顾吾年老，不见其成长耳！'总角乘羊车入市，见者皆以为玉人，观之者倾都。"五岁的卫玠乘羊车入市，就像玉人一样。⑤夜玉含星：用南朝梁刘孝绰《望月有所思》诗"玉羊东北上，金虎西南昃"意，玉羊为天狼星别名。⑥晨毡映雪：用汉苏武牧羊北海典故。毡是用兽毛碾合成的片状物。⑦鸿：大雁。《诗经·小雅·鸿雁》："鸿雁于飞，肃肃其羽。"《传》"大曰鸿，小曰雁。"渐：此处指《周易》"渐卦"，其爻辞有鸿渐于干、鸿渐于磐、鸿渐于陆、鸿渐于木、鸿渐于陵之语，为渐进之义。⑧隈（wēi）：山水弯曲处。《管子形势》："大山之隈，奚有于深。"

解说

作者李峤（644～713），字巨山，赵州赞皇（今属河北省）人。二十岁举进士，历唐高宗、武后、中宗三朝，官至中书令。玄宗即位，贬为庐州别驾。诗多咏物之作。与同乡苏味道齐名，合称"苏李"；又与苏味道、崔融、杜审言并称"文章四友"。

这首五律，将历史上有关羊的典故，巧妙地串联在一起，言羊给人带来祥瑞，取意颇为积极。

忝官二十年尽在内职，及为郡尝积恋，因赋诗焉

唐·张九龄

江流去朝宗①，昼夜兹不舍②。仲尼在川上③，子牟存阙下④。圣达有由然⑤，孰是无心者。一郡苟能化⑥，百城岂云寡。爱礼谁为羊⑦，恋主吾犹马⑧。感初时不载⑨，思奋翼无假⑩。闲宇常自闭，沉心何用写⑪。揽衣步前庭，登陴临旷野⑫。白水生迢递⑬，清风寄潇洒。愿言采芳泽⑭，终朝不盈把⑮。

注释

①朝宗：指小水归于大水。朝宗本周之诸侯朝周天子，此处借用。《书·禹贡》："江汉朝宗于海。"孔颖达疏："朝宗是人事之名，水无性识，非有此意。以海水大而江汉小，以小就大，似诸侯归于天子，假人事而言之也。"

②句言江流归海,昼夜不舍,用孔子"逝者如斯夫,不舍昼夜"义。③仲尼:孔子名丘字仲尼。句意用《论语·子罕》:"子在川上曰:'逝者如斯夫,不舍昼夜。'"④子牟:魏公子牟。战国时人。因封于中山,也叫中山公子牟。曾说:"身在江海之上,心居乎魏阙之下。"见《吕氏春秋·审为》。后作心存朝廷或忧国之典。唐陈子昂《群公集毕氏林亭》诗:"子牟恋魏阙,渔父爱沧江。"魏阙即朝廷之代称,因昔时宫门上有巍然高出之观楼。其下常悬挂法令等,后作朝廷代称。⑤圣达:圣人、贤达。⑥化:教化。⑦爱礼:重礼,遵守礼制。典出《论语·八佾》:"子贡欲去告朔之饩羊,子曰:'赐也!尔爱其羊,我爱其礼。'"⑧恋主:依恋主人,此指依恋皇帝,朝廷。三国·魏·曹植《上责躬应诏诗表》:"僻处西馆,未奉阙庭,踊跃之怀,瞻望反侧,不胜犬马恋主之情。"⑨不载:载此处义同再,曾巩《寄欧阳舍人书》:"巩顿首载拜。"载拜即再拜。感激当初知遇之恩,有时不再来之叹。⑩奋翼:奋之本义为鸟振翅欲飞貌,奋翼亦可连读,喻人振奋而起。汉贾谊《鵩鸟赋》:"鵩乃叹息,举首奋翼。"无假:无所假借。亦可以解为真正想重新有所作为。⑪闲宇:宇之本义为屋檐,此处用作门。句意为门庭冷落,故门常关闭。沉心:沉闷,心情沉重。⑫阰(pī):城上矮墙,亦称"女墙",即"城垛子"。⑬白水:清明透亮之水,晋·潘岳《在怀县作》诗之二:"白水过庭激,绿槐夹门植。"迢递(dì):遥远。三国魏嵇康《琴赋》:"指苍梧之迢递,临迥江之威夷。"⑭愿言:念言。此处有打算之意。《诗·卫风·伯兮》:"愿言思伯,甘心首疾。"郑玄笺:"愿,念也。我念思伯,心不能已。"芳泽:本指妇女用以润头发之香油,此处指芳草。⑮终朝:一早晨。《诗·小雅·采绿》:"终朝采绿,不盈一匊。"毛传:"自旦及食时为终朝。"

解说

作者张九龄(678~740),字子寿,一名博物,韶州曲江(今属广东)人。唐朝名相。武则天时中进士,后任右拾遗。玄宗时吏部选拔人才,曾由他和赵冬曦评定等第。积官至岭南道按察使。为张说所重,说死,以秘书少监代领集贤院事。开元二十一年(733),任中书侍郎同中书门下平章事,次年为中书令,监修国史。任相期间,有直谏之风。曾建议不循资格用人。复置十道采访使,于河南屯田种稻等。又曾主张治裁安禄山败军之罪,以抑其骄横。开元二十四年(736)为李林甫所谮,罢相。诗文著称于时,其《望月怀远》尤

时为人所诵。有《曲江集》传世。

此诗为张九龄被李林甫谮后出任郡守时思恋朝廷之作。诗题即谦称其忝任"内职"即在朝廷内任职，现今在外任郡职，尝积恋从前在朝时之景况，故作是诗。诗以江流朝宗起兴，表示自己像江流归流大海一样思念朝廷，就像孔子在川上说的那样，不舍昼夜地思念着想回归朝廷，接下来又用魏公子牟心存魏阙之典来强调自己心在朝廷，想为国家做更多的事情。假使能将一郡风俗淳化，使百城风俗淳化岂不有更大作为？并以"爱礼谁为羊"表明自己并非贪恋官职，而依恋官家，自己就像马思旧主那样，一心总向着皇上。深感时不我待，犹思为国历奋飞。目今闲而不用，其沉重之心情还用写来吗？信步前庭，登陴眺望，白水清风，都不能排遣积郁之心绪。本来打算采一些香花消遣，采了一早晨，连一把都没有采到，可见其对朝廷积恋之深。

(何焱林补充)

杂曲歌辞·行路难三首之三　唐·顾况

君不见少年头上如云发，少壮如云老如雪。岂知灌顶有醍醐①，能使清凉头不热。吕梁之水挂飞流②，鼋蛟蜃不敢游③。少年恃险若平地，独倚长剑凌清秋。行路难，行路难，昔少年，今已老。前朝竹帛事皆空④，日暮牛羊古城草。

注释

①灌顶：梵语的意译，佛教密宗入门仪式。凡弟子入门或继承阿阇梨位时，必须先经本师以水或醍醐灌洒头顶。醍醐：从酥酪提制之油。《本草纲目·兽一》引寇宗奭谓：作酪时，上一重凝者为酥，酥上如油者为醍醐。②吕梁：吕梁山。在今山西省西部，位于黄河与汾河间。主峰在离石县东北。夏禹治水，凿吕梁以通黄河即指此。《吕氏春秋·爱类》："昔上古龙门未开，吕梁未发，河出孟门，大溢逆流。"挂飞流：瀑布。③鼋（yuán）：大鳖；鼍（tuó）：猪婆龙，即扬子鳄；蛟：蛟龙。蜃（shèn）：蛟属，能吐气成海市蜃楼。④竹帛：此指书籍、史册，《史记·孝文本纪》："然后祖宗之功德著于竹

帛，施于万世，永永无穷，朕甚嘉之。"

解说

作者顾况（约725~约814），字逋翁，号华阳真逸（一说华阳真隐），晚年自号悲翁，苏州海盐恒山人（今在浙江海宁境内），唐代诗人。唐肃宗至德二年进士，曾任校书郎、著作郎等职，但在仕途上并无大建树。晚年隐居茅山，"炼金拜斗，身轻如羽"。有《顾逋翁诗集》四卷，《华阳集》三卷。

杂曲为乐府歌曲名。多为汉至南北朝时民间作品。《南齐书·王僧虔传》："朝廷礼乐多违正典，民间竞造新声杂曲。"《行路难》即为杂曲歌辞之一种。

（何焱林补充）

云中道上作　唐·施肩吾

羊马群中觅人道，雁门关外绝人家。
昔时闻有云中郡①，今日无云空见沙。

注释

①云中：古郡名。战国赵地，秦置郡，治所在云中县，今内蒙古托克托东北。

解说

作者施肩吾（780~861），字希圣，号东斋，入道后称栖真子。睦州分水（今浙江桐庐县）人。唐宪宗元和十五年（820）中进士，因趣尚烟霞，慕神仙轻举之学，长庆年间（821~824）隐于洪州西山（在今江西南昌）学仙。或说其在文宗太和中，自严陵入西山访道。

这首七绝所述云中道，据《虞氏记》载：春秋时赵武侯占据阴山以南之后，曾在黄河西岸建造大城。因土质松散，城墙倒塌，无法成功，只好到黄河东岸另选城址。一日，忽见空中有一群天鹅在云中翱翔，徘徊不去。于是就地筑城，取名"云中"。

此诗开头即以羊马成群，不见道路起句，形象地描绘出西北沙漠地带的荒凉图景。

小游仙　唐·曹唐

共爱初平住九霞①，焚香不出闭金华②。
白羊成队难收拾，吃尽溪头巨胜花③。

注释

①初平：即仙人黄初平。晋葛洪《神仙传》说，相传黄初平少时放羊，遇一道士，将其引入金华山石室中，修炼四十多年，后得道成仙。只要他呼唤一声，山上白石，就会变作成千上万只羊。九霞：九天之霞，极言其高。②金华：山名，在浙江金华市北，一名长山，出龙须草。道家传为赤松子得道处，山下有洞，与四明天台相通。③巨胜：胡麻的别名。古人认为胡麻在八谷（黍、稷、稻、粱、禾、麻、菽、麦）之中为最盛，故名巨胜。

解说

作者曹唐，字尧宾，桂州（今属广西）人。初为道士，后举进士不第，咸通中（860～873）官至使府从事，所作多《游仙诗》，共一百数十首。

这首七绝，主要是描述仙人黄初平叱石成羊的神话，颇有趣味性。如果山上的石头全部被他变化成羊，那么道士们辛辛苦苦种植的芝麻苗，岂不让羊群吃个精光了吗？

八分羊　五代·史凤

党家风味足肥羊①，绮阁留人漫较量。
万羊亦是男儿事②，莫学狂夫取次尝。

注释

①党家：原是党进家的姬妾，后归陶毂（903～970）。陶毂，字秀实，邠州新平（今陕西邠县）人。明陈继儒《辟寒部》卷一说：一日下雪，陶毂命她取雪水煎茶，问"党家有此景否？"她回答："彼粗人，安识此景？但能知销金帐下，浅斟低唱，饮羊羔美酒耳。"陶毂《团茶四十一》有"可怜陶学士，雪水煮团茶。党家风味别，低唱酌流霞"之句。②万羊：唐代李德裕的

故事,见张读《宣室志》卷九:"相国李德裕为太子少保,分司东都。尝召一老僧问己之休咎。"老僧说:"相国平生当食万羊,今食九千五百矣,所以当还者,未尽五百羊耳。"后人就以"万羊"为富贵人家饮食豪奢之典。

解说

作者史凤,是五代时宣城(今属安徽)一位歌妓。题中所谓"八分羊",可能是当时一种俗名,疑为羯(jié)羊,因经过阉割,肉较肥美。

这首七绝语言比较通俗、诙谐。意思是这里准备了肥羊美食,殷勤招待客人;不过,客人可不要狼吞虎咽,要像李相国那样,慢慢地把上天注定的一万只羊吃掉。这首诗可说是咏羊诗歌中风格比较特殊的一种,经常被人引用。

(冯广宏补充)

羚羊赞(并序) 宋·宋祁

羚羊出北番及威、茂等州①,形似畜牛之大,其角缭头上,重者八九十斤,黑质而白文,工以为带胯,可以乱犀②。赞曰:

羊质之大③,角绕于首。以角之称,躯残猎手④。

注释

①北番:指今西藏一带。威、茂:今四川阿坝藏族羌族自治州汶川、茂县一带。②犀:即犀牛,亦以角著称。③质:本体;形体。④猎手:猎人之手。此后遂将猎人称为"猎手"。

解说

作者宋祁(998~1061),字子京,安州安陆(今属湖北)人,后徙居开封雍丘(今河南杞县)。天圣二年(1024)进士,官翰林学士、史馆修撰。

这篇赞主要描述羚羊角之名贵,羚羊遭到猎人的捕杀,也因人取其角的缘故。宋祁有《益部方物赞》,描述四川岷江上游山区出产的羚羊:"羊名蟠者,其角年久而蟠;皮可坐数人。羚羊皮毛色青,兵中卧之,有警则自动。"赞文只有四句,着重说明羚羊角可以盘绕在头上,达到一定重量,这样反而害了它自己。言外之意,才华外露甚至显示锋芒的人,应该以此为戒。

(冯广宏补充)

逢羊　宋·梅尧臣

予晨过北郭①，见群羊，有羝处前②。其首昂然而伟腯③，其角拱然而耸。其毛茸然而长，自脾至腕，绵绵与缨胡相若④。其群狠逐而拥趋如奉马⑤。及其宰也，羝存而群死之。予归作诗示诸友云。

牧人垂长髯，驱羊从北道。老羝压大群，毛比长髯好⑥。暮归同一栏，朝出不择草。既肥当用烹，从羝羝独保⑦。狡诱以全躯，角尾徒为老⑧。

注释

①北郭：城北郊，城外曰"郭"。②羝（dī）：公羊。处前：居群羊之先，俗称带头羊。③伟腯（tú）：大而肥。④拱然：弯曲的样子。茸然：柔软的样子。脾：膀子。缨胡：如缨般下垂之肉。羊别名胡髯郎。⑤狠逐：紧紧地追随。奉马：簇拥在它身边，如侍奉一般。⑥髯：两颊的胡子，亦泛指胡子。好：美。⑦羝独保：群羊跟随羝羊，群羊死而羝独存。⑧狡诱：犹狡黠，狡诈。全躯：保全性命。角尾：指代全身。

解说

作者梅尧臣（1002~1060），字圣俞，宣城（今属安徽省）人。宣城古名宛陵，故世称之为宛陵先生。早年举进士不第，历任州县小官。后被赐予进士出身，授国子直讲，官至尚书都官员外郎。他的诗中常常揭露当时的社会矛盾，同情人民疾苦。诗风平淡自然，对开创宋代诗文风气有重大贡献。南宋刘克庄在《后村诗话》中称他为"开山祖师"。因与苏舜钦齐名，故世人并称"苏梅"。

这首古风是作者对狡黠的人素怀不满，偶遇群羊，便得以借题发挥。诗中所写的羝羊即牡羊，通常所谓带头羊。它与羊群朝暮相处且出进领头，亦颇肥硕，群羊皆被烹，而它却以"狡诱"独存。诗中讥讽之意相当明显，羝羊之狡黠，有若人之劣质，两相比拟，颇有社会意义。

江邻几寄羊豝·去岁冯翊造者　宋·梅尧臣

细肋胡羊卧苑沙，长春宫使踏霜豝①。蒺藜苗尽初蕃息，苜蓿盘空莫叹嗟②。自乏良谋甘更鄙，犹能大嚼快无涯。磨刀为削朝霞片，时引清杯兴转嘉。

注 释

①苑沙：作为羊圈的沙地。长春宫使：唐代官名。主管行宫（长春宫），常以同州刺史兼任。豝（bā）：经过加工的大块干肉。②蒺藜：一年生草本植物，茎由基部分枝，平卧，淡褐色；全体被绢丝状肉毛。偶数羽状复叶互生，小叶对生。苗是羊的食料。蕃（fán）息：繁殖增多。苜蓿：俗称三叶草，为多年生开花植物，是牲畜的理想饲料。

解 说

诗题中的江邻几，即作者的好友江休复（1005～1060），字邻几，陈留（河南开封）人。他为文淳雅，尤善于诗，喜琴饮酒，不以名利为意。曾举进士，任桂阳监。调任蓝山尉时，骑驴赴官上任，因据鞍读书，乃至迷路。历任信州、潞州司法参军，通判阆州、知天长县事、充集贤校理、提点陕西路刑狱、修起居注等，累迁刑部郎中。冯翊是古代郡名，辖境相当今陕西韩城、黄龙以南，白水、蒲城以东和渭河以北地区。唐贾岛《送殷侍御起同州》："冯翊蒲西郡，沙冈拥地形。"

这首七律是酬谢友人寄来干羊脯，古称为"豝"，是从北方老远的地方送来的，所以格外名贵。诗的首联，交代羊豝的来源，原从同州踏霜而至。颔联描述那里羊的食料丰富，因此质量很好。接着颈联话题一转，说自己老大不争气，可是大嚼羊豝还有这个本领，自我调侃一下。末联是说，把肉切开成片，红得像早霞一样的颜色，足以引起人的食欲；用来下酒，那是再理想不过的了。全诗层次分明，语言生动，十分耐读。

（冯广宏补充）

戏答张秘监馈羊 宋·黄庭坚

细肋柔毛饱卧沙，烦公遣骑送寒家①。
忍令无罪充庖宰②，留与儿童驾小车。

注释

①寒家：卑微的门第。谦称己家。犹言寒舍。②庖：厨房、厨师。宰：杀牲。

解说

作者黄庭坚（1045～1105），字鲁直，自号山谷道人，晚号涪翁，洪州分宁（今江西修水）人。宋治平年间进士。哲宗时以校书郎为《神宗实录》检讨官，迁著作佐郎。后以修史受到诬害，贬为涪州别驾，黔州安置（皆在今四川境）。徽宗即位，起用他监鄂州税，但未到任，九天后即被免职，流放于宜州（今广西宜山）病逝。他早年以诗名受知于苏轼，与张耒、晁补之、秦观并称"苏门四学士"。因与苏轼齐名，世称"苏黄"。诗以杜甫为宗，有"脱胎换骨"、"点铁成金"之论，风格奇硬拗涩，开创江西诗派，在宋代影响颇大。又能词，兼擅行书、草书，为"宋四家"之一。

这首七绝，是答谢友人赠羊之戏作。张秘监其人不详。《孟子》说人皆有恻隐之心，"见其生，不忍见其死，闻其声，不忍食其肉，是以君子远庖厨也"。君子不忍杀牲宰羊，所赠之羊，只好让它去拉儿童车了，以对羊的处置，表明诗人胸怀仁爱之心。

五仙谣 宋·郭祥正

番禺五仙人①，骑羊各一色。手持六秬穗②，翱翔绕城壁。翩然去乘云，诸羊化为石。至今留空祠，异象犹可识。曾闻经猛火，毫发无痕迹。五仙宁复来，三说颇难测。只忧风雨至，半夜随霹雳。君不见、羌庐刘越之洞天，万象森罗无一尺③。

注释

①五仙：古时传说有五个仙人，骑乘五色羊、执六秬穗，来到广州。又一说：战国南海人高固当楚国宰相，有五羊衔着谷穗出现在楚庭，因而在州厅上绘了五羊图。五羊城即由此成为广州的别称。番禺（pān yú）：古县名。秦置番禺县，因境内有番山、禺山而得名。即今广州市。②秬（jù）：黑黍子。穗：谷类结实的顶端部分。宋张励《五仙观记》转引《南务岭表记》及《图经》所载，汉晋时，"初有五仙人皆手持谷穗，一茎六出，乘五羊而至，仙人之服与羊各异，色如五方，既遗穗与广人，仙忽飞升以去，羊留化为石。广人因即其地为祠祀之"。③羌庐：地名。刘越：道人名。森罗：细密纷纭。

解说

作者郭祥正，字功甫，自号漳南浪士，太平当涂（今属安徽省）人。熙宁中（1068~1077）以进士知武冈县，签书保信军节度判官。曾有诗讥刺新法之非。元丰末年（约1084）章惇执政之时，反被下狱，直至元祐年间（1086~1093）放归。其诗篇见赏于梅尧臣，又曾为王安石所称赏。

这首古风主要是吟咏广州古代传说中的五仙人情况，宋代的故事中已有三种说法。现在广州称为羊城，也与这种传说有关；至今还留有五仙观等古迹。

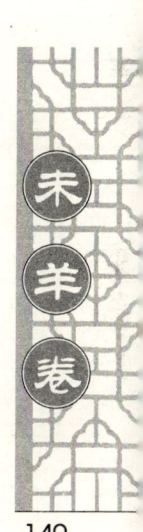

题四羊图 宋·王阮

三百维群世不见①，乃以四羊为一图。人言此图出韦偃②，不知韦偃有意无？岩岩参天一古木，下有轻蒹满郊绿③。雪髯隐约黑晕中，沙肋微茫笔端足。昔闻韦侯画马工，杜陵长歌歌古松④。孰知画羊更如此，此间绝艺谁能穷。蕲春太守好事者⑤，珍藏有此希世画。嗟予得见双眼明，此一转语久难下。三羊游戏芳草茵，一羊辄登枯树根。安得添我作牧人，为公鞭此一败群。

注释

①三百维群：语出《诗经·小雅·无羊》。维即为，意指三百头羊为一群。《无羊》原文有"谁谓尔无羊，三百维群"诗句。②韦偃：唐代画家，一

作韦鸥。京兆（今陕西省西安市）人，后移居四川，主要活动于肃宗至代宗时期（8世纪下半期）。韦偃善画鞍马，传自家学，远过乃父，与曹霸、韩干齐名。用点簇法画马始于韦偃，常用跳跃笔法，点簇成马群。杜甫曾赋诗对其画倍加赞赏。③茋：植物初生的叶芽。④杜陵：指杜甫。此陵原为汉宣帝陵墓，位于西安市南郊杜陵原（汉代旧名"鸿固原"）上。由于杜甫祖宗家园在此，曾自称杜陵野老，故后人以"杜陵"称之。⑤蕲春：地名，在今湖北省。

解说

作者王阮，字南卿，南宋江州德安（今属江西）人。少好学，尚气节。常自称将种，辞辩奋发，四坐莫能屈。曾拜见袁州太守张栻，张栻建议他访问朱熹。朱熹与他谈话，非常投机。他是隆兴元年（1163）进士，曾任都昌主簿，移任永州教授，改知抚州。韩侂胄当政，他归隐庐山。

这一古风是一首题画诗，为蕲春太守所收藏的韦偃《四羊图》而作，作者对此画颇为欣赏。此诗开头四句总写韦偃的四羊图，中间八句，盛赞画中羊的情态，与山石草木相映；并把他所画马为杜甫称赞相比："熟知画羊更如此，此间绝艺谁能穷。"进一步歌颂画作的珍奇；最后八句庆幸能看到这稀世的图画，同时忽发奇想，质问画家，为何不把我画进去，做一个牧童？以此作结，不但前后呼应，而且别有情趣。

牧羊歌 宋·陆游

牧羊忌太早，太早羊辄伤①。一羊病尚可，举群无完羊②。日高露曦原草绿，羊散如云满山谷。小童但岂必习诗知考牧③？

注释

①辄：常常、总是。②举：全。③习诗：学习《诗经》，上古诗篇有不少地方提到牧羊。考牧：通过实际考验，对放牧的质量优劣进行考核。

解说

作者陆游（1125~1210）字务观，号放翁，越州山阴（今浙江绍兴）人。绍兴年间应礼部试，为秦桧所黜。后来孝宗即位（1163），赐进士出身，曾任镇江、隆兴通判，官至宝章阁待制。晚年退居故乡。他是南宋爱国诗人，词也很有成就。

这首古风指出科学牧羊的方法。羊不习惯摄入过多水分,放羊时间如果太早,露水未干,羊吃了易于患病;而且早上有螨蜱寄生虫,容易粘爬到羊身上,一只羊病了还可以,如果一群羊都感染了,那可不得了。等到太阳出来,露水干了,就可以放心牧羊了。诗的最后一句,联系到少年教育。儿童读艰深的古书,何必太早?让他们通过实际观察,获得知识,应该更好些。主题新颖,很有现实教育意义。

绵羊 宋·岳珂

褥毛吹朔雪①,细肋卧晴沙。
晓牧尾摇扇②,春游项引车③。
湩流便逐草,酪腻正需茶④。
日夕归西处,因风想塞笳⑤。

注释

①褥毛:指绵羊身上像褥一样的厚毛。朔雪:北方的雪。②摇扇:绵羊尾形不一,有的短尾似扇。③项:颈的后部。引车:即拉车。这句说羊可拉车,古代有乘羊车春游者。《晋书·胡贵妃传》:"(晋武帝)常乘羊车,恣其所之,至便宴寝。"④湩:乳汁。酪:乳制食品。⑤塞:泛指北方。笳(jiā):胡笳,北方少数民族的一种乐器。

解说

作者岳珂(1183～1234),字肃之,号倦翁,相州汤阴(今属河南)人。岳飞之孙,岳霖之子。官户部侍郎,淮东总领制置使。曾作《金陀粹编》(珂有别业在嘉兴金陀坊,故以名书),辑集其祖岳飞的资料,为之辩诬。

这首五律,对绵羊的外形及生活习性都作了描绘,并联系历史故事、塞外风光,使羊的形象格外动人。

咏羊　宋·文天祥

长髯主簿有佳名①，羵首柔毛似雪明②。
牵引驾车如卫玠，叱教起石羡初平③。
出都不失成君义④，跪乳能知报母情⑤。
千载匈奴多牧养，坚持苦节汉苏卿⑥。

注释

①主簿：古代官职，主管文书簿籍及印鉴。因羊有长须，古人曾戏称羊为长髯主簿。《初学记》卷二九引晋崔豹《古今注》："羊一名长髯主簿。"今本《古今注·鸟兽》作"髯鬚主簿"。②羵（fén）首：羊头大。羵同坟，大的意思。《诗经·苕之华》有"牂羊羵首"之句。③卫玠：晋代人，五岁时乘羊车出行，就像玉人一样。初平：传说中的仙人皇初平。据说他15岁在山牧羊，有道士召至金华山石洞中修道。其兄上山寻索，找到了他，问羊何在？初平答在山东。其兄往东边去不见有羊，但见白石。初平便大声叱叫："羊起！"于是满山白石都变成了羊，约有数万头。④出都：楚怀王孙心流浪牧羊，项羽请他出来，奉为怀王。⑤跪乳：羔羊跪着吃奶，称"羔羊跪乳"，喻羊知报母恩。《公羊传·庄公二十四年》"腶修云乎"汉何休注："凡贽，天子用鬯，诸侯用玉，卿用羔。羔取其执之不鸣，杀之不号，乳必跪而受之，类死义知礼者也。"⑥汉苏卿：即汉代苏武。他出使西域，被匈奴扣押，在恶劣环境中牧羊19年。苏武尽忠守节，受尽折磨，宁死不屈。

解说

作者文天祥（1236～1283），初名云孙，字天祥；选中贡士后，换以天祥之名，改字履善。吉州庐陵（今江西吉安）人，南宋宝祐四年（1256）中状元后，改字宋瑞，又号浮休道人。因住过文山，人称文文山。他官至丞相，封信国公。临安危急时，他在家乡招集义军，坚决抵抗元兵入侵。后不幸被俘，在拘囚中，大义凛然，终以不屈被害。

这首咏羊的七律，句句都以涉及羊的典故表明与人的关系，最后以苏武的不屈激励自己作结，颇有深意。

李陵台 元·马祖常

故国关河远①,高台日月荒②。
颇闻苏属国③,海上牧羝羊④。

注释

①关河:关隘与河流。《后汉书·荀彧传》:"此实天下之要地,而将军之关河也。"②高台:县名,属甘肃省。汉设县,属酒泉郡。唐为建康军地。明设高台所,以地势高,故名。③苏属国:苏武官称。他出使匈奴,被迫持汉节牧羊十九年,昭帝时归汉,拜为典属国。④海上:苏武牧羊于北海上。羝:牡羊。

解说

作者马祖常(1279~1336),字伯庸,世为雍古部,居靖州天山(今新疆)。他的高祖在金末为凤翔兵马判官,子孙因以马为姓。元统中,任御史中丞等职,后辞官居光州。其诗以写田园生活及酬赠者为多,少数篇对民间疾苦有所反映。散文多碑志之作。

这首五绝,主要吟咏汉代李陵在甘肃的遗迹,为怀古之作。末二句以苏武衬托李陵,一个守节,一个投降,折射出巨大的反差,其言外有不尽之意。

秋羊 元·许有壬

塞上寒风起,庖人急尚供①。
戎盐春玉碎,肥羜压花重②。
肉净燕支透,膏凝琥珀浓③。
年年神御殿,颁馋每霑醲④。

注释

①塞上:边境地区,亦泛指西北长城附近地域,《淮南子·人间训》:"近塞上之人,有善术者,马无故亡而入胡。"庖人:掌握膳食之官。《周礼·天

官·庖人》："掌共六畜、六兽、六禽，辨其名物。"后泛指厨师。②戎盐：即岩盐，因产于戎地，故名。《本草纲目》引陶弘景《名医别录》："戎盐生胡盐山及西羌北地。"羜（zhù）：出生五个月的小羊。③燕支：即胭脂，此处指红色。琥珀：松柏树脂的化石，色黄褐或红褐。可入药，也可制作饰物。④颁馂（jùn）：分吃祭品。《公羊传·昭公二十五年》："吾寡君闻君在外，馂饔未就，敢致糗于从者。"霑（zhān）：润泽，亦作沾。《诗经·小雅·信南山》"既霑既足，生我百谷"。醲（nóng）：酒醋味厚之意，喻御馂的甘美。此字原作"侬"，疑误。何按：作侬亦通，霑即侬每为皇家颁馂的恩泽所霑。

解 说

作者许有壬（1286～1364），字可用，彰德汤阴（今属河南）人。延祐二年（1315）进士及第，授同知辽州事。后历任中书左司员外郎、集贤大学士、枢密副使，中书左丞等职。他善于笔札，文章诗词，在元代堪称"巨手"。

这首五律，本是作者《上京十咏》之一。诗中前两句，指出每年到了秋祭之期，皇家便要求北方地区供应长肥了的黄羊，这就是吟咏秋天祭祀中羊肉祭品的主题。中间两联，刻意形容羊肉制作之精美。尾联则感谢皇廷，年年都要赏赐百官羊肉祭品，那种味道真是好极了。

黄羊 元·许有壬

草美秋先腯①，沙平夜不藏。
解絛文豹健②，脔炙宰夫忙③。
有肉须供蚁，无魂亦似麞④。
少年非好杀，假尔试穿杨⑤。

注 释

①腯（tú）：肥壮。《左传·桓公六年》："吾牲牷肥腯，粢盛丰备，何则不信。"②解絛（tāo）：解开束缚。絛是用丝编织的带子或绳子。文豹：有文彩斑纹的豹，即金钱豹。此处应指猎豹。③脔（luán）：切成小块的肉。炙：烧烤。④供蚁：《庄子·徐无鬼》说："蚁慕羊肉，羊肉膻也。"麞（zhāng）：兽名，即獐子，似鹿而小，无角，黄黑色，雄者有牙出口外，俗称牙麞。⑤穿

杨：谓善射者能穿杨柳之叶。《战国策·西周》："楚有养由基者，善射；去柳叶百步而射之，百发百中。"

解　说

　　这首五律仍是作者《上京十咏》之一，吟咏草原上狩猎野生黄羊之作。首联说秋季草茂羊肥，夜晚出来活动。颔联说以猎犬、猎豹取羊，供厨师烤制。颈联虚说，引有关羊肉的典故。尾联声称猎羊是为了熟悉射技，并非好杀。

题苏武牧羊图　元·杨维桢

未入麒麟阁①，时时望帝乡②。
寄书元有雁，食雪不离羊③。
旄尽风云节④，心悬日月光。
李陵何以别⑤，涕泪满河梁⑥。

注　释

　　①麒麟阁：汉代绘有功臣图像的阁名，在未央宫内，汉武帝所建，一说萧何所建。汉宣帝甘露三年，画功臣霍光、张安世、韩增、赵充国、魏相、丙吉、杜延年、刘德、梁丘贺、萧望之、苏武十一人图像于阁内。②帝乡：指汉朝的京城。③元：同原。有雁：指苏武系书于雁足，而达于朝廷事。食雪：指苏武牧羊北海餐雪事。④旄：旄牛尾。使臣所持之节，用作信物。汉代苏武即持此节。⑤李陵：汉陇西成纪人，字少卿，名将李广之孙。武帝时任骑都尉。天汉二年率步兵五千人击匈奴，战败投降。⑥河梁：河上桥梁。《文选》汉李少卿（陵）与苏武诗之三："携手上河梁，游子暮何之？"后世用为送别之地的代称。

解　说

　　作者杨维桢（1296~1370），字廉夫，号铁崖、东维子，浙江诸暨人。泰定进士，官至建德路总管府推官。晚年居松江。张士诚据浙西，屡召不赴。明太祖召他纂修礼、乐书志，作《老客妇谣》一首以表不仕两朝之意；所修书叙例略定后即请归。长于乐府诗，内容或以史事和神话传说为题材，或取材元末时事,诗学李贺,好驰骋异想,运用奇辞,因其风格奇诡,明初人有"文妖"之讥。善行草书,有劲健之气。

诗题所称苏武(前140~前60),字子卿,杜陵(今陕西西安东南)人。汉武帝天汉元年,以中郎将持节出使匈奴,被扣留。匈奴贵族多次威胁利诱,欲其投降;苏武始终不屈,被徙至北海牧羊十九年,所持节旄尽落。昭帝即位,与匈奴和亲,才得归汉。

这首五律是题画之作,画上为苏武牧羊情境。颔联"食雪不离羊"句,点出图画的核心精神,全诗语句简练,概括力强。

扇尾羊 元·员炎

冯翊春草香芊绵①,柔毛食饱饮苦泉。
卧沙稀肋琼筯细②,带霜小耳春茧圆③。
扇尾一方移种类④,风头万里摇腥膻。
吾生本无食肉相,不烦浼手愁烹煎⑤。

注释

①冯翊:郡名,治所在临晋(今陕西省大荔县),辖境相当今陕西省韩城、黄龙以南,北水、蒲城以东和渭河以北地区。芊绵:草木绵延丛生之状。②琼筯(zhù):玉筷。句言羊肋骨像玉筷子一样纤细。③春茧:形容扇尾羊双耳小而圆、白,如同春天蚕茧。④扇尾:西北草原之羊多为绵羊,毛长尾大,非常蓬松,形同团扇,故称扇尾。⑤浼(měi):污染。

解说

作者员炎,字善卿,卫州(今河南汲县)人。

这首七言古风诗,生动地描写了扇尾羊的外形和习性。扇尾羊是尾形似扇的一种羊。末二句是作者自我调侃,说自己命里不该吃肉,所以不怕烹制羊肉时弄脏了手。这句话有些像现代人常说的:不干具体工作,也就不会犯错误。诗的本意,实为抒发平生不得意之心态。

牧羊儿土鼓 明·朱元璋

群羊朝牧遍山坡，松下常吟乐道歌①。
土鼓桴时山鬼听②，石泉濯处涧鸥和。
金华谁识仙机密③，兰渚何知道术多④。
岁久市中终得信，叱羊洞口白云过⑤。

注释

①乐道歌：唐代僧人道吾所撰。见《景德传灯录》卷三十。道吾平时喜好披役执简，击鼓吹笛，歌中有"乐道山僧纵性多，天回地转任从他"之句。②土鼓：古乐器，用瓦做框，以皮革蒙两面敲打合乐。桴：击鼓杖。屈原《九歌·国殇》："霾两轮兮絷四马，援玉桴兮击鸣鼓。"③金华：山名，在浙江金华市北，道家传为赤松子得道处，仙人皇初平亦修道于此。④兰渚：在浙江省绍兴市西南。⑤叱羊洞：皇初平遗迹。魏晋时传说故事，有皇初平牧羊，跟着道士走进金华山石洞。他的哥哥寻来，只见白石，不见有羊。初平对石叫了一声："羊起！"周围的石头，都起而变成羊。

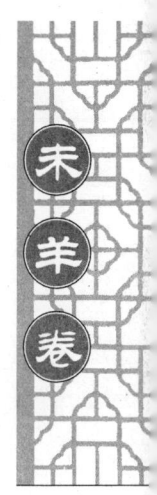

解说

作者朱元璋（1328～1396），即明太祖。幼名重八，又名兴宗，字国瑞，濠州钟离（今安徽凤阳东）人。出身贫农，少时在皇觉寺为僧。元至正十二年（1352）参加郭子兴部红巾军，韩林儿称帝时任左副元帅。龙凤二年（1356）攻下集庆，称吴国公，废除一些元代苛政，命诸将屯田。后接受朱升"高筑墙，广积粮，缓称王"的建议，壮大了自己的军力。随后击败陈友谅，称吴王。龙凤十三年消灭张士诚的割据势力，出军北上，攻克大都（今北京），推翻元朝统治。建都南京，年号洪武，以后逐步统一全国。

这首七律主要吟咏南方牧羊者所唱山歌，具有平民风格，与历史上的帝王之作大不相同。诗中叙说牧羊儿打着土鼓，唱的内容围绕着神仙传说，连鸥鸟鸣声也随之相和。真是太平人间一派和平景象。

次韵王敏文待制燕京杂咏 明·僧来复

秋满龙沙草已霜①,射雕风急朔云长②。
内宫连日无宣唤③,猎取黄羊进尚方④。

注 释

①龙沙:从待制燕京看,当指今河北喜峰口外卢龙山后的大漠。唐徐晶《阮公体》诗:"秦王按剑怒,发卒戍龙沙。"《资治通鉴·后汉(五代刘汉)高祖天福十二年》:"赵延寿恨契丹主负约,谓人曰:'我不复入龙沙矣。'"胡三省注:"卢龙山后即大漠,故谓之龙沙。"草已霜:草已白,见前白草注。②射雕:称誉善射。《史记·李将军列传》:"中贵人将骑数十纵,见匈奴三人,与战,三人还射,伤中贵人,杀其骑且尽。中贵人走广,广曰:'是必射雕者也。'"裴骃集解引文颖曰:"雕,鸟也,故使善射者射也。"朔云:朔方之云,北方之云气。唐宋璟《奉和圣制送张说巡边》:"德风边草偃,胜气朔云平。"③内宫:一般帝王六宫。《周礼·天官·内宰》:"会内宫之财用。"郑玄注:"计夫人以下所用财。"贾公彦疏:"以其云内宫,是总六宫之内所有财用皆会计之。"④黄羊:野生羊之一。毛黄白色,腹下带黄色,故名。生活在草原及沙漠地带。明李时珍《本草纲目·兽一·黄羊》:"黄羊出关西、西番及桂林诸处。有四种,状与羊同,但低小细肋。腹下带黄色,角似羖羊。喜卧沙地,生沙漠。"尚方:古代制办和掌管宫廷饮食器物的官署。

解 说

来复为明初诗僧,原籍印度。曾西游成都大慈寺。传其诗中有"殊域及自惭"等语,朱元璋以为来复"殊"字为骂他为"歹朱",致来复于死。一说其涉蓝玉案,因被诛死。即使蓝案,亦何尝不是朱元璋制造之冤案。

这首七绝是僧人之作,所谓"次韵",是古人和诗的一种格式,又叫步韵,要求作者所和的诗用原韵原字,其先后次序也与被和的诗相同,是和诗中限制最严格的一种。"待制"是官职名。王敏文其人不详。"燕京"为北京的别称。"杂咏"谓随事吟咏,常用作诗题。

此诗描述宫廷中猎杀黄羊来准备制膳之事,作为佛教徒,诗中实有言外之悲。

(何焱林补注)

赵王孙墨羊图　明·偶桓

王孙长忆使乌桓①,因念苏卿牧雪寒②。
落尽节旄无复见③,写生传得两羝看④。

注释

①乌桓:古代北方民族之一,亦作乌丸,原为东胡部落联盟中的一支。②苏卿:指苏武。③节旄:旌节上所缀的牦牛尾饰物。④羝:公羊。

解说

作者偶桓,明太仓(今属江苏)人,字武孟,号海翁,因眇一目,又自号瞎牛。洪武二十四年(1391)举为崇安从事,授广西桂林河泊大使。永乐年间为荆门州吏目。

这首七绝是题画之作,画面上是画家赵王孙绘画的两只墨羊。本来单纯的羊图,不太好铺叙,作者就抓住苏武牧羊这一典故,来做文章。说画家因为苏武的节旄已经找不到了,所以画了两只羊象征其事。

恭题灵羊图(并序)　明·谢承举

宣宗御笔也①。羊图三头,坡下一犬,有欲搏之状;而羊意驯扰;感赋长句。

塞上春深草初绿,黄河套边堪放牧。何来羌羚携乳畜②,旁有韩卢将搏逐③。群羚不奔且不惊,辎车无影鸾无声④。持旄已归苏子卿,挟册未见皇初平⑤。羊何安闲卢何猛,以静制动清边境。我皇执笔发深儆,意在雍和化强梗。是时贤相惟三杨⑥,升平辅理称虞唐。九重优游翰墨场,天与人文垂四方。

注释

①宣宗：明宣宗朱瞻基（1398~1435），仁宗朱高炽长子，仁宗病故后继位，在其治下，明朝达于极盛。永乐九年（1411）立为皇太孙；二十二年（1424）仁宗即位后，立为皇太子。②羌羚：指北方所产羚羊，状似山羊而大，四肢细长有力，雌雄皆有角，短小圆锐，其肉、肺、胆、鼻皆可入药，其角尤为珍贵。③韩卢：古代善跑的名犬。《战国策·齐策三》"韩子卢者，天下之疾犬也。"④辀（yóu）车：古代一种轻便的车；后常作使者的乘车。鸾：马镳上之铃称鸾铃。⑤旄：使臣所持之节，用作信物。苏子卿：苏武的字。皇初平：东晋金华丹溪（今金华兰溪）人，修道成仙。有"叱石成羊"的传说故事。⑥三杨：指明代中期贤相杨士奇、杨荣、杨溥，形成"仁宣之治"。英宗即位初年，三杨共佐朝政，多所扶正。

解说

作者谢承举（1488~1566），字子象，自号野全子；人称髯九翁。初名浚，字文卿。上元（今南京）人。累十举不第，退耕国门之南。工诗和书法。所咏灵羊，即羚羊。

这首题画的古风，首先交代画面上是明宣宗朱瞻基（1398~1435）所绘的三只羚羊，坡下有一猎犬，想要冲去搏击，但羚羊却毫不畏惧。诗中前段即描写画意，后段则歌颂宣宗作品的深刻内涵。那时有三位贤相辅政，天下太平，因此皇帝也有闲心作画。恭题灵羊图画，为歌颂明君遇贤相，开创太平盛世之作。

泰西画人物田舍一幅自蜀携来十余年矣重加装潢以诗志之

清·杨垕

横得二尺纵一尺，树里人家好风日。乔木拔地云苍茫，篱落两围中牛羊。草木辨色如篱长，牛羊隐见罗低昂。屋北似是打稻场，桑梯不取倚坏仓。谁其牧者三河羌①，前顾后侣归不忙。此中虽乐非吾乡！卧龙山下春射猎，父手射鹿饮鹿血。父膝坐我指我尝②，父今黄泉母白发。南迁得授灌乡田，力田孝弟身手闲。丈夫躬耕岂足耻，我有天子怜饥寒。

注释

①三河羌：泛指外族。《汉书·西羌传》载：羌人无弋爰剑，秦厉公时为秦所拘执，后来逃到三河（黄河、锡支河、湟河）地，三河羌人推举爰剑为王。②父膝坐我：父亲把我抱坐在他膝上。

解说

作者杨垕（hòu）（1732~1766），字子载，号耻夫，江西南昌人。乾隆十八年（1753）拔贡生。九岁即以诗名，其诗清超深浑，自成一家；新乐府诸作，尤独出冠时。

这首古风是题画之作。所谓"泰西画"，应是西洋画派的油画，横宽倍于纵长。画面上完全是田园风光，图中羊群正进入篱落，放牧人也在陆续归来。诗的前段着力描写画境，然后笔锋一转，谈到画境虽美，却非我的故乡。接着就在后段回忆儿时故乡的情景，想到父亲带他去山中猎鹿，抱着他尝鹿血的味道。现在父亲已不在人世，母亲也白发满头，自己在灌县种田，每天在田园画面中生活。诗虽止笔，而情犹未断。

同顾备九彭晋函姚姬传朱竹君陈伯恩仲恩游三巍庵看菊花归于伯恩处小饮

清·贾虞龙

天高寒云轻，日瘦秋气老。驱车出郭门，枯槐夹古道。细雨湿征鞍，风来飒然好。偃仰群牛羊，累累藉衰草①。霜凌百物残，兹游苦不早。爽垲亦足乐②，何用怨枯槁。

注释

①偃仰：即俯仰。群：作动词解，群集。藉（jiè）：铺陈。②爽垲（kǎi）：高爽干燥之地。

解说

作者贾虞龙，字舜臣，号云城，汉军旗人。乾隆十八年（1753）举人。

这首五言古风，是作者在秋季同诸友郊游赏菊记游之作。诗的前段主要描述郊外秋景，羊群在衰草之间出没，呈现一派万象凋零景象，说明大家出游，时节太晚了。其中寓意，比较明显。但末尾话头一转，虽然金秋草木枯槁，但气候却很干爽，在苦闷中仍然存在着美好的希望。

高士裘（并序） 清·李宪噩

李五星苦寒坚卧，其友五熙甫、单子庸为制羊裘，强起游眺。余闻其事，作《高士裘》。

洛阳城中三日雪，袁生冻卧僵欲折①。俗令不惜故人怜，囊底尚有佣书钱②。持向东市得老羖，韦以大布宽于旃③。由来朱紫轻毳褐④，此裘著敝誓不脱。千金狐腋裹膻腥，羊若有知死胜活。从此柴门昼不关，城西积素辉连山⑤。耻向泽中钓时誉，独揽登高吟晓寒。幸语高士卫尔冰霜骨，慎莫负薪傲炎月。

注释

①袁生：指汉代袁安。《后汉书·袁安传》载：袁安未达之时，洛阳大雪，人多出乞食，安独僵卧不起，洛阳令按行到他家门，见而贤之，举为孝廉。②俗令：指汉代洛阳县令。佣书钱：卖文卖字所得。《后汉书·班超传》："家贫，常为官佣书以供养。"梁任昉《为萧扬州荐士表》："既笔耕为养，亦佣书成学。"③羖（gǔ）：黑色的公羊。韦：包装。旃（zhān）：赤色的曲柄旗，亦同"毡"。④朱紫：指高官。毳（cuì）褐：毛织的僧衣。唐赵璘《因话录》卷五："有士人退朝，诣其友生，见衲衣道人在坐，不怿而去。他日，谓友生曰：'公好衣毳褐之夫，何也？吾不知其贤愚，且觉其臭。'友生应曰：'毳褐之臭，外也，愈于今之朱紫远矣。'"⑤素辉：积雪的光辉。

解说

作者李宪噩，字怀民，以字行。号十桐，山东高密人。诸生。有《十桐草堂诗集》。

这首古风，主要描述寒士李五星缺乏御寒衣物，于是几个文友凑钱，帮他缝制一件羊皮裘衣,让他能在严冬季节能够出门游赏。诗的开头引用汉代袁安典故,就十分帖切。前段重点叙述诸友为寒士做羊皮裘之事。中段说那些达官贵人,看不起羊皮,而要讲究穿昂贵而轻巧的狐皮;但我们这些寒门高士,却认为狐皮裹着妖秽之气,羊皮倒更加高尚。后段主要鼓励受赠的友人,保持住高尚的风节。全诗紧凑完整,句句中肯。

偕秋原刺史游香岩寺晚宿李官桥　清·黎承忠

虽探香岩奇,未历白崖妙。远瀑散惊响,长林霭余照。入冬石骨青,向晚江云烧。人家背岭居,炊烟出屋箾①。牛羊见墟里,鸡豚聚古庙。憩访野人名,归屏长官导②。眷兹畎亩间③,慨予行役劳。沽酒慰尘踪,濯缨聊强笑④。

注释

①箾(xiāo):较细的竹子。同"筱"。②屏(bǐng):免除。长官导:古代做官者出行时的仪仗队。③眷兹:眷念这个。畎(quǎn)亩:农田。④濯缨:比喻操守高洁。《孟子·离娄上》:"沧浪之水清兮,可以濯我缨。"

解说

作者黎承忠,字献臣,号喟园,福建长汀人。秋原刺史未详何人。

这首五言古风,虽是一般纪游之作,但风格独特,每联皆作对偶句,比较完整。全诗大部写景,所描写初冬的郊野景色,皆历历如绘。末尾虽仍说在外寄宿,却以濯缨古语作结,使诗的意境跃进一层,卒章显志。

用俞甥调卿韵纪在朝时除夕元旦故事亦西京岁华之例也　清·翁同龢

赐貂温厚服章身,捆酒甘芳饮几巡①。
祀灶黄羊肥似马②,堆盘白面细如尘。

荷囊预卜丰年谷，鹓序先推帝室姻③。

手捧御书春帖子，凤城留钥待归人④。

注释

①赐貂：皇帝赏赐大臣貂皮。《清稗类钞·恩遇类》："冬至赐貂，唐例也，国朝亦仿行之。南书房、如意馆、升平署供奉诸人，各得数张不等。""赐荷包镫盏诸物岁暮，诸王公大臣皆有赐予，御前王大臣所赐，为岁岁平安荷包一，镫盏数对，及福橘、广柑、辽东鹿尾猪鱼诸珍物；外廷大臣亦间有赐荷包一者，皆佩于貂裘衿领间，泥首宫门，以谢宠眷。"服章：古代表示官阶身份高低的服饰。挏（dòng）酒：一种特制的酒。《说文》："挏，拥也。汉有挏马官，作马酒。"《汉书·礼乐志》："给大官挏马酒。"颜师古注引李奇说："以马乳为酒，撞挏乃成也。"②祀灶：祭祀灶神，古代五祀之一，古多在夏月，唐宋以来则为腊祭。宋范成大《腊月村田乐府》诗序："腊月二十四夜祀灶，其说谓灶神翌日朝天，白一岁事，故前期祷之。"③荷囊：即荷包。清汪汲《事物原会》："晋《舆服志》：文武皆有囊缀绶，八座尚书则荷紫。乃负荷之荷，非荷渠也。"鹓序：朝官站立的次序。④御书：皇帝写的字。春帖子：立春日在宫中门帐上书写粘贴有吉祥语句的红纸帖子。凤城：指皇宫地域。留钥：意指掌管机密。

解说

作者翁同龢（1830～1904），字声甫，号叔平，晚号瓶庐，又号松禅，江苏常熟人。咸丰六年（1856）一甲一名进士，授修撰，官至户部尚书、协办大学士。谥文恭。题中俞调卿，即俞钟銮，字子樛，一字调卿，又字尚渔，号渔隐。国子监典籍，詹事府行走主簿，五品衔，赏戴蓝翎。光绪七年（1881）与庞鸿书等人都谒选。此诗即用其韵。

这是一首吟咏在皇家过春节情况的七律，语句精工，词意流畅。颔联中的黄羊，是草原上狩猎得来的野羊，皇家专门用以祭灶。全诗充满了朝廷命官的趾高气扬情调，尤其是尾联，手里捧着皇帝亲笔书写的春联，身上带着皇宫大门的钥匙，大摇大摆地回府，好不洋洋得意！

古代涉羊词曲

番禺调笑·羊仙 宋·洪适

盖闻五岭分疆①,说番禺之大府②;一尊属客,见南伯之高情③。摭遗事于前闻④,度新词而屡舞。宫商递奏,调笑入场。

黄木湾头声哄然,碧云深处起非烟。骑羊执穗衣分锦,快睹浮空五列仙⑤。腾空昔日持铜虎,嘉瑞能名灼前古。羽人叱石会重来⑥;治行于今最南土。

南土贤铜虎,黄木湾头腾好语。骑羊执穗神仙五,拭目摩肩争睹。无双治行今犹古,嘉瑞流传乐府。

注释

①五岭:指大庾岭、骑田岭、都庞岭、萌渚岭、越城岭,或称南岭,横亘在江西、湖南、两广之间。②番禺:古广州名。③尊:同樽。南伯:南边方伯,对州郡守之尊称。④摭(zhí):拾取。⑤五列仙:古代番禺传说中的五个仙人,他们分别骑着五种不同颜色的羊,手持一根谷穗,来到此地。至今广州仍有五羊城之名简称穗。⑥羽人:有翅膀能飞的仙人。叱(chì)石:古仙人皇初平故事,他对山上岩石叫唤,石头全部变化成羊。

解说

作者洪适（kuò）（1117～1184），字景伯，号盘洲。初名造，字温伯，一字景温。鄱阳（今属江西）人。与弟遵、迈皆知名于时。历知徽州，提举江东路常平茶盐，总领淮东军马钱粮。孝宗隆兴二年（1164），召为太常少卿兼权直学士院，寻除中书舍人，为贺生辰使使金。乾道元年（1165），迁翰林学士，累迁尚书右仆射、同中书门下平章事兼枢密使。次年，提举太平兴国宫，寻起知绍兴府，未几再奉祠。

关于羊仙的传说，广州地方资料中记载很多。《方舆胜览·广州路》、《太平御览》引《南越志》：秦汉任嚣、尉佗之时，因楚国当时有羊五色，乃以为瑞，因而画图于府厅（番禺）。《续南越志》说：有五仙人乘五色羊，执六穗秬而至，今番禺呼为五羊城是也。元《混一方舆胜览》引《寰宇记》：昔高固为楚相，有五仙人骑五色羊，各持谷穗一茎以遗州人，腾空而去。钱易《南部新书》说：旧志：晋吴修（应为吴曾）为广州刺史，未至州，有五仙人骑五色羊，负五谷而来。今州厅梁上画五仙人骑五色羊为瑞。故广南谓之五羊城。《广州记》云：六国时，广州属楚，高固为楚相，五羊衔谷至其庭，以为瑞，因以五羊名其地。郑熊《番禺杂记》云：广州昔有五仙骑羊而至，遂名五羊。《广东新语》云：周夷王时，南海有五仙人，衣各一色，所骑羊亦各一色，来集楚庭，各以谷穗一茎六出，留与州人。且祝曰："愿此阛阓，永无荒饥。"言毕，腾空而去，羊化为石。今坡山有五仙观，祀五仙人，少者居中，持粳稻；老者居左右，持黍稷；皆古衣冠。像下有石羊五，有蹲者，有立者，有角形微弯，势若抵触者，大小相交，毛质斑驳。观者——摩挲，手迹莹然。诸番往往膜拜之，薰以沉水，有烟气自窍穴中出，若石津润而生云也。又云：广州曰五仙城，城中坡山今有五仙观。春秋粤人祈谷，以此方谷为五仙所遗，一仙遗一谷，谷有五，故为五仙；而五仙当年复有丰年之祝，故皆称为五谷之神。州厅之绘，以重谷也；城名五仙，亦重谷也。

这两段以古代番禺羊仙传说为主题的词语，属于宋代"乐语"。乐语是一种集文学、音乐、舞蹈于一体的文艺形式，又称"声诗"，其形态与七律相近，略有变化。表演方式或念或咏，且舞且唱，非常大众化。这里所录乐语，主标题是"番禺调笑"，表明在讲广州的民间故事，内容分许多章，此处摘录其开始两章。所录前章题为"羊仙"，头4句近似平韵七绝，下面4句转成仄韵七言诗。后章则近似杂言诗，开头"南土"二字，似承前段煞尾之句，又可作此章的标题。两章皆以五仙骑羊执穗为歌颂对象。

水调歌头·题斗南楼和刘朔斋韵 宋·李公昴

万顷黄湾口①，千仞白云头②。一亭收拾③，便觉炎海豁清秋。潮候朝昏来去④，山色雨晴浓淡，天末送双眸。绝域远烟外，高浪舞连艘。　　风景别，胜滕阁，压黄楼⑤。胡床老子，醉挥珠玉落南州⑥。稳驾大鹏八极，叱起仙羊五石⑦，飞佩过丹丘⑧。一笑人间世，机动早惊鸥。

注　释

①黄湾：即韩愈《南海神庙碑》"扶胥之口，黄木之湾"之黄木湾，位于广州东郊黄埔，是珠江口一个漏斗状深水港湾。②白云：广州城北之白云山。③一亭：十分之一，或指一部分。④潮候：潮来潮退时候。朝昏：早晨黄昏。⑤滕阁、黄楼：名胜滕王阁和黄鹤楼的简称。⑥胡床，亦称交床、交椅、绳床，古时可以折叠的轻便坐具。老子：作者自称。珠玉：指刘朔斋醉中所写词如珠圆玉润，洒落南州。⑦仙羊五石：这里将番禺五仙骑羊和皇初平叱石成羊两则神话，综合在一起。⑧丹丘：仙人居处。惊鸥：用鸥鹭忘机典，《列子·黄帝》："海上之人有好沤鸟者，每旦之海上，从沤鸟游，沤鸟之至者百住而不止。其父曰：'吾闻沤鸟皆从汝游，汝取来，吾玩之。'明日之海上，沤鸟舞而不下也。"人无机诈之心，鸥鹭可近；机心一动，则鸥鹭不亲。沤鸟即鸥鸟。

解　说

作者李公昴生平事迹不详。词牌"水调歌头"，又名"元会曲""凯歌""台城游"。上下片，九十五字，各四平韵。相传隋炀帝开汴河时曾制《水调歌》，唐人演为大曲，"歌头"为中序的第一章，故由此得名。

《水调歌头》为词牌名。题中斗南楼原址在广州府治后城上，始建于宋徽宗建中靖国年间。其特色是在此地观海山之景，别具情致。所称刘朔斋名震孙,字长卿,蜀人。曾任礼部侍郎、中书舍人。

　　这首词是歌咏江边楼台之作。上片以描写景色为主;下片则转而抒发感慨。引入与羊有关的神话传说,用以衬托避世归隐、向往仙境的情绪。

(何焱林补注)

水调歌头·送王景文　宋·李处全

　　上马趣携酒,送客古朱方①。秋风斜日山际,低草见牛羊。酩酊不知更漏②,但见横江白露,清映月如霜。平睨广寒殿,谁说路歧长。　　醉还醒,时起舞,念吾乡。江山尔尔,回首千载几兴亡。一笑书生事业,谁信管城居士,不换碧油幢③。好在中泠水,击楫奏伊凉④。

注释

　　①趣:促使。朱方:春秋时吴国地名。治所在今江苏省丹徒县东南。②酩酊(mǐng dǐng):形容醉得很厉害。更漏:古代用滴漏方法的计时器。因夜间凭漏壶表示的时刻报更,故名。③管城居士:使用毛笔的人,即作者自谓。唐代韩愈《毛颖传》说毛笔被封在管城,称为"管城子"。碧油幢(zhuàng):青绿色的油布车帷。唐以后御史及其他大臣多用,因而成为地位的一种代称。④中泠水:即中泠泉,位于镇江金山寺。唐代茶圣陆羽评定"天下六大名泉"时,中泠泉列为第一。楫:船桨。击楫即划船。伊凉:指《伊州》《凉州》二曲。

解说

　　作者李处全(1174年前后在世),字粹伯。淳熙年间官侍御史。工词。

　　这是一首送别的词,上片主要描写景物,讲主客都喝得醉醺醺的,以酒解分别时彼此的愁绪,勉励对方,"谁说路歧长"。羊的形象,即出现在渡头低草之间。下片则书写情志,安慰友人,只要毛笔还在,就会有碧油幢的待遇的。

朝中措·崇福寺道中归寄佑之弟 宋·辛弃疾

篮舆袅袅①,破重网,玉笛两红妆②。这里都愁酒尽,那边正和诗忙。　为谁醉倒,为谁归去?都莫思量!白水东边篱落,斜阳欲下牛羊。

注释

①篮舆:古时供人乘坐的竹制交通工具,用两根长竹杠支撑,乘客可躺可坐。由人力抬着行走,类似后世的轿子;尤类川中之滑竿。袅袅(niǎo):轿子闪动的样子。②重网:层层罗网,指人生苦闷。两红妆:两个解闷的歌女。

解说

作者辛弃疾(1140～1207),字幼安,号稼轩,历城(今山东济南)人。二十一岁即参加抗金义军,不久归南宋,历任湖北、江西、湖南、福建、浙东安抚使等职。积极招集流亡,训练军队,奖励耕战,安定民生。他一生坚决主张抗金,收复失地,是南宋爱国词人。

词牌《朝中措》,旧名照江梅、芙蓉曲。入黄钟宫,双调四十八字,前片三平韵,后片两平韵。

这首词是寄友抒情之作。上片说近来情况,下片说内心活动。末二句从言慨忽然转入景色的描述,时已黄昏,篱笆旁边,羊群将要归来,明写景,实寓怀才不遇、英雄落寞,显然有不尽之寓意。

归朝欢·题晋臣敷文积翠岩 宋·辛弃疾

我笑共工缘底怒①?触断峨峨天一柱。补天又笑女娲忙,却将此石投闲处。野烟荒草路;先生柱杖来看汝。倚苍苔,摩挲试问,千古几风雨。　长被儿童敲火苦②,时有牛羊磨角去。霍然千丈翠岩屏,锵然一滴甘泉乳。结亭三四五;曾相暖热携歌舞。细思量,

古来寒士，不遇有时遇。

注释

①共工：远古部落首领，有用头撞折天柱的神话。《淮南子·天文训》："昔者共工与颛顼争为帝，怒而触不周之山，天柱折、地维绝，天倾西北，故日月星辰移焉；地不满东南，故水潦尘埃归焉。"女娲：远古母系氏族社会首领，有炼石补天的神话。《淮南子·览冥训》："女娲炼五色石以补苍天，断鳌足以立四极，杀黑龙以济冀州，积芦灰以止淫水。"②敲火：古代用燧石取火的方式。

解说

词牌归朝欢，双调，104字，前后段各九句，六仄韵。上下片平仄格式相同。

这首词以岩石为题，围绕石头展开描述。上片前4句引用共工、女娲故事，戏说从那时就留下这块岩石。下面几句，描写作者观赏此石。下片的开头，巧用两件事物，戏说石头的烦恼：一件是儿童常常敲打石头来取火，另一件是牛羊常常在石头上磨角。下面几句又宕开来，提出这么翠丽的岩石，完全可以发掘泉眼，可以建设亭台，让寒士们在此享受生活。末句点题，以石喻人，寒士自况，作者仍怀有朝一日报效朝廷的愿望。

山坡羊　元·陈草庵

尧民堪讶，朱陈婚嫁①；柴门斜搭葫芦架。沸池蛙，噪林鸦；牧笛声里牛羊下，茅舍竹篱三两家。民，田种多；官，差税寡。

注释

①朱陈：古代徐州丰县有个村子，唯有朱陈两姓，世世互为婚姻，成为佳话。因此后来人们结婚常称"喜结朱陈"。

解说

作者陈草庵（1245~?），名英，字彦卿，号草庵。析津（今北京西南）人。人称"陈草庵中丞"。

曲牌山坡羊，北曲中吕宫、南曲商调都有。南曲较常用，大抵是十二句，常用作小令。这首曲子主要写农民生活，羊群在傍晚时分，随着牧笛之声慢慢归来，画出桃花源式的理想境界。

【般涉调】哨遍·羊诉冤 元·曾瑞

十二宫分了巳未①，禀乾坤二气成形质。颜色异，种多般，本性善群兽难及。向塞北，李陵台畔，苏武坡前，嚼卧夕阳外，趁满目无穷草地。散一川平野，走四塞荒陂。驭车善致晋侯欢，拂石能逃左慈危②。舍命于家，就死成仁，杀身报国。

【幺】告朔何疑，代衅钟偏称宣王意③。享天地，济民饥，据云山，水陆无敌。尽之矣，駞蹄熊掌，鹿脯獐犯④，比我都无滋味。折莫烹炮煮煎膘蒸炙⑤，便盐淹将豉，醋拌糟焙。肉麋肌鲊可为珍，莼菜鲈鱼有何奇，于四时中无不相宜。

【耍孩儿】从黑河边赶我到东吴内，我也则望前程万里。想道是物离乡贵有些峥嵘⑥，撞着个主人翁少东没西。无料喂把肠胃都抛做粪，无水饮将脂膏尽化做尿。便似养虎豹牢监系，从朝至暮，坐守行随。

【幺】见一日八十番觑我膘脂，除我柯杖外别有甚的？许下浙江等处恶神祇，又请过在城新旧相知。待赍与老火者残岁里呈高戏，要雇与小子弟新年中扮社直⑦。穷养的无巴避，待准折舞裙歌扇，要打摸暖帽春衣。

【一煞】把我蹄指甲要舒做晃窗，头上角要锯做解锥，瞅着颔下须紧要栓挝笔。待生挦我毛裔铺毡袜，待活剥我监儿踏碏皮⑧。眼见的难回避，多应早晚，不保朝夕。

【二】火里赤磨了快刀，忙古歹烧下热水⑨，若客都来抵九千鸿门会。先许下神鬼颩了前脯⑩，再请下相知揣了后腿。围我在垓心内，便休想一刀两段，必然是万剐凌迟。

【尾】我如今刺搭着两个蔫耳朵，滴溜着一条麄硬腿⑪。我便似蝙蝠臀内精精地，要祭赛的穷神下的呵吃。

注释

①十二宫：即地支，巳和未皆属其中，羊居未宫。又太阳与月亮沿黄道运行一周，每年会合十二次，每次会合都有一定部位，分黄道周天三百六十度为十二段，每段三十度，称十二宫。名为：降娄，大梁，实沉，鹑首，鹑火，鹑尾，寿星，大火，析木，星纪，玄枵等。亦名为：白羊，金牛，阴阳（一作双子），巨蟹，狮子，双女（一作室女），天秤，天蝎，人马，磨羯，宝瓶，双鱼。②晋侯：指乘坐羊车的晋武帝。《晋书·胡贵嫔传》称：晋武帝多内宠，"平吴后，复纳吴王孙皓宫人数千，自此掖庭殆将万人，而并宠者甚众，帝莫知所适，常乘羊车，恣其所之"。左慈：东汉末年方士。曹操想杀他，就混入羊群变化成羊。《后汉书·方术列传》："逢（左）慈于阳城山头，因复逐之，遂入走羊群。（曹）操知不可得，乃令就羊中告之曰：'不复相杀，本试君术耳。'忽有一老羝屈前两膝，人立而言曰：'遽如许。'即竟往赴之。而群羊数百皆变为羝，并屈前膝人立，云'遽如许'，遂莫知所取焉。"③告朔：周制，天子于每年季冬把第二年的历书颁发给诸侯，叫"告朔"。《周礼·春官·大史》："颁告朔于邦国。"郑玄注："天子颁朔于诸侯，诸侯藏之祖庙，至朔朝于庙，告而受之。郑司农云：'……以十二月朔，布告天下诸侯。'"此用《论语·八佾》"子贡欲去告朔之饩羊"之典。衅钟：古代仪式，用兽血涂铜钟。宣王：即春秋时齐宣王，不忍杀牛衅钟，改用一羊，见《孟子·梁惠王》。④驼：即驼，骆驼。豝（bā）：母猪。⑤折莫：不论。⑥峥嵘：稀奇。⑦老火者：寺庙中杂工。子弟：伶人，演员。社直：社火中的扮演者。社火是村社中迎神所演的戏。⑧监儿：坐牢者。踮（diàn）：践踏。踮同"垫"。⑨火里赤：蒙语厨师。忙古歹：蒙语小番。⑩彪（biāo）：挥打。彪亦有斜眼看义，相当于瞟，瞟上了，即看上了。⑪蔫（niān）：枯萎。麄（cū）：同"粗"。

解说

作者曾瑞（？～约1330），字瑞卿，自号褐夫。大兴（今属北京）人。因喜江浙人才风物而移家南方；由于志不屈物，不解趋附奉承，终身不仕，优游市井。善绘画，能作隐语小曲。

元曲与音乐密不可分,"般涉调"是音乐中的调,"哨遍"是套曲中头一个曲牌,是音乐中的谱。元曲中分宫调,是音乐的各种调式,宫调不同,音调就不同。六音乘以十二律,得到七十二调。燕乐只用其中二十八调,因为燕乐以琵琶定音律,而琵琶只有四根弦,就是四个律;般涉调即为其中之一。曲牌,俗称牌子,和词牌一样,是曲的音乐谱式。"耍孩儿"是又一个曲牌。"幺",又称幺篇,北曲中一个曲牌被反复运用,一般从第二曲起就称为幺篇。"煞"即煞尾,是北曲套数中最后的一支或数支曲子。

这里所录,是作者精心创作的套曲,将羊拟人化,诉说自己的冤屈,委婉生动。哨遍首段,引用有关羊的典故;后段讲羊肉的味道。耍孩儿两段,诉说羊受到的待遇,辛苦备尝。煞尾三段,则讲羊被屠杀之惨。全曲前后呼应,语言夸张谐谑,而富有深刻寓意。

陶学士醉写风光好 元·戴善甫

【牧羊关】

我等驷马车为把定物①,五花诰是撞门羊②。你明日北去人千里,早变做南柯梦一场③!

注释

①把定物:一作把定,男女婚前下定礼,送信物。亦指定礼,信物。金董解元《西厢记诸宫调》卷二:"不须把定,这七弦琴便是大媒人。"②五花诰:朝廷册封的文书。因以五色金花绫纸制成,故称。撞门羊:旧时婚礼迎娶时男家所送之羊。亦借指迎亲礼物。③南柯梦:唐李公佐作《南柯太守传》,述淳于棼梦至大槐安国,娶公主,封南柯郡太守,显赫一时。后率师出征战败,公主亦死,遭国王疑忌,被遣归。醒后,在庭前槐树下掘得蚁穴,即梦中之槐安国。南柯郡为槐树南枝下另一蚁穴。后常以南柯梦指世事如梦,荣华富贵,不过太虚幻景,不过过眼云烟。

解说

作者戴善甫,一作戴善夫,真定(今河北正定县)人。曾任江浙行省务官。

这里节录涉及羊的元曲一段，取自作者所撰杂剧《陶学士醉写风光好》。此为本剧第二折摘句。这一杂剧体例上亦有特色。全剧四折，没有楔子，这在元杂剧中极为少见。其曲文清新华艳，言封建社会婚姻不幸。虽多用典，然不见痕迹。

雁门关存孝打虎 元·无名氏

（正末上①，云）自家安敬思的便是，在这雁门关居住，与这邓大户家牧羊度日。我想来，学成十八般武艺。几时是峥嵘发达的时节也呵！

【梁州②】比似我守辛勤放羊北海，几时得逞英雄射虎南山③。眼前光景成虚幻。怕的是雁门月冷，紫塞风寒④；黄沙漠漠，衰草班班。几般儿生熬的人皓首苍颜，消磨尽义胆忠肝。用功劳如韩信周勃，施妙策如张良谢安。呀，呀，呀！逞英堆似乐毅田单。枉将人等闲，小看。便有那吐虹霓志气冲霄汉，命不济枉长叹。每日价相伴着沙陀老契丹⑤，受了些摧残。

（去）我把这羊赶在山坡崖下，有水有草去处，着他吃些，我在这盘陀石上，盹睡，盹睡，看有甚么人来。（正末盹睡科）

（李克用⑥领众将上）（布围场科）

（李克用云）周德威摆开人马。快布围场不要走了獐麂野鹿⑦，虎豹豺狼。

（卒子云）理会的。（扮虎上，冲科）

（李克用云）围场中赶过甚么去了？

（周德威云）赶过牛来大一个大虫，跳过山涧去了。

（李克用云）呀。那盘陀石上，睡着一个年纪小的后生。则怕那毒虫伤害了那小的性命，叫他起来。

（卒子叫云）兀那放羊的后生，虎咬了羊也。

（正末做醒科，云）今日不见了羊，明日也不见了羊，俺主人

家邓大户家,则说我卖了羊,原来是你这泼毛团吃了这羊,好无理也。(唱)

【隔尾】我则见八而威的猛兽偎深涧,他可早一跳身番飞过浅山,把我这贪水食的群羊尽哄散。这厮将咱恼犯。我这里将皮袭紧拴,大踏步望前舍死的赶。

(李克用云)周德威,我从见日月交食⑧,不曾丸这个好争斗的后生,见了那大虫,无些儿害怕。你和他说,他敢打这虎,我与他筛锣擂鼓,呐喊摇旗,助着威风,你可打这毒虫。

(周德威云)兀那放羊的后生,俺元帅说来,你敢打那大虫,俺与你筛锣擂鼓,呐喊摇旗,助着威风,你打那大虫。

(正末打死虎科)

(李克用云)周德威,你看那牧羊的后生,将那大虫三拳两脚,打死了也。这虎乃兽中之王,有十石之力,百步之威。人见虎骨肉皆瘫,此人真乃壮士也。你对壮士说,这毒虫原是我围场中赶出去的,教他还我来。

(周德威云)兀那打虎的壮士,俺元帅说来,那虎原是俺这围场中赶出去的,你还俺来。

(正末云)你靠后,我丢与你。(正末丢虎科)

(李克用做惊科,云)隔着许来大山涧,丢将过来,着他寻一条蚰蜒小路过来,我与他说话。

(周德威云)兀那壮士,俺元帅教你寻条蚰蜒小路过来⑨,与你说话。

(正末云)我那里寻那蚰蜒小路着的呵。(做跳涧科)

(李克用云)兀那壮士,你是那里人氏?姓甚名谁?你说一遍我听。

(正末云)大人不嫌絮,听小人说一遍者。(唱)

【贺新郎】小人本家住在雁门关,(李克用云)你做甚买卖营生?(正末唱)与人家牧牛羊,(李克用云)你和他同财合本?(正

末唱）则是苟图些衣饭。（李克用云）你有甚么亲眷？（正末唱）没亲眷独自个单身汉。（李克用云）你姓甚名谁？（正末唱）名敬思小人姓安。（李克用云）你十八般武艺，那一般精熟？（正末唱）我学的十八般武艺熟闲。（李克用云）你既然学成十八般武艺，见如今黄巢作乱⑩，纵横天下，你肯去破黄巢去么？（正末唱）不是这习兵书的好汉少，赤紧的养剑客的主人难⑪。（李克用云）看了你威风凛凛，状貌堂堂，何不进取功名？（正末唱）觑了这穷身泼命难把功名干，（李克用云）你既有打虎之威，取功名有何难哉。（正末唱）端的是入山擒虎易，叉手告人难。（李克用云）兀那壮士，既学成十八般武艺，何不进取功名，在此受这等艰难？（正末唱）

【哭皇天】只为俺衣饭难迭办，不得已在他人眉睫间。（李克用云）你在那里居住。（正末唱）则这安敬思在飞虎峪，（李克用云）你为何在此受苦？（正末云）大人，不争小人一个受苦，上辈古人，多有受窘的哩。（李克用云）可是那几个古人受窘？（正末唱）便似班定远在玉门关⑫。空学的兵书战策，争奈运拙时艰。淹留在此去住无门，便似苏武般陷番。打虎的壮士，牧羊的家奴，似梁园采木⑬，把我做凡花、凡花一例看。你觑的黄巢利害，我看似等闲。

注释

①正末：元杂剧扮演男主角的角色行当，相当明以后戏剧里的"生"。②梁州：曲牌名，下仿此。③放羊北海：用苏武故事，北海指今俄罗斯境内贝加尔湖。射虎南山：用周处除三害故事。④雁门：雁门关：在今山西。紫塞：晋崔豹《古今注·都邑》："秦筑长城，土色皆紫，汉塞亦然，故称紫塞焉。"雁门、紫塞，泛指边关。⑤沙陀：西突厥别部，即沙陀突厥。唐贞观间居金莎山（今尼赤金山）之南，蒲类海（今新疆巴里坤湖）之东。其境内有大碛（今古尔班通古特沙漠），因以为名。契丹：古族名。源于东胡。居今辽河上游西拉木伦河一带，以游牧为生。北魏时自号契丹。唐末，迭剌部首领阿保机统一各部，称帝建立辽国。宋宣和七年（1125）为金所灭。沙陀老契丹：戏称所牧羊群。⑥李克用（856~908）：沙陀人，唐末受封为晋王，其子李存勖

建后唐,追尊为后唐太祖。性格勇猛急躁。别号"李鸦儿"。因一目失明,又号"独眼龙"。其父朱邪赤心,唐懿宗赐姓,名李国昌,李克用早年随父出兵镇压庞勋起义,常冲锋陷阵,军中称之为"飞虎子"。⑦麃(páo):一种中型鹿类。⑧日月交食:喻奇事怪事,元武汉臣《生金阁》第二折:"爷!怪事,怪事!只见日月交食,不曾见辘轴退皮。"⑨蚰蜒(yóu dàn):节足动物,像蜈蚣而略小,体色黄褐,有细长的脚十五对,生活在阴湿地方,捕食小虫,有益农事。此指弯曲小道。⑩黄巢:唐末农民起义领袖。他领导的这场起义摧毁了腐朽的李唐王朝,打破了唐末军阀割据混战的僵死局面。⑪赤紧的:元人口语,意为实在是。⑫班定远:东汉班超,出使西域,封定远侯。⑬梁园:一名梁苑,西汉梁孝王所建的东苑。故址在今河南开封市东南。园林规模宏大,方三百余里,宫室相连属,供游赏驰猎,也称兔园。梁园采木,视作凡品。

解 说

这是元曲中一部杂剧,描写晚唐时安敬思牧羊,遇见猛虎食羊,空手将虎打死,恰被李克用发现,于是收为部将。故事描述细腻生动,曲文典雅流畅,惜不知作者姓名。

(何焱林注)

崔府君断冤家债主 元·郑廷玉

(杂当报,云)爹爹,大哥发昏哩!
(正末云)既然大哥发昏,小的跟着我看大哥去来。(同下)
(大旦扶乞僧同卜儿上,乞僧云)娘也,我死也。
(卜儿云①)大哥,你精细着。
(乞僧云)我这病觑天远②,入地近,眼见的无那活的人也③。
(卜儿云)孩儿,你这病,可怎生就觉重了也?
(乞僧云)娘也,我这病你不知道,我当日在解典库门前④,适值那卖烧羊肉的走过。我见了这香喷喷的羊肉,待想一块儿吃,我问他多少钞一斤,他道两贯钞一斤⑤。我可怎生舍的那两贯钞买吃?我去那羊肉上将两只手捏了两把,我推嫌羊瘦,不曾买去了。我却袖那两手肥油，到家里盛将饭来，我就那一只手上油舔几口，吃了一碗饭。我一顿吃了五碗饭，吃得饱饱儿了，我便瞌睡去。留着一只手上油，待吃晌午饭。不想我睡着了，漏着这只手，却走将一个狗来，把我这只手上油都吮干净了。则那一口气，就气成我这病。我昨日请一个太医把脉，那厮也说的是，道我气裹了食也⑥。

（卜儿云）孩儿既是这等起的病，你如今只不要气，慢慢的将养。

（乞僧云）唤的我父亲来，我吩咐他咱。

（正末同杂当上⑦，云）婆婆，大哥病体如何？

（乞僧云）父亲，我死也。

（正末做悲科，云）儿呵，则被你痛杀我也。

注 释

①卜儿：元人杂剧里对老娘或老妇之俗称。宋、元时"娘"字俗写成左"女"右"卜"，进而省作"卜"。②觑（qù）：偷看，窥探，或同看。③无那：无可奈何。唐杜甫《奉寄高常侍》诗："汶上相逢年颇多，飞腾无那故人何！"④解典库：典当铺，当铺。元郑廷玉《忍字记》楔子："俺且在这解典库里闲坐，看有甚么人来。"⑤贯：古用铜钱，一千铜钱用绳串在一起称一贯，即一贯一千钱。⑥气裹食：昔人称吃饭时生气伤胃为气裹食。⑦杂当：古戏曲中演配角者之行当称杂当，姚燮《今乐考证》引明王骥德曰："杂脚曰杂当。"清孔尚任《〈桃花扇〉本末》："选优两部，秀者以充正色，蠢者以供杂脚。"

解 说

题目中之崔府君乃传说人物，传其为地狱中四大判官之一，专掌人之生死。据称崔府君名珏，字子玉，唐乐平人。其父崔让，乐善好施，年近五十，膝下无子，遂与其妻同往北岳祠祷祝求子。是夜，夫妻两人梦见一童子擎一盒，内盛美玉两枚让其吞食。以此，崔夫人十月怀胎，于隋大业三年（607）六月六日生下一子，遂取名珏。崔珏幼时即神采秀美，聪敏好学。唐贞观七年（633），崔珏入仕，授长子县令。传其昼理阳间事、夜断阴曹案（《列仙全传》），死后被上帝封为磁州土地神，并建祠祀之。安史之乱后，因其曾显灵于玄宗，被封为灵圣护国侯。宋仁宗景祐二年（1035），加封为护国显应公，元符二年（1099）改封为护国显应王。金兵南下，崔珏显圣挡驾，泥马渡康王。南宋淳熙十三年（1186）改封为"真君"。随着崔珏封号的升级，崔府君庙由磁州兴建至全国各地。另据《三教源流搜神大全》载："崔府君者，乃祁州鼓城人也。"即今河北晋州。等等。鬼神也要争其籍贯，可见关系之重要。

作者郑廷玉，彰德（今河南安阳市）人。生平事迹不详。他是元代前期杂剧作家，今人评价说，他的作品几乎每一篇都写得很好。剧中反映社会生活，具有高超的艺术性。封建官僚、悭吝财主、伪善佛门、势利店员、恶俗女性、穷酸秀才、纨绔子弟诸色，统统成其竭力讽刺的对象，并且将讽刺的笔触，深入到人性灵魂的最深处。

这里所录，虽是一幅悲剧画面，但也不乏笑料。

（何焱林注）

古代涉羊赋

大尾羊赋（并序） 元·耶律铸

端卿持节使博啰，或曰旧康居也。其国多羊，羊多大尾，其大不能自举，土人例以小车使引负其尾，车推乃行；且乞余为道其所以，乃为之赋。

世有痴龙，发迹康居①；播精惟玉，效灵惟珠。一角触邪，名动神都；六辔奋御，声振天衢。肥遁金华②，与道为徒。体纯不杂，质真不渝。惟仁是守，惟善是图。不食生物，幸远庖厨。含仁怀善，其德不孤。义合麒麟，与夫驺虞③。

驼背上异，鸟尾后殊。末大之名，是专是沽④。小心惴惴，中抱区区⑤。务以自保，支体毛肤。青蝇莫逐，白鸟莫祛⑥。尾大不掉，可怪也夫！

前伛而偻，后蜷而痀⑦。牵草萦茅，上曳泥娄。苏其土苴⑧，载以后车。听其自引，纵其所如。进不能却，退不能趋。莫顺而情，实累而躯⑨。冬委冰霜，夏混虫蛆。末大之咎，其至矣乎。

吁！枝大于干，腓大于股。不折不披⑩，是其证与？是其鉴与？

注 释

①痴龙：传说中羊的外号。《法苑珠林》卷四十一引南朝宋刘义庆《幽明录》说："洛中有大穴，有人误坠穴中，见有大羊，取髯下珠而食之。出而问

张华。华谓：'羊为痫龙。其初一珠食之，与天地等寿；次者延年；后者充饥而已。'"康居（kāng qú）：西域地名。其地约在今巴尔喀什湖和咸海之间。②触邪：指传说中的神羊，名獬豸，能辨邪触不正者。六蜚（fēi）：帝王的车驾。车驾六马，疾行如飞，故名。《史记·袁盎晁错列传》："今陛下骋六骓，驰下峻山"裴骃《集解》引如淳曰："六马之疾若飞。"肥遁：隐退之意。语出《周易》遁卦上九"肥遁，无不利。"孔颖达疏："子夏传曰：肥，饶裕也。""上九最在外极，无应于内，心无疑顾，是遁之最优，故曰肥遁。"晋葛洪《抱朴子·畅玄》："知足者则能肥遁勿用，颐光山林。"金华：金星与婺女星争华之地，与前面"天衢"相应。③驺（zōu）虞：传说中古之仁兽，非自死之兽不食。《毛诗传》说是白虎黑文，不食生物。古代掌管鸟兽的官吏亦有此称。④末大：树木枝端粗大，必折其干，喻下属权重，危及上级。《左传·昭公十一年》："末大必折，尾大不掉，君所知也。"汉贾谊《新书·大都》："本细末大，弛必至心。"专：独自占有。沽（gū）：粗劣的取得。⑤惴惴（zhuì）：发愁害怕的样子。《诗经·秦风·黄鸟》："临其穴，惴惴其栗。"区区：拳拳之意，形容自己私情。⑥白鸟：蚊子的别称。《大戴礼记·夏小正》："〔八月〕丹鸟羞白鸟。"注："白鸟也者，谓蚊蚋也。"祛（qū）：摆脱；除去。⑦伛（yǔ）：弯曲。《吕氏春秋·尽数》"良雌伛伏，体方就成。"偻（lǚ）：弯曲，与伛义同。伛偻，俗称驼背。蜷（quán）：弯曲而不伸展。痀（gōu 或 jū）：驼背。⑧曳（yè）：拖，牵引。泥娄：土块。俗称泥娄块子。苏：本意为割草，引申为清除。土苴（jū）：渣滓；粪草。⑨而：意近于"其"。⑩腓（féi）：胫骨后的肉，俗称腿肚子。股：大腿。不披：不裂开。

解 说

作者耶律铸（1221～1285），字成仲，契丹族人，耶律楚材之子。至元元年（1264）奏定法令三十七章。后至山东任职，应诏监修国史，并出任中书左丞相。至元二十年（1283）因罪免职。

序中"端卿"即元代大臣孟端卿。博啰之地不详，从文内"旧康居"得知，当指唐代康居都督府，其城在今乌兹别克斯坦撒马尔罕，与《酉阳杂俎》所载大尾羊产地正相吻合。大尾羊，《天中记》卷五十四已载："月氏有羊，尾重十斤。"

此赋采用四言赞体，风格独特。全文可分四段。第一段引述西域奇羊的典故，原有"痴龙"的外号，以玉为精，以珠为灵；可以与传说中的许多神兽相提并论，如传说中的独角神羊，名为獬豸，能触不正的邪人；还能为天帝拉车，畅行天路，如今隐遁于世，仍然怀仁含善，如同麒麟、驺虞一样。这一段以赞美为主。第二段专门描述大尾羊的形态，驼背黑尾，尾巴特别大，行走起来很不方便，自己心里都非常害怕，正是应了"尾大不掉"这句话，可是蚊蝇不叮，倒很奇怪；这一段是客观叙述。第三段刻画大尾羊的缺陷，由于尾巴太大，弄得背不得不驼，而且粘上许多乱草和土块，夏天染上蛆虫，冬天结起冰霜，还需要把大尾放在车上，才能前进，体现了"末大必折"的害处。这一段逐渐引入下文个人的见解了。最后一段，作者发出感慨，这种枝大于干的现象，社会上常常出现，可是稳定局面还能维持多久？大尾羊不是一面镜子吗？言外之意，相当深远。

神羊赋　元·杨维桢

　　按《异物志》①，东北之荒，有兽名獬豸，状如羊而一角。性至忠，见人斗，则触不直者；闻人论，则咋不正者②。古以任法吏比之③。予独悼高元礼所教其奴侯思止之言④，而有以不学辱豸者⑤，故感而为赋。

注　释

　　①《异物志》：东汉南海郡番禺（今广州市海珠区）人杨孚所著。杨孚字孝元，以贤良对策入朝为议郎。《异物志》宋时散佚，清代南海人曾钊从《齐民要术》《初学记》《太平御览》等书中辑录成两卷本，流传至今。②咋（zhà）：咬住。《异物志》云："东北荒中，有兽名獬豸（xiè zhì），一角，性忠，见人斗则触不直者，闻人论则咋不正者。"③任：担任。任法吏，即担任司法之官吏。④悼：伤，悲哀。即感伤于高元礼教其奴之言。侯思止：唐武后时酷吏。本在高元礼门下为奴。贪滥无文，读"白司马坂"为"白司马反"而欲陷人于大狱。《新唐书·酷吏列传》："侯思止，雍州醴泉人。贫，懒不治业，为渤海高元礼奴。恒州刺史裴贞笞吏，吏积怨，教思止告舒王元名与贞谋反，付周兴鞠讯，皆夷宗，拜思止游击将军。元礼惧，引与同坐，密教曰：'上不次用人，如问君不识字，宜对獬豸不学而能触邪，陛下用人安事识字？'

无何，后果问，思止以对，后大悦。天授中，迁左台侍御史，元礼又教：'上以君无宅，必赐所没逆人第，宜辞曰臣疾逆臣，不愿居其地。'既而果假之，以其教对，后益喜，恩赏良渥。止本人奴，言语俚下，尝按魏元忠，让曰：'亟承白司马，不尔受孟青。'洛阳有白司马坂，将军有孟青棒……元忠骂曰：'侯思止，汝位御史，当晓礼义，而曰"白司马""孟青"，是何物语？非我，孰教尔邪？'，思止惊汗，起谢曰：'幸蒙公教。'乃引登床。思止音吐鄙而讹，人效以为笑，侍御史霍献可数嘲靳之，思止怒以闻，后责献可：'我已用之，何所诮？'献可具奏鄙语，后亦大笑。"⑤以不学辱豸：侯思止不学无术，因称獬豸不识字而能别善恶而自鸣得意，自我解嘲，实在是对獬豸之侮辱。

　　异矣哉，毛族之中①，有至忠之表，至直之风，青衣翠羽，突角孤峰，骨如立铁，心如渥丹②。耳通脑而匪鹗③，首印定而非熊④。食必择夫芳荐，栖必偶夫孤松⑤；步不罹于机擭，鸣实中乎金春⑥。盖尝出乎轩辕之世，而用乎放勋之官⑦。惟薄以之而取肃，狴犴以之而折中⑧。迨乎芈国，获兹神羊⑨。秦夺后服，赐乎尔肱⑩。故任法吏象之则冠，为惠文班为押纲⑪。朱绣乎衣裳，铁石乎肝肠。甘摧身以立勇，誓碎首以金刚⑫。伈山触而必折，狠石碎而莫当⑬。龙鳞敢于批逆，蘱本严于拔强⑭。故其断如谷鬻，决如弦章⑮。刺如葛鲍，按如纲滂⑯。高台为之震电，白简为之飞霜⑰。皇纲以之正，国法以之张⑱。斯无愧任法兽之称号，而有以立惠文冠之颜行⑲。

注 释

　　①毛族：兽类，谓其自披毛皮。人无毛、鳞护体，古人称之裸虫。《后汉书·马融传》："胆完羒，撦介鲜，散毛族，栝羽群。"②青衣翠羽：谓其皮毛呈青绿色。像翠鸟羽毛一样鲜亮。突角孤峰：獬豸一角如峰。骨如立铁：骨像竖立之铁柱直而坚挺。心如渥（wò）丹：心像光润的丹砂一样鲜红。③匪鹗：不是鹗。《太平御览》称：唐乾封中韦仁约为侍御史，与公卿相见，未尝行拜礼。或勉之，仁约曰："雕鹗鹰隼，岂众禽之偶，奈何设拜以狎之？且耳目之官，故当特立乃曰御史。衔命出使，不能动摇山岳，震惧州县，诚旷职耳。"御使为耳目之官，直与首脑（帝王）相通，雕鹗尚非众禽之偶，何况御使？

④卬（áng）定：昂起而稳定。⑤芳荐：芳草。栖：止息，栖身。⑥罹（lí）：遭受。机攉（huò）：机执、机括；今人称之机关。攉为捕兽笼子。金舂（chōng）：舂为乐器，舂通"冲"，金舂即像金制之舂发出声音。《周礼·春官·笙师注》："舂牍以竹，大五六寸，长七尺，短者一二尺。其端有两空髹画，以两手筑地。"⑦尝：曾经。轩辕：黄帝名，《史记·五帝本纪》："黄帝者，少典之子，姓公孙，名曰轩辕。"放勋：帝尧之名。⑧帷薄：幕与帘，《礼记·曲礼上》："帷薄之外不趋。"以之：用之。取肃：取其肃穆。狴犴（bì àn）：此指监狱。汉扬雄《法言·吾子》："剑客论曰：'剑可以爱身。'曰：'狴犴使人多礼乎？'"无名氏音义："犴，音岸，狱也。"《陈书·后主纪》："眷兹狴犴，有矜哀矜，可克日于大政殿讯狱。"折中：使平正。⑨迨（dài）：及于、到达。芊（qiān）：草木丰茂，芊国即水草丰沛之地。神羊：獬豸。《晋书》舆服制有"及秦皇并国，揽其余轨，丰貂东至，獬豸南来"。⑩后：古国君亦称后。肱（gōng）：手臂由肘至肩部分，借作躬，指御史之身。马端临《文献通考》："《秦事》云：'始皇灭楚，以其君冠赐御史，亦名獬豸冠。'"⑪象之则冠：像獬豸之独角，故作獬豸冠。蔡邕《独断》："法冠，秦制执法服之。今御史廷尉监平服之，谓之獬豸冠。"惠文：惠文冠的省称。传为赵惠文王制。苏林曰："治狱法冠也。"班：即颁，颁布。押纲：押此处指官署或职名。《唐书·百官志》："中书省舍人，以六员分押尚书六曹，佐宰相判按同署乃奏。"《通典》："中书舍人谓之六押。"《唐书·百官志》："朝会，监察御史二人押班。"押纲指御史等执法吏或其官衔必须遵守之纲纪。⑫金刚：坚定宁折不弯。⑬佞山：佞倖者权势如山，经豸一触必折其峰。狼石：羊形石。苏轼《甘露寺》诗序："寺有石如羊，相传谓之狼石。云诸葛孔明坐其上，与孙仲谋论曹公也。"⑭龙鳞：龙之逆鳞，《韩非子·说难》："夫龙之为虫也，柔可狎而骑也，然其喉下有逆鳞径尺，若人有婴之者，则必杀人。人主亦有逆鳞。"批：触犯。世习称向皇帝诤谏为批逆鳞。薤（xiè）：多年生草本植物，丛生，川人称薤子。本：即根，为薤之鳞茎，亦名苦藠。严于拔强：严守拔其强者之原则。⑮咎繇（jiù yáo）：即皋陶（gāo yáo），舜时司法大臣。弦章：即宾胥无，春秋齐人。桓公用为大司理，作理狱之官，善决狱。⑯刺：指斥揭发。葛：为诸葛丰，字少季，琅琊诸城人，诸葛亮远祖，西汉元帝时为司隶校尉，以刚直著称，执法公允，不避权贵，元帝奖其操，授以

符节。执法及元帝宠臣许章,被元帝夺回符节,降为城门校尉。鲍:为鲍宣、鲍永父子。鲍宣为西汉末上党屯留人,对哀帝宠任外戚及佞幸诤谏甚切,因摧辱丞相下狱,王莽秉政,因不附莽,入狱后自杀。鲍永曾入绿林军,光武帝建武十一年征为司隶校尉。以事劾帝叔父赵王良犯大不敬,朝廷肃然,莫不戒慎。永辟扶风鲍恢为都官从事,亦抗直不避强御。光武帝常说:"贵戚且宜敛手,以避二鲍。"按:按问、揭发。纲:为张纲,字文纪,东汉名士,犍为武阳(今四川彭山东)人,汉安帝元年(142)选遣八使徇行风俗,他埋轮于洛阳都亭,称:"豺狼当路,安问狐狸?"遂奏劾大将军梁冀及其弟梁不疑。滂:为范滂,东汉名士,汝南征羌(今河南郾城东南)人,汝南太守宗资委以政事,抑制豪强不轨,反对宦官播弄朝政。建宁二年(169),朝廷大诛党人,滂被捕下狱,死于狱中。⑰高台:高耸之楼台,亦喻京都。震电:为雷电所震撼。白简:古时弹劾官员之奏章。飞霜:霜洒白简之上,也表示简文如霜般洁白、严厉。⑱张:伸张。⑲颜行:尊严。《管子·轻重甲》:"若此,则士争前战为颜行。"《汉书·严助传》:"以逆执事之颜行。"颜师古注引文颖曰:"颜行犹雁行,在前行,故曰颜也。"戴惠文冠立于前,以立执法者之信。

故是兽也,上应乎法星,地遵乎柏府①。其扬若鹰,其视若虎②。名配乎皋雕,号侪吾骢马③。显则麟仪而凤师,隐则狐号而鳅舞④。彼其峻酷有鸷,硕贪有鼠⑤。貂不足兮狗续,鹰既苍兮虎乳⑥。糜耗我谷禄,流离我子女⑦。又有志枭兮声凤,行猰兮驱麟⑧。怀狼子之性,说(一作诡)驺虞之仁⑨。杂糅我邪正,回惑我伪真⑩。法虽严于疾恶,帝实难于知人⑪。非尔一触兮枉直之行辨,一咋兮正谲之论分⑫。则壬人何由而胆落?善颊何由而气伸⑬?

注 释

①法星:指北斗第二星天旋,或指荧惑。《晋书·天文志上》:"北斗七星在太微北。石氏云:'第一曰正星,主阳德;天子之象也。二曰法星,主阴刑,女主之位也。'"《文选·刘孝标〈辨命论〉》李善注引《广雅》:"荧惑谓之罚星,或谓之执法。"柏府:御史府别称。汉御史府中列植柏树,常有野鸟数千栖其上。事见《汉书·朱博传》。后因以柏台称御史台。②若鹰:指御史

崔洪。晋崔洪字良伯，博陵安平人，少以清厉显名，武帝时为御史，治书纠弹冯恢、翟婴等，时人有语："丛生棘刺，来自博陵。在南为鹞，在北为鹰。"若虎：指司隶校尉。《傅咸集·叙》曰："司隶校尉，旧号卧虎，诚以举纲而万目理，提领而众毛顺。"③皁雕：大型黑色猛禽。唐王志愔，博州聊城人。中宗时为左台侍御史，以刚鸷为治，所居人吏畏惧，呼为"皁雕"。侪(chái)：同类、同辈。骢马：御史所乘，借指御史。桓典(？~201)灵帝时官侍御史，时宦官专政，他正直不避，因常乘骢马，京城人说："行行且止，避骢马御史。"④显：显现。喻良吏出现，麟为仪范。凤为师表。隐：退隐。喻良吏退位，狐狸叫号，泥鳅狂舞，小人得志。⑤峻酷：峻厉苛酷。鸷(zhì)：猛禽，喻贪残之辈。硕贪：大贪。有鼠：典出《诗经·魏风·硕鼠》，以鼠喻贪官。⑥貂不足：古代近侍官以貂尾为冠饰。晋赵王伦反叛，滥任官吏，致貂尾不足，以狗尾代替。时人有谚"貂不足，狗尾续"。鹰既苍句：苍鹰为猛禽，高飞在天，今以虎乳喂之，则更凶残。⑦糜耗：糜费消耗。谷禄：财米、俸禄。⑧志枭：效法猫头鹰，古人误以其为食母鸟。《说文》："枭，不孝鸟也。日至捕枭磔之，从枭头在木上。"夏至日捕捉它砍头挂于木上。声凤：声讨飞凤。行獍(jìng)：仿照獍的行为。古人以獍为食母之兽。驱麟：将仁兽麟赶走。⑨狼子：喻狠毒之人。驺虞：传说中之义兽，有至信之德则出现。《诗·召南·驺虞》："彼茁者葭，一发五豝，于嗟乎驺虞。"毛传："驺虞，义兽也。白虎，黑文，不食生物，有至信之德则应之。"⑩杂糅(róu)：混杂。回惑：欺诈迷惑。回有欺诈、邪辟义，如奸回、回辟。⑪疾恶：痛恨邪恶。⑫枉直：曲和直。⑬壬人：巧言谄佞，不行正道之人。《汉书·元帝纪》："咎在朕之不明，亡以知贤也。是故壬人在位，而吉士雍蔽。"颜师古注引服虔曰："壬人，佞人也。"善颊：善人面目，指正直之士。

呜呼，蝉之戴也仅取其洁，貂之服也徒尚其温①。曷比兹兽，匡正义存②。此其仪在位而比德，载于图而绝伦者也。夫何不识字之有讥，为任法臣之所辱？遂有自截尔角③，自涂尔目④，踞南床而成痴，耗白笔以自福⑤。名或移于白兔，檄或过于狼毒⑥。是不悖吾豸之辨紫朱⑦，而失吾豸之辨直曲者乎？

注释

①蝉：蝉常被认为其只饮露高鸣，故受人爱戴仅因其洁身自好。貂：指貂皮，穿貂皮衣取其温暖。此亦借指貂尾和附蝉，古代为侍中、常侍等贵近之臣的冠饰。《后汉书·舆服志下》："侍中、中常侍加黄金珰，附蝉为文，貂尾为饰，谓之'赵惠文冠'。"亦称貂蝉冠。②曷（hé）：如何。③自截尔角：神羊独角以触佞邪，自截其角即自掩其聪，无所事事。典出《晋书》：郭彰为贾后之舅，宾客盈门，权势很大，一次武库失火，郭彰率百人自卫而不去救火，侍御史刘暾正色诘问。郭彰怒云："我能截君角也。"刘暾勃然相对："君何敢截天子法冠之角乎！"④涂：指用泥涂目。⑤南床：御史食、坐之床，代指御史职。《通典·职官六》："（侍御史）食坐之南设横榻，谓之南床。殿中监察不得坐也，唯侍御坐焉。凡侍御史之例，不出累月而迁南省者，故号为南床。"毦（ěr）：指插笔于冠侧。白笔：古代官员记事或奏事之笔，常插于冠侧，一称毦笔。⑥移：加。白兔：白兔：一作白菟，古以为瑞。官家公开捕捉的瑞兽。用王弘义事。王弘义为武后时与来俊臣齐名酷吏。弘义一次于乡里求瓜，主人不给，王弘义借口瓜园有白兔，县官命人捕逐，转瞬园苗磬尽。内史李昭德不平说："昔闻苍鹰狱吏，今见白兔御史。"苍鹰狱吏指西汉酷吏郅都。檄：公告。狼毒：瑞香科植物瑞香狼毒或大戟科植物狼毒大戟、月腺大戟的根。有毒。中医学上用其根祛痰、止痛、消积、杀虫。史称王弘义与来俊臣常行移牒，州县慑惧，自矜"我之文牒，有如狼毒野葛也"。⑦悖：违反。辨紫朱：意即分清黑白。

乱曰：皇天开乎正气兮，比叶气而生嘉草①；为指佞兮兽为触邪，莽师卖国兮李父悖家②。金谷拜尘兮柿林聚汙；何尔兽之弗如兮，乃心异乎匪他③。冠铁柱兮峨峨，循吾绳兮不颇④。虽不量凿以正枘兮，矢余心其不阿⑤。

注释

①皇天：上天。比：和、及。叶（xié）气：调协正气。嘉草：瑞草。②莽师：指王莽所封国师刘歆。时左将军公孙禄说王莽："国师嘉新公颠倒五经，毁师法，令学士疑惑。"李父：指中唐宦官李辅国，先入东宫侍太子李

亨。安史乱中，玄宗奔蜀，拥李亨即帝位，因功擢元帅府行军司马，掌握兵权，众贵人呼为五郎，辅国秉国政，呼为"五父"。后肃宗病危，他因拥立太子李豫继位，被封为宰相，称为"尚父"。悖家：家指官家，即皇室。李辅国专权，迫害玄宗，惊杀肃宗，干预朝政，都是背叛官家之行。③金谷：晋石崇之园林，穷极豪奢。拜尘：石崇、潘岳谄事贾谧，每候其出，辄相与望车尘而拜。事见《晋书》。柿林：唐内宫柿林院之省称，内旨由此出，在此处可见到宦官及女官。唐罗隐《镇海军所贡》诗曰："檐前飞雪扇前尘，千里移添上苑春。他日丁宁柿林院，莫宣恩泽与闲人。"唐顺宗永贞（805）间，王叔文、王伾（pī）用事，实行改革。但王叔文入止于翰林院，王伾则可进入柿林院，可见到宦官李忠言、女官牛昭容等。王伾主刺探内庭，往来传授；王叔文主决断。《旧唐书》称："伾阘茸，不如叔文，唯招贿赂，无大志。"史又称："伾与叔文及诸朋党之门，车马填凑，而伾门尤盛，珍玩赂遗，岁时不绝。室中为无门大柜，唯开一窍，足以受物，以藏金宝，其妻或寝卧于上。"由于守旧势力多方掣肘，兼以王叔文等官风不正，顺宗不久因中风失语，被迫让位于宪宗，永贞革新历148天而终。二王及八司马均遭贬，叔文元和元年（806）被赐死。《新唐书》称："叔文沾沾小人，窃天下柄，与阳虎取大弓，《春秋》书为盗无以异。"清人王夫之评王叔文等："革德宗末年之乱政，以快人心，清国纪，亦云善矣。"而"胶漆以同其类，亢傲以待异己，得志自矜"，亦所谓见仁见智，千秋功过，由人评说。杨维桢用典据此。汙：同污。石崇等望尘而拜，真士林之秽行。匪他：非为别事。④冠铁柱：指法冠上之铁柱卷。《后汉书·舆服志》："法冠，一曰柱后，高五寸，以缅为展筩，铁柱卷，执法者服之。"峨峨：高耸貌。绳：准绳。不颇：不偏。⑤量凿正枘：量凿孔制榫头。意为按规则办事，不马虎苟且。矢：通"誓"，发誓。《诗·卫风·考槃》："永矢弗谖。"谖义为欺骗。不阿：不逢迎、曲从、投人所好。《管子·君臣下》："能据法而不阿，上以匡主之过，下以振民之病者，忠臣之所行也。"

◆ 解说

作者杨维桢（1296～1370），字廉夫，号铁崖、东维子。元末文学家、书法家。原籍浙江诸暨。少年时，其父筑楼于铁崖山，聚书数万卷。他终日勤读，自号"铁崖"。元泰定三年（1326），中进士，任天台县尹。后调钱清盐场，因不善逢迎，十年不获升迁。元修辽、金、宋三史，他作"正统辩"千言，总裁官欧阳玄赞叹："百年后，公论定于此矣。"为人耿正狷直，为权贵所嫉。其诗、文均为人称道，为元末明初文坛所宗，号铁崖体。

杨维桢生活于元季乱世，朝廷纲纪废弛，政苛税繁，官贪吏污，豪强横行，民不聊生，人心思乱，故有是作。

第一段实为小序，缘由伤唐高元礼教其奴侯思止之言，以獬豸不识字，故世有以不学为荣，无识为高，实辱神羊獬豸者，故作此文，以证高元礼辈之非。实借题发挥。

第二段述獬豸之形神，坚持正义，摧身碎首而无所畏惧。赞颂其断如皋陶，决如弦章，明辨是非曲直，使正气得扬，民冤得伸；皇纲以正，国法以张。实以獬豸喻良吏。

第三段述獬豸显则麟仪凤师，正人有所表率，敢有作为。獬豸隐则狐号鳅舞，小人得志，张狂无忌，是非颠倒，欺诈横行。志枭声凤，行獍驱麟，耗我谷禄，戕我子女。要不是你（獬豸）一触辨是非，一咋别正谲，则坏人何以落胆，正气何由伸张。国无良臣循吏，则纲纪败坏，百姓遭殃。

第四段则归指第一段提出之问题。人推誉蝉因其高洁，服用貂为其温暖，皆一己之行，岂如獬豸之匡存正义？何不识字而讥讽？为执法吏所污辱？如此，则只有自己遮拦，用角把眼睛涂瞎，坐在南床上装痴作呆，将记事之笔剪凸，将那些心性比狼还狠毒的东西叫做白兔吧？如此岂不失吾豸辨朱紫，别曲直之性？此段实指执法吏，要坚守自己岗位，把持自己职责，不为外界之议论、威势所动。

结语提示全篇，天开正气，叶生嘉草，獬豸生于明世，循吏用于明君。像刘歆那样阿贵，像辅国那样弄权，像潘岳、石崇那样附势，像王伾、王叔文那样结党，真士林之羞，比兽不如。执法吏既戴上铁柱之冠，必须不畏豪强，不阿权贵，敢于主持公道，伸张正义，敢于效法历史上那些廉官循吏，而鄙弃那些弄权枉法，欺压良善，为一己之私，不惜草菅人命的赃官酷吏，一以法律为准绳，事事实为依据，秉公执法。如此，则国可安，民有幸。

此文深得微言大义之赋家宗旨。

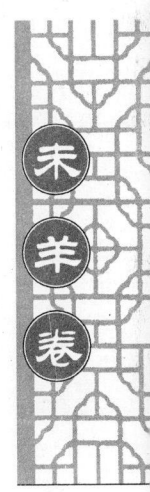

编后记

　　进入工业文明前，人们喜欢马，一则它是主要的代步畜力，特别是出远门，走长路。例如唐僧西天取经，至少在小说中，他一直是坐在马背上走完那一段穷山恶水的。对于国人来说，还有极为重要的两条，一是马有人寿，马之年龄大约在五六十岁，比当时人们的平均寿命还高，有的可与其主人终生为伴，终生厮守，自然建立了感情，成为了朋友。其二是良马比君子，马经过训练，可以完成许多高难动作，可以按照命令行事，如跳舞等。我国早就有关于舞马的记载。尤其在战争中，马是运输及重装骑兵必备的牲口，在杀声震天，箭如雨下，硝烟弥漫的战场上，经受良好训练的战马，不会怯阵，不会退缩，会与主人一起冲杀，出生入死。这是同为骑乘畜力的牛所不能比拟的。所以马匹之多少，马种之良否，往往是军队强弱，乃至国家强弱的重要参数。不要忘记，无论中外，都有良马救主的故事，垂缰之报，就是良马救主的重要典型。老马识途，也为人们所乐道。

　　边地民族，如汉之匈奴，宋代之蒙兀等，常被称为天之骄子，马背上的民族，还在孩提时代，他们就学会了骑马，仿佛马是他们的宠物，是他们的专利。其实不然，不仅边地民族爱马，中原民族，华夏民族，也爱马，如果不是更甚，至少也在伯仲之间。华夏民族的人文初祖轩辕黄帝就很爱马，他拥有名马乘黄，也叫飞黄，这是中国历史上载诸典籍的最早的神骏，最早的名马，"飞黄腾达"这一成语，也流传至今。

　　此后代有良马、神骏出现，如周穆王之八骏马，《穆天子传》卷一："天子之骏，赤骥、盗骊、白义、踰轮、山子、渠黄、华骝、绿耳。"此外还有汗血马、渥洼马、赭白马、虎文龙马，等等，不一而足。

　　最令人艳羡的当是唐太宗的"昭陵六骏"，即：拳毛䯄、什伐赤、白蹄乌、特勒骠、飒露紫、青骓。贞观十一年（637），唐太宗作《六马图赞》，使欧阳询以八分体书之，刻石。马与唐之开国功臣一起上了凌烟阁。

最令人怜惜的是春秋时困于盐车下的千里驹骐骥。《战国策·楚策四》："夫骥之齿至矣，服盐车而上太行。蹄申膝折，尾湛胕溃，漉汁洒地，白汗交流，中阪迁延，负辕不能上。伯乐遭之，下车攀而哭之，解纻衣以幂之。骥于是俛而喷，仰而鸣，声达于天，若出金石者，何也？欣见伯乐之知己也。"这段故事，千秋以下，犹令人扼腕叹息，令文人才士，作诗作赋，表达同情与悲悯，令人印象尤深的，恐怕是韩昌黎写的那两句话："千里马常有，伯乐不常有。"

最为过头的爱马者莫过于汉武帝刘彻。为了取得大宛宝马，不惜令李广利率大军奔袭数千里外之贰师城，并赐李广利以贰师将军之称号，劳民伤财，得不偿失，成为千古话柄。

最为人所悉知的是关圣帝君的赤兔马。赤兔一作赤菟，本是后汉吕布坐骑，《后汉书·吕布传》："布常御良马，号曰赤菟，能驰城飞堑。"唐李贺《马诗》之八："赤兔无人用，当须吕布骑。"后转为关羽坐骑，史无可征。也许关羽向曹操要吕布之妻严氏不成，《三国演义》之作者特别把赤兔马拨归关羽，以补偿其损失吧。所谓"失之严氏，得之赤兔耶"。

爱马之心，中国人外国人皆有。但中国人与外国人爱马相比，还是有不小区别。国人爱马一则爱其形体之矫健，奔跑之迅捷，但更看重其内在素质。这从许多相马书上可以看到。先师孔子有一句经常为后人引用的名言："敝帷不弃，为埋马也。"表现了国人对马的爱惜与尊重。

翻阅外国历史，我们不知道凯撒、奥古斯都、查理曼有没有心爱的马匹，或者，他们心爱的马匹叫什么名字。就是波拿巴·拿破仑，这位在马背上横扫欧洲的战神，有一幅骑在马上的肖像，但是我们不知道他这匹坐骑叫什么名字，有没有人为这匹马写过赞美之诗、颂扬之赋。中国却有，我们在《午马卷》中，就选刊了从《诗经》《楚辞》到清代的诸多涉马诗词曲赋之作，供爱马之大众、属马之同仁欣赏品评。

羊是生肖之一，是六畜之一，也是美善吉祥的象征。美、善二字皆从羊，以羊立意。吉祥也就是吉羊。古人认为，国之大事，惟祀与戎，祭祀大典中之"太牢"、"少牢"都离不开羊。

牧羊人中，第一著名的要数苏武，他持节出使匈奴，为匈奴所拘留，牧羊于北海（今贝加尔湖）一十九年，不屈不挠，终于全节而归。与羊有关的"风流"人物之最，当数晋武帝司马炎，他姬侍多得数不过来，每到晚间，不知临幸何处，便坐上慢悠悠的羊车，羊车停在哪位姬侍的门前，便在那里过夜。羊在人们心目中总是温顺的，但秦末反秦起义军中，楚之上将军宋义就曾明令军中："猛如虎，很如羊，贪如狼，强不可使者，皆斩之。"很（狠）如羊三字，不知从何说起。不过，在英国工业革命初期，有所谓"羊吃人"的说法，倒是资本原始积累过程中，侵夺农民财产乃至威胁农民生存的写照。

本辑收集了从《诗经》《楚辞》直到清代文学作品中涉及两个生肖的众多诗词曲赋作品，供广大读者欣赏品评，并请读者不吝赐教。

本书与其他各辑一样，依诗词曲赋的顺序，按作者出生年月排序。《诗经》分章排列，《楚辞》连排。古诗、歌行、乐府等分段连排，五、七言绝、律诗两句一行排列，排律、古风等连排。词过片处空两字。曲一般连排。赋则分段排列。

特别要提到的是，《午马卷》中还选了庞籍（即《呼家将》《七侠五义》等戏曲、小说中庞太师原型）的词一首，陈妙常，即《秋江》中陈姑的词一首，以飨读者。

本书《午马卷》由肖炬、冯广宏主编。《未羊卷》由冯广宏、何焱林主编。

《午马卷》之《愍骥赋》由冯广宏注。《赭白马赋》《相马赋》《虎文龙马赋》由何焱林注。

《未羊卷》之《犬尾羊赋》由冯广宏注。《神羊赋》由何焱林注。

编者识